ULLSTEIN

Das Buch

Als Laura von ihrem Ehemann verlassen wird, entschließt sie sich spontan zu einer Reise ans Mittelmeer, um dort ihr gebrochenes Herz zu kurieren und sich von der Sonne verwöhnen zu lassen. Ihre Stimmung bessert sich erheblich, als sie auf Ischia Maurice trifft, einen Kunstprofessor aus Paris, mit dem sie eine heftige und leidenschaftliche Affäre beginnt. Durch die neue Liebe findet Laura zu sich selbst.

Die Autorin

Laura Fraser arbeitet für mehrere Magazine, unter anderem *Vogue, Glamour, Gourmet*. Sie lebt in San Francisco, wo sie in Berkeley an der University of California journalistisches Schreiben unterrichtet.

Laura Fraser

Die italienische Affäre

Roman

Aus dem Englischen
von Roberto de Hollanda und pociao

Ullstein

Besuchen Sie uns im Internet:
www.ullstein-taschenbuch.de

Umwelthinweis:
Dieses Buch wurde auf chlor- und säurefreiem Papier gedruckt.

Ullstein ist ein Verlag der Ullstein Buchverlage GmbH, Berlin.
Neuausgabe
1. Auflage Dezember 2004

Titel der amerikanischen Originalausgabe: *An Italian Affair*
(Pantheon Books, a division of Random House, New York)
Übersetzung: Roberto de Hollanda und pociao
Umschlaggestaltung: Nele Schütz Design, München
Titelabbildung: Getty Images/Robert Stahl
Druck und Bindearbeiten: Ebner & Spiegel, Ulm
Printed in Germany
ISBN 3-548-26167-1

Weil es aber dem gefallen hat, der in seiner Unendlichkeit das Gesetz gegeben hat, dass alles Irdische ein Ende haben muss, so hat sich meine Liebe, die vor jeder andern loderte und die weder durch die Kraft eines Vorsatzes oder eines Ratschlags noch durch die offenkundige Schande oder durch eine Gefahr, die daraus hätte erfolgen können, zu brechen oder zu beugen gewesen wäre, im Verlaufe der Zeit durch sich selbst in einer Weise vermindert, dass sie mir derzeit nichts sonst von sich im Herzen zurückgelassen hat als jene Heiterkeit, die die Liebe denen zu bereiten pflegt, die nicht allzu weit in ihre tiefern Meere hinaussteuern; so fühle ich denn, dass mir von ihr, die mir sonst zu steter Qual gewesen ist, jetzt, wo alles Ungemach geschwunden ist, ein süßes Behagen geblieben ist.

GIOVANNI BOCCACCIO
Das Dekameron

Prolog

San Francisco

Mi hai speccato il cuore.

Laura liest diesen Satz aus einem Märchen in ihrem italienischen Abendkurs und stutzt. Sie glaubt zu wissen, was er bedeutet. Die Seeprinzessin sagt ihn, als der Geliebte sie verlassen hat, doch sie fragt den Lehrer trotzdem.

»Du hast mir das Herz gebrochen«, erklärt er und fährt sich mit der Hand quer über den dunkelblauen Pullover. »Es ist zersprungen.«

Mi hai speccato il cuore.

Der Satz geht ihr nicht aus dem Kopf. Die Worte verschwimmen vor ihren Augen. Sie sieht das Gesicht ihres Mannes vor sich, seine dunklen, wilden Augenbrauen. Sie flüstert ihm zu, *mi hai speccato il cuore*. Sie fleht ihn an zu bleiben, inbrünstig, und dann sagt sie es zornig, wie eine betrogene sizilianische Fischerfrau mit dem Dolch in der Hand. Doch er versteht sie nicht, er spricht kein Italienisch. Sie hatten in ihrer Ehe vieles geteilt, aber Italien gehörte nur ihr.

Mi hai speccato il cuore.

Sie hört diesen Satz so oft, bis er seine Bedeutung verliert und sich in eine italienische Melodie verwandelt, die sie in eine andere Welt entführt. In eine Welt, in der die Menschen stundenlang am Mittagstisch sitzen, starken schwarzen Kaffee trinken und bei Sonnenuntergang Arm im Arm durch die Straßen schlendern. Ein Land, in dem die Städte Stein um Stein auf solch dicken Schichten von Tragödien und Romanzen gebaut sind, dass man nichts, das einem widerfährt, ganz ernst nehmen kann. An einen Ort, wo sie keine Angst hätte, in dem gemütlichen kleinen Restaurant um die Ecke dem Mann zu begegnen, der sie nach einem Jahr Ehe wegen einer alten Freundin verlassen hat. Wo sie abends beim Kochen nicht das dumpfe Poltern vermissen würde, das er früher bei seinen Yogaübungen oben im Schlafzimmer gemacht hatte. Wo sie morgens nicht ins Bad käme und schimpfte, dass sie wieder mal das Whiskyglas und den feuchten Krimi wegräumen müsste, die er am Abend zuvor auf dem Badewannenrand vergessen hat. In Italien wäre sie weit weg.

Mi hai speccato il cuore.

Sie hat Freunde in Italien, und die Sprache spricht sie auch gut genug. Vielleicht sollte sie dort hinfahren. Einfach verschwinden und alles hinter sich lassen. Vielleicht würde sie so wieder zu sich selbst zurückfinden. Warum nicht? Und dann flackert eine Vorstellung auf, und sie denkt, vielleicht wäre ein italienischer Liebhaber keine schlechte Idee.

Jemand spricht sie an, sie blickt auf und sieht ein Paar strahlend blaue Augen, die von Lachfältchen umgeben sind, und einen Kopf voller grauschwarzer Locken. Ihr Italienischlehrer. Er legt ihr die Hand auf die Schulter, und plötzlich merkt sie, dass sie weint.

»Laura«, fragt der Lehrer. »Was ist los mit dir?« Sie wischt sich rasch die Tränen ab und greift nach ihren Büchern. »Tut mir Leid, aber ich muss gehen«, lautet ihre Antwort.

1
Florenz

Es war Abend, als die Maschine in Florenz landete. Lucia stand hinter der Absperrung, warf sich das kurze dunkle Haar aus dem fein geschnittenen Gesicht und winkte. Sie küsste Laura auf beide Wangen und sagte, sie sähe blendend aus, obwohl das unmöglich stimmen konnte. Dabei sprach sie so schnell Italienisch, dass die erschöpfte Laura kaum mitkam und froh war, einfach hinter ihr herzulaufen. Draußen warf Lucia Lauras Reisetasche in den Kofferraum ihres Minis und schlängelte sich durch den dichten Verkehr Richtung Innenstadt.

Kurz vor der Fußgängerzone fand sie einen winzigen Parkplatz, und sie gingen zu Fuß durch die engen, gepflasterten Gassen zu einer Pension in der historischen Altstadt unweit der Piazza della Signoria. Diesmal würde Laura im Hotel wohnen, denn Lucia, eine unglücklich geschiedene Kunstlehrerin Ende dreißig, hatte seit einiger Zeit einen neuen Freund. Die Wohnung war nun zu klein für alle drei. Laura machte es nichts aus, und Lucia schien erleichtert zu sein.

Sie klingelten an der massiven Holztür, die mit einem Summen aufsprang, und quetschten sich in einen Aufzug, der so klein war, dass sie mitsamt der Tasche kaum hineinpassten. An der Rezeption begrüßten sie eine mürrische *signora*, die vor dem Fernseher eingenickt war, und stellten Lauras Sachen in ihrem Zimmer ab. Es war schon spät, doch Lucia bestand darauf, dass sie noch ausgingen.

»*Andiamo*«, sagte sie, und Laura ließ sich nur allzu gern überreden.

Trotz der späten Stunde waren die Straßen voller Liebespärchen, Arm in Arm dahinschlendernden *signoras*, Touristen, die Blitzlichtaufnahmen machten, und Horden von Jugendlichen, die sich auf den Stufen des wunderschönen marmornen Duomo versammelt hatten. Schließlich landeten sie auf der Piazza della Repubblica und setzten sich in ein Straßencafé. Es war eine laue Septembernacht. Der Kellner, angetan mit einem sauberen weißen Hemd und schwarzer Fliege, trat an ihren Tisch, und Lucia bestellte ohne zu fragen zwei Gläser Prosecco.

Laura dachte an den Urlaub vor einem Jahr, als sie ein paar Tage in Cinque Terre an der ligurischen Küste von einem Fischerdorf zum nächsten getrampt waren. In Manarola, einem Dorf mit pastellfarbenen Häusern, die sich um einen winzigen Hafen scharten, hatten sie, verstaubt und müde, vor dem Abendessen einen Aperitif nehmen wollen. Lucia hatte Prosecco bestellt, und als der Kellner die Gläser servierte, versank gerade die Sonne hinter dem kleinen Hafen und färbte das Meer rosa wie weichen Sandstein. »*La vita è un arte*«, hatte sie gesagt und mit ihr angestoßen.

Seitdem hatte sich Laura immer, wenn sie Aufmunterung brauchte, an diesen Augenblick erinnert.

Der Kellner brachte die Getränke. Als Lucia dieses Mal mit ihr anstieß, wurde sie aus dem Traum von diesem Sonnenuntergang gerissen. »*Cin cin*«, sagte sie. Dann kam sie schnell zur Sache und wollte wissen, was mit Lauras Ehe los war.

»*Raccontami tutto*«, forderte sie sie auf. Die Italiener haben dieses wunderbare Verb *raccontare*, was so viel heißt wie erzähl die Geschichte. Erzähl mir alles.

Noch vor einem Jahr, erinnerte Lucia sie, als sie ein paar Wochen bei ihr in Italien verbracht hatte, habe ihr frisch gebackener Ehemann sie jeden Tag aus San Francisco angerufen, um ihr zu sagen, wie sehr er sie liebte. Und Laura hatte ihm Karten mit Automatenfotos von sich geschickt, auf denen sie Sonnenbrillen italienischer Filmstars trug, ihm Kusshände zuwarf, *ciao, ciao,* und ihm erklärte, der einzige Grund, warum sie nicht für immer in Florenz blieb, sei er.

»Was ist denn passiert?«, fragte Lucia.

Laura wusste selbst nicht recht, was passiert war. Sie stand immer noch irgendwie unter Schock. So gut sie konnte, erzählte sie in ihrem Abendkursitalienisch die nackten Tatsachen. Sie hatten vor einem Jahr geheiratet, nachdem sie sich schon drei Jahre kannten. Er hatte gerade einen neuen Job als Strafverteidiger angenommen und sie ihr erstes Buch veröffentlicht. Für beide war es genau das Leben, das sie sich immer gewünscht hatten. Alles schien in Ordnung zu sein, auch wenn sie viel zu tun hatten. Doch genauso unerwartet und rätselhaft, wie sie vier Jahre verliebt gewesen waren, schien er sich plötzlich wieder entliebt zu haben.

»Wann fing das denn an, dieses ›Entlieben‹, wie du es nennst?«, fragte Lucia und nippte an ihrem Glas.

Laura hatte noch im siebten Himmel geschwebt und die ersten Anzeichen übersehen. Es war an ihrem Geburtstag im Februar, als ihr zum ersten Mal aufgefallen war, dass etwas nicht stimmte. Sie hatten einen Ausflug zu einer besonders schönen Bucht nördlich von San Francisco unternommen. Dort waren Laura und ihr Mann oft gewandert, als sie noch voller Glück darüber waren, einander gefunden zu haben. An diesem Februartag, als sie abends müde zurückkamen, hatten sie über Kinder gesprochen. Doch Jon hatte eingewandt, er sei sich nicht sicher, ob es der richtige Augenblick dafür sei. Sie antwortete, einen richtigen Augenblick gebe es wahrscheinlich nie. Sie hätten seit Jahren darüber gesprochen, und mit sechsunddreißig könne man nicht mehr ewig warten. Er sagte eine Weile gar nichts. Dann erklärte er, dass er wahrscheinlich durchdrehen würde, falls sie wirklich schwanger würde.

»Aber er wollte doch Kinder?«, fragte Lucia.

»Ja, deshalb hatten wir ja auch geheiratet.«

Lucia stieß eine Rauchwolke aus und seufzte.

»Wir wollten unbedingt ein Kind«, sagte Laura und gab zu, dass sie sich sogar schon Umstandskleider gekauft hatte. Das hatte sie noch nie jemandem erzählt. Sie lagen immer noch ganz hinten im Schrank, sie hatte es einfach nicht fertig gebracht, sich von den Kleidungsstücken zu trennen.

»Du hattest schon Umstandskleider gekauft?«, wiederholte Lucia. »Du bist ja verrückt, meine Liebe.«

Sie warf ihr einen langen, forschenden Blick zu und schüttelte den Kopf. »Na ja«, sagte sie dann und fuchtelte mit der Zigarette in der Luft herum. »Wenigstens hast du jetzt was anzuziehen, falls du jemals zu dick werden solltest.«

»*Perfetto*!«, rief Laura und lachte zum ersten Mal seit Monaten. »Ob es hier *gelato* gibt?«, sagte sie und sah sich nach dem Kellner um. Dann wandte sie sich wieder Lucia zu, die jetzt nicht mehr lächelte. »Ich war dumm«, setzte sie hinzu.

»Unsinn! Du wolltest ein *bambino*. Das ist ganz natürlich. Und weiter?«

An jenem Tag im Februar war ihre Unterhaltung ganz unmerklich bedrohlich geworden. Jon hatte erklärt, er habe nichts gegen Kinder im Allgemeinen, nur, dass *sie* eins haben sollten, mache ihm Angst. In diesem einen Augenblick war die ganze Beziehung in Frage gestellt, alles stand plötzlich auf der Kippe, und er konnte nicht einmal erklären, warum.

In den folgenden Wochen war Jon von Tag zu Tag früher zur Arbeit gefahren und länger im Fitnesscenter geblieben. Außerdem entdeckte sie, dass er sich immer öfter mit einer alten Freundin aus der High School traf, die ihn nach zwanzig Jahren plötzlich aus heiterem Himmel angerufen hatte. Das war wenigstens eine Erklärung dafür, warum ihr Mann, der seit Monaten um halb zehn schon zu müde war, um mit ihr zu schlafen, jetzt manchmal erst nachts um eins nach Hause kam.

»Er hatte eine andere?«, fragte Lucia. »Kanntest du sie?«

»Ich habe sie nur einmal gesehen. Ich war mit einer Freundin ausgegangen, und als ich nach Hause kam, fand ich die Überreste eines gemütlichen Abendessens mit Kerzen und Blumen vor. Ich rief, aber niemand antwortete. Also ging ich hoch ins Schlafzimmer. Ich befürchtete schon das Schlimmste und fand sie draußen auf der Terrasse. Sie lagen in Schlafsäcken da, tranken Wein und starrten den Mond an.«

»Er wusste, dass du nach Hause kommen würdest und war mit einer anderen Frau zusammen?«, fragte Lucia ungläubig. »Wie hast du reagiert?«

»Ich habe mich vorgestellt.« Daraufhin hatte sich die Frau ziemlich schnell verabschiedet. Es folgten eine Menge Ausflüchte, Lügen und sogar ein zerbrochener Teller, den sie gegen die Wand geschleudert hatte. Ehe sie sich versah, saßen sie bei einem Paartherapeuten, und in der dritten Sitzung hatte ihr Mann ganz offen erklärt, er wolle einfach raus aus der Beziehung. Das Wort Ehe kam ihm nicht über die Lippen. Dann hatte er sie nach Hause gebracht und sie zum Abschied nervös und angespannt umarmt. Beide hatten geweint. Das war's. Anschließend war er aus ihrem Leben verschwunden.

»Das war vor vier Monaten«, schloss sie. »Im Mai.«

»Es tut mir Leid«, sagte Lucia.

Beide schwiegen eine Weile, und dann schnippte Lucia verächtlich mit den Fingern unter dem Kinn. Es war die typisch italienische Art zu sagen, vergiss ihn, er war es nicht wert. Das Leben geht weiter, und ohne ihn wird es dir besser gehen.

»Dabei machte er einen interessanten und intelligenten Eindruck«, sagte Lucia. »Aber ihm fehlte die Lebenslust, die du besitzt, diesen Sinn für *la bella vita.*«

Laura nickte. Ihre Freundin hatte Recht. Alles war gesagt. Sie leerte ihr Glas, und Lucia bestellte noch eine Runde.

»Du wirst einen anderen finden, einen, der besser für dich ist«, tröstete sie Lucia. »Ich dachte auch erst, das schaffe ich nie, aber am Schluss kam es doch so. Vielleicht etwas spät, um eine Familie zu gründen, aber immerhin ...« Sie nahm einen Schluck. »*Mai, è cosí.*«

Laura hob das Glas. »Auf deine neue Liebe«, sagte sie, und Lucia lächelte.

»Und auf deine, wenn sie kommt.«

Am nächsten Morgen besuchte Laura ihre Lieblingsplätze in Florenz. Sie schlenderte durch die Boboli-Gärten und kletterte ganz nach oben, wo die Aussicht auf die Kirchtürme und die roten Dächer der Stadt sie seit jeher faszinierte. Doch an diesem Tag war es nicht mehr als eine Postkarte.

Sie stieg den gewundenen Pfad, der zu den Gassen der Stadt führte, wieder hinunter und sah sich die Schaufenster der Boutiquen in der Nähe der Ponte-Vecchio-Brücke an. Dabei kam sie an dem Laden vorbei, wo ihr vor einem Jahr ein charmanter Verkäufer eine halbe Stunde lang geholfen hatte, unter den schönsten Krawatten von ganz Italien eine für ihren Mann zu finden. Er hatte sich eine nach der anderen unters Kinn gehalten, und sie hatte sich einfach nicht entscheiden können. Die Krawatte, die sie schließlich zusammen ausgesucht hatten, stand dem Italiener perfekt, und auch Jon hatte sie gefallen – soweit ihm überhaupt je ein Kleidungsstück gefallen konnte. Als sie ihn kennen gelernt hatte, war ihm sein Äußeres ziemlich egal gewesen. Er trug eine Fliegerbrille, dunkle T-Shirts, wirres schwarzes Haar, und seine Jeans hatten ständig Hochwasser. Aber er konnte wunderbar lächeln. Als sie zusammenzogen, hatte er sein Haar schneiden lassen, sich eine neue Brille und Klamotten gekauft, die ihm passten, und sie schenkte ihm jede Menge umwerfende Krawatten. Jetzt sah er großartig aus für seine neue Freundin. Und sie, na ja. Sie sah älter aus.

Eine der Boutiquen machte nach der Mittagspause gerade auf. Normalerweise wäre sie nicht hineingegangen, nicht nur, weil ihr die italienischen Größen nie passten, sondern auch, weil dies ernsthafte Kaufabsichten zeigte. In Italien kann man nicht einfach nur herumstöbern und sich alles anschauen wie in Amerika. Sie nickte der Verkäuferin zu, einer gestylten Frau in den Vierzigern mit langem schwarzem Haar, und ließ den Blick über die bunten Blusen schweifen, die zu zweit oder dritt in minimalistischen Glasregalen lagen. Jon hatte immer genaue Vorstellungen von ihrer Garderobe. Sie durfte weder bunt noch sexy sein, eine Menge marineblaue Sachen, Polokragen und vernünftiges Schuhwerk. Für einen Liberalen hatte er ziemlich konservative Ansichten in Bezug auf ihre Klamotten. Als hätte ihre Lebenslust ihn zuerst angezogen und er sich anschließend größte Mühe gegeben, sie im Keim zu ersticken. Sie hatte ihre roten Schuhe weggepackt und ziemlich viel Grau getragen.

Jetzt fragte sie die Verkäuferin, ob sie eine kurze magentarote Jacke anprobieren könnte. Die Frau sah sie zweifelnd an. »Ich glaube nicht, dass die Farbe Ihnen steht.« Anders als in den Vereinigten Staaten, wo einem alles, ganz gleich, wie wenig schmeichelhaft es wirkt, angedreht wird, wollen italienische Verkäuferinnen keinesfalls dafür verantwortlich gemacht werden, wenn man als ästhetisches Wrack durch die Gegend läuft.

»Warum nicht?«, wollte sie wissen.

»*Signora*«, antwortete die Frau vorsichtig. »Sie haben breite Hüften und eine schmale Taille. Eine kurze Jacke steht Ihnen nicht. Sie sollten immer lange, leicht taillierte Jacken tragen«, erklärte sie.

Natürlich hatte sie Recht. Wo hatte sie bloß ihren Kopf? Sie sollte nie von der Regel abweichen, optische Schlankmacher zu tragen. Sie hätte gar nicht erst eintreten sollen. In diesem Laden gab es nichts in ihrer Größe, nichts, was zu ihr und ihren breiten Hüften gepasst hätte.

Die Verkäuferin musste gemerkt haben, dass sie den Tränen nahe war. Sie trat zu einem anderen Regal, suchte ein wenig und reichte ihr dann ein bronzefarbenes Stricktop mit schmalen Stickereistreifen, durch die man die nackte Haut sehen konnte. »Das wird Ihnen stehen«, sagte sie. Laura probierte es halbherzig an, fand es aber ein wenig zu eng und zu gewagt. Sie kam aus der Umkleidekabine und blieb mit eingefallenen Schultern vor der Verkäuferin stehen. »Nein, das passt nicht zu mir.«

Die Verkäuferin musterte sie. »Die Farbe passt zu Ihrem Haar, sie betont das Gold und das Braun in Ihren Augen.«

»Es ist ein bisschen zu sexy«, wandte Laura zweifelnd ein.

Die Verkäuferin warf ihr einen Blick zu, der besagte, dass für eine richtige Frau gar nichts zu sexy sein konnte. »Nun, wenn es unbedingt sein muss, können Sie ein dünnes Hemdchen darunter tragen«, antwortete sie und zupfte an dem Kleidungsstück. »Und Sie müssen sich aufrichten, sich gerade halten.« Laura straffte die Schultern. »Ja, genau so. Sie haben einen wunderbaren Busen, den müssen Sie zeigen.«

Laura betrachtete sich im Spiegel. »Es macht mich zu dick.«

Die Verkäuferin breitete die Arme aus. »Sie sind eine Frau, Sie haben einen Frauenkörper, was wollen Sie? Sie sollten betonen, was Ihren Körper schön macht. Ich bin sicher, dass es Ihrem Mann gefällt.«

Es hätte ihm ganz bestimmt nicht gefallen. »Ich bin nicht verheiratet«, erklärte sie und prüfte den Stoff.

»Ein Grund mehr, sich sexy anzuziehen«, entgegnete die Frau. »Vielleicht sogar besser.«

»*D'accordo.*« Na gut, dachte sie, ich kann mich ja für mich selbst sexy anziehen. Sie verließ den

Laden mit einem Top, das ihr Mann gehasst hätte, und das für denselben Preis wie für eine gute Krawatte.

Als sie am nächsten Morgen aufwachte, fragte sie sich, was zum Teufel sie eigentlich in Italien machte. Es war September, all ihre Freunde hier arbeiteten schon wieder, und sie selbst hatte überhaupt keine Pläne. Sie kannte Florenz, hatte alle wichtigen Museen und Sehenswürdigkeiten schon besichtigt, und benahm sich trotzdem wie eine Touristin. Sie reihte sich in die langen Schlangen ein, die wie Ameisen darauf warteten, in die Uffizien eingelassen zu werden, drängelte sich um die Botticellis und Tizians und versuchte, zwischen all den Ellbogen und Schultern einen Blick auf die Gemälde zu erhaschen.

Schließlich hatte sie genug davon. Sie mietete sich ein Fahrrad und fuhr nach Fiesole, an Villen und Weingärten und an dem Felsen vorbei, wo Leonardo da Vinci seine glücklosen Flugversuche unternommen hatte, bis sie ganz oben am Hügel ankam. Die Aussicht war überwältigend – Zypressen und Olivenhaine, ganz Florenz lag ihr zu Füßen –, aber sie hatte keine Geduld, um sie zu genießen. Sie war rastlos, und sie fuhr so schnell sie konnte wieder in die Stadt. Wo sie auch war, das Gefühl, von irgendwas verfolgt zu werden, ließ sie nicht los.

Am nächsten Morgen war es ihr egal, ob sie in Italien war oder sonst wo, sie konnte nicht aufstehen. Sie war genauso lustlos und deprimiert, wie sie zu Hause gewesen war. Sie hatte die lange Reise auf sich genommen, und trotzdem dachte sie immer nur daran, wie sehr sie ihren Mann vermisste. Es war bereits Mittag, als sie sich endlich aufraffte, ihre Freundin Nina in deren Büro in der Nähe von Santa Croce zu besuchen. Nina telefonierte gerade, als sie hereinkam. Sie stritt sich mit jemandem, gestikulierte wütend mit einer Hand und begrüßte sie überschwänglich mit der anderen. Dann knallte sie das Telefon auf den Schreibtisch und sprang auf, um sie zu umarmen und rasch auf beide Wangen zu küssen, wobei sie ihrer Assistentin über Lauras Schulter hinweg Anweisungen gab. Im nächsten Moment griff sie nach ihrer eleganten schwarzen Jacke und der Lederhandtasche und winkte Laura mit nach draußen.

Nina war eine kultivierte Frau in den Vierzigern. Vor Jahren hatte sie einen Monat bei Laura in San Francisco gewohnt. Sie war eine Freundin von ihrer Freundin Cecilia gewesen, die halb italienischer, halb amerikanischer Abstammung war und eine Weile in Italien gelebt hatte. Damals hatte Laura kein Italienisch gesprochen, aber Nina konnte ein paar Brocken Englisch, und die beiden waren so gut miteinander ausgekommen, dass Laura gelernt hatte, ihre Feinfühligkeit zu schätzen. Sie machte große Schüsseln mit herrlicher Pasta, auch wenn sie behauptete, sie könne gar nicht kochen. Lauras damaliger Freund hatte ihr derart Leid getan, weil er mit einer Vegetarierin zusammen war, dass sie ihm eines Abends ein Steak *und* ein Brathähnchen zum Abendessen vorgesetzt hatte. Jeden Tag hatte Nina im gleichen italienischen Restaurant in der Nachbarschaft zu

Mittag gegessen und keinerlei Anstalten gemacht, irgendwo anders hinzugehen. Auf die italienische Küche wollte sie nicht verzichten. Nina war klein, hatte schwarzes Haar und eine rauchige Stimme. Sie hatte nur ganz wenige Kleidungsstücke mitgebracht, trotzdem wirkte sie immer perfekt angezogen in ihren Wollröcken, Twinsets und flachen italienischen Slippern dazu. Selbst wenn sie bloß zum Englischunterricht ging, war sie eine elegante Erscheinung. Sie begriff nicht, warum ihre amerikanische Freundin sich so nachlässig kleidete. Einmal hatte sie Lauras Kleiderschrank aufgemacht und gefragt, warum sie die ganze Zeit in ausgebeulten Jeans herumlief, wenn sie doch so viele schöne Kleider hätte. »*Non fa senso*«, hatte sie gesagt. Das macht doch keinen Sinn.

Ein Jahr später kam Ninas Freundin Lucia, die später auch Lauras Freundin wurde, mit einer Gruppe von anderen Frauen nach San Francisco zu Besuch. Sie feierten große Partys in Lauras Wohnung, tranken Wein, aßen und lachten zusammen. Die Italienerinnen luden Laura ein, sie in Monterey zu besuchen. Dort hatten sie für eine Woche eine Wohnung gemietet. Laura und Lucia wanderten in Big Sur. Lucia war die Einzige, der Wandern Spaß machte. Laura hatte es gefallen, wie fasziniert Lucia von der steilen Küstenlandschaft und den verspielten Seelöwen an den felsigen Stränden war. Obwohl sie untereinander nur Spanisch sprachen, wurden sie enge Freundinnen und waren sich näher als die meisten Freunde, die Laura seit Jahren in San Francisco gekannt hatte. Eine besondere Sympathie verband die beiden.

Als ihre italienischen Freundinnen abgereist waren, versuchte Laura, ihre Sprache zu lernen. Sie besuchte in der Abendschule einen Italienischkurs nach dem anderen und konnte sich an den Filmen mit Marcello Mastroianni nicht satt sehen. Da sie nun Freundinnen in Italien und damit eine Bleibe hatte, nahm sie die Gelegenheit wahr und besuchte Nina und Lucia im Lauf der nächsten Jahre mehrere Male. Allmählich war sie in Florenz heimisch geworden, sie kannte alle Buslinien und Flohmärkte und auch die Restaurants, in denen nur die Einheimischen verkehrten. Einmal hatte sie an einem einwöchigen Kochkurs in einer Villa aus dem 14. Jahrhundert in der Toskana teilgenommen, wo sie vormittags Ravioli und Risotto kochte und am Nachmittag lange Spaziergänge die staubigen Pfade entlang durch Weingärten, Olivenhaine und Felder mit dunkelrot blühenden Disteln unternommen hatte. Anschließend besuchte sie einen zweiwöchigen Italienischkurs. Vom Fenster ihres Klassenzimmers aus konnte sie den Arno sehen. Mit einer Gruppe Schweizer Studenten, die alles erheblich ernster nahmen als sie, deren Aussprache aber schrecklich war und steif wirkte, büffelte sie Vokabeln, und mit ihren italienischen Freundinnen fuhr sie zu einem Bob-Dylan-Konzert auf einem mittelalterlichen Dorfplatz außerhalb von Florenz. Sie bestanden darauf, dass sie ihnen die Texte der Songs übersetzte, und hatten laut gelacht, als sie sich an *All confused in a big mess of blue* versuchte.

Als sich dann Lucias Freundin Giovanna einen Monat in San Francisco bei ihr einquartierte – was übrigens kein Italiener unverschämt finden würde, also tat sie es auch nicht –, sprach sie bereits gut genug Italienisch, um sich einigermaßen mit ihr unterhalten zu können, und machte langsam, aber sicher Fortschritte.

Jetzt führte Nina sie zum Essen in eine kleine überfüllte Bar, wo jedermann sich an die Theke drängelte, um seine Bestellung aufzugeben. Der Kellner hinter dem Tresen ignorierte die anderen Gäste, als er Nina sah. Er fragte, was *La Nina* heute wolle, und sie fragte zurück, was er denn empfehlen könne. Ungeniert flirteten sie miteinander, obwohl alle anderen versuchten, die Aufmerksamkeit des Kellners auf sich zu ziehen. Schließlich gab Nina ihre Bestellung auf und bugsierte Laura zu einem wackligen Stehtisch am Fenster. Sie brachte zwei Gläser Rotwein und ging dann wieder zum Tresen zurück, um ihre Pastateller abzuholen. Als sie die einfachen *penne* mit frischen Tomaten und Basilikum probierte, erging sie sich in lauten Lobeshymnen, entzückt von ihrer Wahl, obwohl sie jeden Tag dort aß.

Das mit der Scheidung tue ihr Leid, erklärte Nina. »Wenn einem zum ersten Mal das Herz gebrochen wird, ist es am schlimmsten«, tröstete sie Laura. Dann wechselte sie das Thema und fragte, wie ihr der Urlaub gefiel. Laura erzählte von den Ausstellungen und Museen, die sie besucht hatte, und Nina schwärmte von der Kunst, die sie hier Tag für Tag umgab, mit derselben Begeisterung wie vorher vom Essen.

Dann schüttelte sie staunend den Kopf. »Laura, Laura«, sagte sie. »Das letzte Mal, als du hier warst, hast du gesagt, dass du Italienisch lernen wolltest, und jetzt kannst du es.«

»Aber mir fehlt die Praxis«, wandte Laura ein.

»Was du brauchst, ist ein italienischer Liebhaber«, antwortete Nina sachlich. »Das ist die einzige Lösung.« Sie zündete sich eine Zigarette an. »Für alles.«

Laura antwortete, das sei keine schlechte Idee. Mehr als alles andere wünschte sie sich einen fremden Körper, um Abstand zu Jon zu schaffen. Er sollte nicht der letzte Mann sein, mit dem sie geschlafen hatte. Die letzte Nacht mit ihm war ohnehin eine schreckliche Erinnerung.

Nina wollte wissen, warum, und sie sagte es ihr. Irgendwie ist es einfach leichter, sich in einer romanischen Sprache intime Geschichten zu erzählen. Es war kurz bevor er sie verlassen hatte passiert. Jon war dabei, sich von ihr zu lösen, und sie versuchte verzweifelt, ihn festzuhalten, da sie immer noch an eine Krise glaubte. Die Art von Krise, die ein Paar übersteht und die es letzten Endes nur noch stärker zusammenschweißt. Sie dachte, dass sie beim Sex vielleicht wieder zueinander finden würden. Sie hatte Witze gemacht und gesagt, es könne ruhig einfach nur Sex sein, und er hatte sich widerwillig darauf eingelassen. Nachdem sie miteinander geschlafen hatten – es war eine rein mechanische Sache gewesen –, hatte sie sich über ihn gebeugt, um ihn auf den Mund zu küssen. Er hatte sich abgewandt und gesagt: »Nein! Nicht auf den Mund.«

Nina schnappte nach Luft. »Unglaublich!«

Laura war aufgestanden und hatte kochend heiß geduscht, als wollte sie die ganze Sache von sich abwaschen. In diesem Moment wusste sie, dass sie gerade zum letzten Mal mit ihrem Mann geschlafen hatte.

»Ja, dieses Gefühl ist schrecklich«, erklärte Nina. »Aber man weiß es immer.« Sie zog an ihrer Zigarette und stieß eine Rauchwolke aus. »Ich bin sicher, dass die Engel sich das gemerkt haben. Nächstes Mal werden sie besser auf dich aufpassen.«

»Hoffen wir es«, seufzte Laura. Während sie in ihrer Pasta herumstocherte, erzählte sie Nina, sie sei froh, dass Lucia mit ihrem neuen Freund offenbar glücklich sei, denn auch sie hatte nach der Trennung von ihrem Mann an einer Depression gelitten. Dabei ist es schwer, das zu merken, wenn jemand so voller Energie steckt und so gern lacht wie Lucia. Dann fragte sie Nina, ob sie mit irgendwem ausging, doch die winkte ab, als fände sie die Frage albern. Sie verriet ihr nur, dass sie eine Zeit lang mit einem Musiker zusammen gewesen sei, und fing an, über sich selbst zu lachen.

»Er ist ziemlich mollig!«, sagte sie. »Ich bin noch nie mit einem so dicken Mann zusammen gewesen!« Sie lehnte sich vor und flüsterte. »Es ist wie Wellenreiten. Einfach himmlisch!«

Das Bild gefiel Laura, und auch die Art, wie ihre Freundinnen überall Sinnlichkeit entdeckten, ohne sich um irgendwelche Ideale zu scheren. Sie erzählte Nina, sie habe das Pech, dass sich immer nur dünne Männer für sie interessierten. »Gegensätze ziehen sich an«, erklärte sie.

Nina musterte Lauras Figur, so wie nur italienische Frauen es können. »Jedenfalls bist du schlanker als letztes Jahr«, sagte sie.

Das sei die Trennung, erklärte Laura. Sie habe zum ersten Mal in ihrem Leben keinen Appetit.

»Iss deine Pasta auf«, befahl Nina streng, und Laura bemerkte mit Genugtuung, dass ihr Appetit allmählich zurückkehrte.

Während sie auf den Espresso warteten, fragte Nina, was sie mit dem Rest ihres Urlaubes vorhatte. Keine Ahnung, antwortete Laura. Sie habe sich eine denkbar schlechte Zeit zum Reisen gesucht. Alle ihre Freunde seien beschäftigt, und sie kenne Florenz so gut, dass sie keine Lust mehr hätte, sich mit den Touristenhorden in den Kirchen zu drängeln. Dass es ihr obendrein nicht leicht fiel, mit anzusehen, wie alle ihre Freundinnen sich verliebt hatten, behielt sie für sich. Eigentlich hatte sie Giovanna in Bologna besuchen wollen, aber auch sie hatte vor kurzem geheiratet. Jedenfalls hätte sie dort nicht lange bleiben können. Und sie wollte auch keine weiteren Koch- oder Sprachkurse besuchen. Rom, Venedig, Ravenna, Umbrien, Bologna, Ligurien und die Toskana kannte sie schon. Sie wollte irgendwohin, wo sie noch nicht gewesen war.

Nina schlug mit einer ihrer schmalen Hände auf den Tisch. »Neapel!«, rief sie, höchst zufrieden mit sich. »Das ist genau das Richtige für dich.« Sie selbst war vor kurzem dort gewesen und hatte sich herrlich amüsiert. Die alte Architektur, die morbide Schönheit, das köstliche Essen – es war einfach wunderbar.

Laura war überrascht. Sie hatte immer gehört, Neapel sei ein gefährliches Pflaster, vor allem für allein reisende Frauen.

Doch Nina winkte ab. »Neapel ist wie New York«, erklärte sie. »Wenn man die Kamera in einer Plastiktüte trägt, sein Geld gut versteckt und so tut, als wisse man, was man will, kann einem nichts passieren.«

»Mag sein«, antwortete Laura.

»Und Ischia!«, rief Nina und ignorierte ihre Bedenken. »Fahr nach Neapel, sieh dir die Altstadt an – die darfst du dir nicht entgehen lassen –, und dann nimmst du die Fähre nach Ischia.« Nina war nicht mehr zu bremsen, sie schmiedete Pläne und beschrieb die Insel. »Du kannst aber auch von Pozzuoli aus die Fähre nehmen, wenn dir das lieber ist. Du könntest dir Amalfi ansehen und Pompeji«, sie zählte die Möglichkeiten an den Fingern ab. Nur von Capri würde sie ihr abraten. Capri war voller Touristen und viel zu teuer. Man zahlte 10 000 Lire nur für den Cappuccino. Damit stürzte Nina ihren Espresso hinunter. Lauras Probleme waren gelöst; sie warf einen Blick auf ihre Uhr. Sie musste zurück zu ihrer Arbeit.

Zusammen gingen sie zu Ninas Büro zurück, das nur einen halben Häuserblock entfernt lag. Dort küssten sie sich zum Abschied auf die Wangen.

Nina lief die Steinstufen zum Portal des Gebäudes hinauf und sah sich dann um. »Ischia, Laura«, rief sie und winkte, »Ischia.«

Und so kam es, dass Laura am nächsten Morgen nach Ischia aufbrach. Vielleicht würde sie sich auch Neapel, Capri, Pompeji und sogar die Amalfiküste ansehen, aber ihr vorrangiges Ziel hieß nun

Ischia. Eine vulkanische Insel mit heißen natürlichen Quellen und langen Kiesstränden klang genau richtig. Alles wäre weiß wie Stuck und vom Licht des Mittelmeeres überflutet. Alles andere weit, weit weg.

2
Ischia

In aller Herrgottsfrühe nahm Laura den Eilzug nach Neapel. Während sie durch verträumte, sonnige Landschaften mit Dörfern auf den Hügeln in der Ferne rollten, ließ sie sich vom Rattern des Zuges einlullen.

Ihr gegenüber saß ein italienischer Student und las Jack London. Sie grüßte ihn und fragte, wie ihm das Buch gefiel. Jack London habe ganz in der Nähe ihrer Heimatstadt in Kalifornien gelebt. Er fragte schüchtern nach dem amerikanischen Westen. Ob er noch genauso wild sei wie früher, voller bewaffneter Banditen und Grizzlybären? Bewaffnete Banditen ja, erklärte sie, aber Grizzlybären kaum. Sie erzählte ihm Geschichten von viereinhalbtausend Meter hohen Bergen, von Geisterstädten, Klapperschlangen, von Mehrzweckfahrzeugen und der Urbanisierung des Landes mit gigantischen Einkaufszentren. Dann fragte sie, was er über Neapel wisse. Er sagte, er sei zwar selbst noch nie da gewesen, habe aber gehört, es sei wunderschön, nur voller Taschendiebe. Seiner Ansicht nach sei es kein Ort für eine Frau ohne Begleitung. In Rom verabschiedete er sich und stieg aus.

Je weiter der Zug nach Süden kam, umso mehr veränderte sich die Landschaft. Es erschien ihr wie eine andere, ältere, heruntergekommene Welt. Die Häuser waren entweder nie zu Ende gebaut worden oder sie zerfielen, manchmal konnte man nicht unterscheiden, welches von beidem. Laura hatte gehört, Neapel sei nicht die südlichste Stadt Europas, sondern die nördlichste Afrikas – obwohl Marcello Mastroianni behauptet hatte, die Menschen dort seien die zivilisiertesten der Welt.

Schließlich fuhr der Zug in den schmutzigen und schäbigen Hauptbahnhof von Neapel ein. Draußen tobte der Verkehr, so, als gäbe es keine Regeln. Die verrußten Fassaden hatten schon bessere Zeiten gesehen. Die Neugier in Laura wollte den Bahnhof verlassen und die Stadt erkunden, ihr Licht und ihre Lebendigkeit aufsaugen, die Menschen kennen lernen, von denen es hieß, sie hätten so viel Leid mitgemacht, dass sie über alles lachen könnten. Aber sie war auch nervös, obwohl sie glaubte, nichts zu befürchten zu haben, weil sie nur eine kleine Tasche mit ein paar Sachen dabeihatte – Badezeug, Pullover, Zahnbürste, eine zusätzliche Hose und Bluse, eine Wegwerfkamera und ein paar Seiten, die sie aus dem Touristenführer herausgerissen hatte. Zu stehlen gab es also nichts. Sie würde sich schon durchschlagen. Aber sie hatte weder einen Stadtplan noch eine Unterkunft. Das war zwar beides kein Problem, aber irgendwie fühlte sie sich trotzdem zu erschöpft, um es an diesem Tag mit Neapel aufzunehmen.

Nina hatte ihr gesagt, es gäbe auch von Pozzuoli aus eine Fähre nach Ischia. Sie sah im Bahnhof auf dem Fahrplan nach. Eine U-Bahn fuhr direkt dorthin. Sie musste nicht mal einen Fuß in die Straßen von Neapel setzen. Sie kaufte eine Fahrkarte und fuhr in der schaukelnden U-Bahn nach Pozzuoli. Dort ging sie vom Bahnhof aus eine schmale Treppe hinab und an den dicht gedrängten, stuckverzierten Häusern vorbei bis hinunter zum Hafen. Die Straßen, die von Pizzerias, Eisdielen und Kleiderboutiquen gesäumt waren, schienen aus einer anderen Zeit zu stammen. Schließlich entdeckte sie das Touristenbüro. Dort erfuhr sie, dass Pozzuoli eigentlich ein altes Fischerdorf ist, das von mehreren Erdbeben zerstört und schnell wieder aufgebaut worden war. Offensichtlich waren die Baufirmen der Meinung gewesen, dass es jeden Augenblick wieder losgehen könnte. Das Dorf war berühmt geworden, weil es der Geburtsort von Sophia Loren war und über ein antikes Amphitheater verfügte, das Anfiteatro Flavio, das im ersten Jahrhundert nach Christus erbaut worden war. Noch heute kann man unterirdische Käfige besichtigen, in denen die Raubtiere gehalten wurden, bevor man sie auf die armen Teufel in der Arena losließ, die das Pech hatten, ihnen als Mittagessen zu dienen. Im Touristenbüro wollte man sie überreden, über Nacht zu bleiben, um sich am nächsten Tag die Sehenswürdigkeiten anzusehen, und der Mann am Informationsschalter machte ein langes Gesicht, als Laura, wie alle anderen Touristen auch, nur fragte, wann die nächste Fähre nach Ischia fuhr.

Sie hatte noch etwas Zeit bis zur Abfahrt, also kaufte sie sich in einer Bar einen Imbiss – wo hatten diese unscheinbaren Läden in Italien bloß all die frischen Tomaten, das knusprige Brot und den köstlichen Mozzarella her? – und trank Cappuccino in einer anderen. Die Menschen, denen sie in den Bars und Läden von Pozzuoli begegnete, stammten aus einer anderen, traditionsbewussteren Region als jene in Florenz. Laura kam sich irgendwie komisch vor als einsame amerikanische Frau Mitte dreißig. Sie wussten nicht, was sie mit ihr anfangen sollten. Sie war alt genug für eine *signora* und müsste normalerweise verheiratet sein. Aber sie reiste solo und trug keinen Ehering. *Signorina*? Sie passte in keine Schublade.

Während sie am Hafen wartete, versammelte sich eine Gruppe von etwa achtjährigen Mädchen um sie. Alle trugen glitzernde Haarspangen und abgestoßene Schuhe, hatten große braune Augen und wollten wissen, ob sie Lauras Telefonkarte für ihre Sammlung haben könnten, wenn sie leer war. Laura gab sie ihnen, obwohl noch ein paar Lire darauf waren. Die Mädchen begutachteten sie und schrien vor Freude. Sie nannten sie *signora*, denn sie war älter als ihre Mütter. Dann fragten sie, wo sie herkäme, aber von San Francisco hatten sie noch nie etwas gehört. Sie kannten nur den Heiligen Franziskus. »Amerika«, sagte Laura, und die Mädchen waren noch entzückter. »*Americana*!« Jetzt wollten sie alles wissen und fragten, wo sie ihre Kinder versteckt hatte.

»Ich habe keine«, antwortete Laura. Sie konnten es nicht glauben.

»Wo ist dein Mann?«, wollte eine wissen.

»Er hat mich verlassen«, erklärte Laura, und sie verstanden nicht, was das bedeutete. Laura starrte zu Boden und sagte: »Er ist gestorben.« Das begriffen sie. Sie nickten feierlich und winkten ihr nach, als sie an Bord der Fähre ging.

Neben ihrem Schiff lag ein weiteres, das nach Tunesien auslaufen sollte. Einen kurzen Augenblick dachte Laura daran umzusteigen, irgendwohin zu fahren, wo es noch exotischer war als auf Ischia, sich ganz zu verlieren und vielleicht nie wieder zurückzufinden. Wer weiß, wem sie in Tunesien alles begegnen würde. Es könnte ihr Leben verändern. Große Umwälzungen wurden stets durch Zufälle oder unvorhergesehene Begegnungen ausgelöst. Wie der Abend vor fünf Jahren, als sie zufällig ihrem Mann über den Weg gelaufen war. Es war regnerisch, und eigentlich hatte sie keine Lust gehabt, noch einmal aus dem Haus zu gehen, doch ihr Freund saß vor dem Fernseher und war nicht ansprechbar. Also hatte sie beschlossen, allein auf eine Party zu gehen. Dort angelte sie sich einen Scotch und schlenderte dann in die Küche, um Wasser für ihren Drink zu besorgen. Hier stieß sie auf einen Mann mit wirrem Haar, der an der Spüle lehnte. Er strahlte sie an, machte ihr ein Kompliment wegen des Hutes, den sie trug, und sie kamen ins Gespräch. Sie unterhielten sich über Gott und die Welt, bis die Party sich allmählich auflöste. Zuerst war es keine körperliche Anziehungskraft, die von Jon ausging. Sein Kopf erschien ihr viel zu groß für den schmalen, fast mageren Körper, und er hatte lange, schmale Finger. Doch er war so lebhaft, hatte eine so lebendige Art zu erzählen. Während sie sich über Bücher und Orte, die sie besucht hatten, unterhielten, gab er ihr das Gefühl, dass er von ihr und ihrer Arbeit fasziniert war. Sie stand im Mittelpunkt seiner Aufmerksamkeit, und das gefiel ihr. Am Schluss erklärte sie ihm, wie gern sie sich mit ihm unterhalten hatte. Es sei fast so wie auf einer Reise: Man würde den anderen nie wieder sehen und konnte über alles reden, was einem gerade einfiel.

Als sie das Haus verließ, verlor sie ihn einen Augenblick aus den Augen und geriet beinahe in Panik, doch dann entdeckte sie ihn. Er stand draußen unter dem Dachvorsprung und wartete im strömenden Regen auf sie. Sie tauschten ihre Visitenkarten aus, und er versprach, sie anzurufen. Sie sagte ihm, dass sie einen Freund hatte, hoffe aber, dass sie Freunde werden könnten. Am nächsten Tag schickte er ihr Blumen und ein Buch und bestand darauf, sie wieder zu sehen. Sie verabredeten sich zum Abendessen. Er sagte ihr, sie sei wunderschön und er wolle mehr als nur Freundschaft. Er küsste sie zum Abschied. Er ließ nicht locker. Schließlich kam ein Wochenende, an dem ihr Freund weggefahren war und einer ihrer besten Freunde starb. Sie suchte Trost bei Jon. Er hörte ihr zu, sah sie mit seinen großen mitfühlenden braunen Augen an und legte den hageren Arm um sie, als sie weinte. Sie gingen zusammen fort, sie trennte sich von ihrem Freund und verbrachte mehrere romantische Nächte und Wochenenden mit Jon. Zweieinhalb Jahre später heirateten sie.

Als er das Glas auf sie erhob, gestand er ihr, dass er sich noch nie von jemandem so angezogen gefühlt hatte wie damals, als er sie zum ersten Mal auf der Party gesehen und sich gewünscht hatte, sie würden nie aufhören, miteinander zu reden.

Und jetzt war sie auf der Fähre nach Ischia und stieg die Treppen zum Oberdeck hinauf, wo die Luft kühl und frisch war. In der Ferne versank die Sonne hinter der Silhouette der Insel. Sie hatte Bootsfahrten schon immer romantisch gefunden; man trieb von der Küste weg, und eine große Weite tat sich zwischen dem alten Leben und einer völlig neuen Umgebung auf. Doch als die Motoren warm liefen, das Tuten zu hören war und schwarzer Rauch aus dem Schornstein des Schiffes stieg, wurde ihr plötzlich bewusst, dass sie dem Schmerz kein Schnippchen schlagen konnte. Er hing immer noch in der feuchten Luft und bedeckte ihr Gesicht mit salziger Gischt.

Es war bereits Abend, als die Fähre in den kraterförmigen Hafen von Ischia einfuhr. Am Dock fragte sie einen Schwarzen, der auf einer ausgebreiteten Decke Körbe und Glasperlen verkaufte, wo der Bus nach Forio abfuhr, der größten Stadt auf der Insel. Er sah auf die Uhr und sagte, er müsse in dieselbe Richtung und könne ihr den Weg zeigen. Dann packte er seine Sachen in eine große Tasche mit Reißverschluss. Laura war unsicher, eigentlich wollte sie nicht, dass er sie begleitete, doch er war nett, höflich und stellte viele Fragen. Während sie zur Haltestelle gingen, erzählte er ihr von der Insel. Er war jung, noch keine achtzehn – eigentlich noch ein Kind – und hatte seine ganze

Familie im Senegal zurückgelassen. Das war vor zwei Jahren gewesen, und er hatte keine Ahnung, wann er sie jemals wieder sehen würde. Er sprach fließend Italienisch, und Laura fand es sehr merkwürdig, mit einem jungen Afrikaner Italienisch zu sprechen. Zwei Menschen aus verschiedenen Winkeln der Erde unterhielten sich auf Italienisch. Sie sagte, sie kenne einen senegalesischen Sänger, den sie sehr bewundere, und erzählte von einem Konzert, bei dem er in weißen Gewändern auf der Bühne gesessen und die kreuzbeinig dasitzenden Zuhörer verzaubert hatte. Der Afrikaner strahlte, als er an zu Hause erinnert wurde. Doch die Bemerkung, dass sie von einem senegalesischen Sänger namens Youssou N'Dour gehört hatte, war ein bisschen so, als hätte er gesagt, er habe von einem amerikanischen Sänger gehört, der Bob Dylan hieß.

Der Bus schlängelte sich auf einer gewundenen Straße über die Insel, vorbei an zahlreichen Hotels und Ferienanlagen. Laura zeigte dem Afrikaner die verschiedenen Pensionen, die in ihrem Führer verzeichnet waren, und er empfahl ihr eine. Dann zeigte er ihr noch, wo sie aussteigen musste. »Wenn du Zeit hast«, rief er und winkte ihr zu, »dann fahr nach St. Angelo. Es ist der schönste Ort auf der Insel. *Ciao*!« Sie bedankte sich, wünschte ihm viel Glück und dass er eines Tages wieder in seine Heimat zurückkönne, dann warf sie sich die Tasche über die Schulter und überquerte die Straße.

In Forio wimmelte es nur so von Motorrädern, überall gab es Touristencafés mit Speisekarten in mehreren Sprachen und Andenkenläden mit Souvenirs, die Laura nicht mal im Traum mit nach Hause genommen hätte. Sie fand die Stadt schrecklich, sie entsprach nicht der romantischen kleinen Inselstadt, die sie sich vorgestellt hatte. Nirgends bekam man eine vernünftige Mahlzeit, und der Rotwein war sauer. Nur die Pension, die der Schwarze ihr empfohlen hatte, erwies sich als Volltreffer; sie wirkte friedlich und sauber. Große tropische Pflanzen säumten den Innenhof, durch den man über eine Treppe zu den Zimmern gelangte.

Am nächsten Morgen nach einem guten Kaffee und einem frischen Croissant mit Butter erschien ihr Forio nicht mehr ganz so übel. Die *signora* riet ihr, genau wie der Schwarze am Abend zuvor, St. Angelo zu besuchen. Es war ein kleines Dorf mit vielen kleinen Stränden fünf Kilometer entfernt. Sie quetschte sich in einen Bus voller Rentner in Shorts und geblümten T-Shirts, die nicht zusammenpassten, und fuhr an mehreren Thermalbädern vorbei. Orte, in denen alle möglichen Kuren angeboten wurden, Baden, Schwitzen und Massagen – Erlebnisparks für Rheumatiker. Schließlich entließ der Bus die letzten Gäste in eine Fußgängerzone, und das laute touristische Ischia wurde zum ersten Mal leise. Laura ging eine Gasse entlang, die zum Strand führte, und kam zu einer kleinen Piazza mit einfachen Cafés. Von den Tischen aus hatte man einen Blick auf die kleinen Holzboote, die auf dem Wasser tanzten. Ein schmaler Streifen Strand verband die Spitze der Insel mit einem steilen Vulkanhügel, auf dem ein paar Schafe grasten. Hier endlich war Ischia das schöne Mittelmeerparadies, von dem Laura die ganze Zeit geträumt hatte.

Sie trank noch einen Kaffee und ging dann hinunter zum Strand, wo sie ein Bootstaxi bestieg, das sie noch weiter wegbrachte, vorbei an Restaurants, wo man Sonnenschirme mieten konnte, zu einem einsamen Kiesstrand. Dort breitete sie ihren großen Schal aus und verbrachte ungeachtet der Warnungen amerikanischer Hautärzte den ganzen Vormittag genüsslich in der Sonne. Verstohlen sah sie sich am Strand um. Falls sie wirklich auf einen Flirt aus war, würde sie sich mit einem dickbäuchigen Rentner zufrieden geben müssen. Egal. Es war ein herrlicher Tag. Gelegentlich watete sie ins angenehm warme Wasser, dachte an nichts und schwelgte in der Freiheit, in diesem klaren italienischen Meer zu schwimmen, so lange sie Lust hatte.

Um die Mittagszeit fiel ihr ein nahe gelegenes weißes Gebäude mit blauen Markisen, großen Sonnenschirmen und einer Dachterrasse auf, wo braun gebrannte Touristen splitternackt in der Sonne lagen. Laura fragte sich, ob es ein Privatclub war, denn es hatte keinen Namen, oder ob sie sich ebenfalls unter einen der großen Sonnenschirmen setzen konnte. Sie war unsicher, doch dann fasste sie sich ein Herz. Was soll's, dachte sie, ich bin eine frisch geschiedene blonde Amerikanerin, niemand wird sich daran stören, wenn ich mir den Sarong um die Hüften binde und mein Haar im Innenhof in der Sonne trockne. Sie ging hinein, duschte unterwegs in einer der zur Anlage gehörenden Kabinen und setzte sich dann an einen Tisch. Die Veranda war so gut wie leer.

Ihre Sorgen erwiesen sich als völlig unbegründet. Kaum hatte sie Platz genommen, stand ein älterer Mann auf, der am Nebentisch gesessen hatte, und stellte sich als Nicola vor. Aus dem Namen auf der Speisekarte *Da Nicola alle Fumarole* folgerte sie, dass es sich um den Besitzer handelte. Als er sich nach ihren Wünschen erkundigte, bestellte sie bei ihm eine Limonade. »Eine Limonade. Selbstverständlich«, antwortete er und rief den Kellner. Laura lobte den schönen Blick auf die schroffen Klippen und das Meer. Darauf antwortete er: »*È ancora piu bella con una bella donna qua.*«

Der Kellner, ein groß gewachsener Mann um die Vierzig mit klassischen Zügen, brachte ihr eine Limonade aus frisch gepressten, sauren Zitronen. An einem Nebentisch aßen ein paar Männer einen Rucola-Salat, und nach einer Weile bekam auch Laura Appetit. So ein Salat war genau das Richtige, mit etwas Brot und einem Glas Weißwein. Als der Kellner mit dem Tablett wiederkam, sagte er, es sei schön, so eine hübsche junge Frau zu sehen, vor allem jetzt am Ende der Saison, wenn nur noch Rentner auf die Insel kamen. Laura fühlte sich weder allzu jung noch hübsch, aber sie ließ sich bereitwillig auf das Spielchen ein. Sie wusste genau, dass er ihr nur schmeichelte, so wie er es mit jeder anderen Frau in seiner Nähe auch machen würde. Aber es war ihr egal. In San Francisco hatten ihr in letzter Zeit nur Leute geschmeichelt, die um Kleingeld bettelten.

Der dunkelgrüne Salat schmeckte leicht bitter im Kontrast zu dem weichen Olivenöl, und der Wein war so leicht, dass sie genauso gut Wasser hätte bestellen können. Nach dem Essen und einem Espresso zeigte ihr der Kellner, wie man auf die Terrasse kam. Er wünschte ihr eine angenehme Siesta und fügte hinzu, dass sie später auch die Sauna oder eine Fangopackung probieren könne. Da sie nicht wusste, was das ist, folgte eine umständliche Erklärung, aus der sie entnahm, dass es sich um eine Schlammpackung handeln müsse, der man besondere Heilkräfte zuschrieb.

Laura folgte seinem Rat und begann mit dem Mittagsschlaf, doch den feierlichen Rat, dies am besten im nackten Zustand zu tun, ignorierte sie und behielt ihren Badeanzug an. Sie hatte keine Lust, die einzige Frau unter lauter nackten Männern mit grauen Schläfen zu sein. Nach einem ausgedehnten Mittagsschlaf stieg sie die Steinstufen hinunter zum Meer und sprang ins kalte Wasser, um wieder wach zu werden. Der Kellner sah sie, als sie zurückkam, und meinte, nun sei es Zeit für die Sauna. Er führte sie in eine in den Felsen hineingebaute Holzhütte, wo der Dampf direkt aus der vulkanischen Erde kam und nach Fenchel duftete. Nach ein paar Minuten klopfte er an die Tür und forderte sie auf, kurz ins Meer zu springen, zu duschen und dann ein Schlammbad zu nehmen. Das Ganze schien System zu haben, also folgte sie seinen Anweisungen.

Nach dem Duschen zeigte der Kellner ihr das Fango. Es war eine Schale mit vulkanischem Schlamm, den er an den heißen Quellen der Insel gesammelt hatte. Fachmännisch verteilte er ihn auf ihrem Gesicht und den Schultern und erklärte, bei ihrer herrlich zarten Haut sei es nur eine vorbeugende Maßnahme. Er wies sie an, auf die Terrasse zu gehen und den Schlamm in der Sonne trocknen zu lassen, bis er rissig wurde. Laura legte sich mit ihrem schlammverkrusteten Gesicht erneut zwischen die Nudisten. »*Sposa di Frankenstein*«, flüsterte ein Italiener. Laura musste grinsen und spürte, wie der trockene Schlamm auf der Haut spannte. Als die Packung ganz getrocknet war, ging sie wieder in die Sauna und spülte alles ab. Tatsächlich fühlte sich ihre Haut danach wunderbar weich an. Anschließend schwamm sie im Meer und stieg dann ins Thermalbad, das in einer tiefen Felsengrotte versteckt war. Sie streckte sich in dem heißen Wasser aus und schloss die Augen, als sie plötzlich den Kellner entdeckte, der ebenfalls in die Grotte stieg und sich neben sie schlängelte. Da erst ging ihr auf, dass er nicht nur hinter einem ordentlichen Trinkgeld her war.

Er setzte sich neben sie und begann hemmungslos zu flirten. »Deine Haut ist wie Gold, und so weich. Und du hast eine tolle Figur, kräftig vom Schwimmen und trotzdem – was für Kurven! *Bella, bella.*« Ach ja. Er sagte ihr natürlich genau das, was eine frisch geschiedene amerikanische Blondine hören will, mit seiner sanften italienischen Stimme. Aber irgendwie war es ein bisschen dick aufgetragen, und offensichtlich hatte er sonst nicht viel zu sagen. Er wischte ihr die letzten Reste von Schlamm von Hals und Brust, drängte sich immer enger an sie und küsste sie, aber nicht etwa zärtlich, sondern ziemlich ungestüm. Wie gut ihr das Fango auch getan haben mochte, Laura verspürte keine allzu große Lust, den Kuss zu erwidern. Da war er, der italienische Liebhaber, von dem sie geträumt hatte. Der verrückt nach ihr wäre, der sie leidenschaftlich lieben würde – und der sie jetzt völlig kalt ließ. Sie löste sich unter einem Vorwand von ihm und dachte, vielleicht habe ich einfach kein Verlangen mehr nach Männern.

Am Abend lernte sie in einer einfachen Pizzeria Pamela kennen, eine amerikanische Frau, die seit dreißig Jahren auf Ischia lebte. Laura fragte sich, wie es wohl war, die Heimat zu verlassen und auf einer fernen Insel zu leben, so wie diese Frau, die sich mit gelegentlichen Übersetzungen über Wasser hielt, einige Zimmer ihres Hauses an Touristen vermietete und ansonsten den ganzen Tag in der Sonne verbrachte. Vielleicht sollte auch sie alles hinter sich lassen, ihr Hab und Gut in San Francisco verkaufen und für immer auf eine italienische Insel ziehen. Doch Pamelas Fröhlichkeit war nur oberflächlich. Im Innern war sie einsam und verbittert nach all den Jahren und sprach zwar witzig, aber nicht allzu gut von den Insulanern oder den Touristen.

Laura hatte das Gefühl, dass Pamela sich irgendwie über sie ärgerte, obwohl sie sich nach Gesellschaft sehnte, einer Amerikanerin wie sie selbst, mit der sie Englisch sprechen konnte. Als sie fragte, warum sie allein reiste, erzählte Laura, dass ihr Mann sie vor kurzem verlassen hatte und sie dabei sei, das Ganze zu vergessen. Dann wollte Pamela wissen, wie alt sie sei.

»Sechsunddreißig«, antwortete Laura, und Pamela beugte sich vor, um sich ihr Gesicht näher anzusehen.

»Du solltest schwindeln, was dein Alter angeht. Du kannst ruhig dreißig sagen.«

»Warum?«, fragte Laura. Sie hatte sich noch nie Gedanken über ihr Alter gemacht. Sie war so alt, wie sie sich fühlte.

Pamela lachte laut. »Das wirst du noch früh genug merken.«

Für den folgenden Tag verabredete sich Laura mit Pamela und deren Freund, einem geschwätzigen Fotografen Mitte vierzig, der sie in seiner Ford-Limousine zu einer versteckten Schlucht auf der Insel fuhr, wo heiße Quellen aus den Felsen strömten. Am Ende der Schlucht gab es ein heruntergekommenes Heilbad. Früher, so erzählte Pamela, hätte es nichts gekostet, aber jetzt müssten sie warten, bis die Besitzer das Bad über Mittag schlossen, dann konnte man unbemerkt hinein. Also warteten sie und sonnten sich auf einem Hang unterhalb der Straße, bis sie eine Frau zum Mittagessen rufen hörten. Der Kartenverkäufer am Eingang des Bades schloss sein Häuschen ab und ging. Sie schlichen sich hinein und badeten lautlos, ohne zu plätschern, um die Aufmerksamkeit der Angestellten, die jetzt um den Mittagstisch saßen, nicht auf sich zu ziehen. Laura stand unter dem prasselnden heißen Mineralwasser und spürte, wie sich alle Knoten in Nacken und Schultern lösten. Danach gingen sie wieder zum Strand, tranken Bier und hörten den Insulanern zu, die sich darüber unterhielten, wie sich im Lauf der Jahre und mit den Touristen alles zum Schlechten verändert hatte.

Pamela ließ sie mit dem Fotografen allein, um sich mit einem Freund zu unterhalten, den sie am

Strand entdeckt hatte. Der Fotograf fing an, ihr Komplimente zu machen. Sie habe von Anfang an eine starke Ausstrahlung auf ihn gehabt. Laura antwortete, er solle ihr nicht solche Dinge sagen, wenn seine Freundin in der Nähe sei, doch er machte ein böses Gesicht und sagte, Pamela sei nicht seine Freundin. »Hast du ihre Figur gesehen?«, fragte er. »Die alte Schachtel.« Er selbst war nicht viel jünger, und plötzlich wusste Laura, warum Pamela so verbittert war.

Der Fotograf fragte, warum sie keinen Bikini trug, sie würde großartig aussehen im Bikini. Südländer mochten Frauen mit Kurven, behauptete er, sie solle ruhig zeigen, was sie hatte. Laura trug aus demselben Grund keinen Bikini, aus dem sie in Paris nicht mit Shorts herumlief. Sie hatte keine Lust auf die unvermeidlichen Kommentare. Deshalb antwortete sie nur, dass sie zum Schwimmen einen praktischen Badeanzug vorziehe. Damit ließ sie ihn sitzen und sprang ins Meer, um ihn loszuwerden, doch er schwamm ihr nach, ließ sich nicht mehr abschütteln und versuchte, sie zu überreden, die Nacht mit ihm zu verbringen. Er hätte tolle Musik, die ihr bestimmt gefallen würde. Die Carpenters und Fleetwood Mac, außerdem hätte er Yoga gelernt und wisse, dass ihre Energien sich wunderbar ergänzen würden.

Laura schwamm weiter und blieb im Wasser, bis sie sah, dass Pamela an ihren Liegeplatz zurückgekehrt war. Erst da kam sie heraus, dankte Pamela, dass sie ihr die Insel gezeigt hatte und entschuldigte sich. Sie müsse noch zu Hause anrufen.

Der Fotograf, der sich wie ein Hund trockengeschüttelt hatte, bekam nur die letzten Worte mit. »Ihr Amerikaner, immer müsst ihr weg, um zu telefonieren«, sagte er verächtlich.

Laura fuhr wieder nach Forio zurück, schlich sich an dem Restaurant, wo sie am Tag zuvor gegessen hatte, vorbei, damit der Kellner sie nicht sah und dachte, italienische Liebhaber sind auf Ischia genauso leicht zu haben wie zitronenbemalte Keramikaschenbecher.

Sie ging zu ihrer Pension und setzte sich auf die Terrasse. Allein war es doch am besten. Sie bestellte ein bescheidenes Abendessen, las ein paar Seiten in ihrem Roman und machte Pläne, um am nächsten Morgen weiterzuziehen. Die Insel kam ihr bereits zu klein vor.

Mitten in der Nacht weckte ein Moskito sie auf, und sie merkte, dass sie weinte. Sie schaltete das Licht an und schrieb einen zwölfseitigen Brief an ihren Mann, in dem sie versuchte, die Gründe für seinen Verrat aufzuführen. Es war ein Brief, den sie niemals abschicken würde. Doch all das in einer Pension auf Ischia niederzuschreiben, erleichterte sie sehr. Am Morgen war sie so weit, dass sie sich auf neue Abenteuer an unbekannten Orten freuen konnte.

3
St. Angelo

Beim Frühstück wünschte Laura der *signora* guten Morgen und nickte dem Herrn am Nebentisch zu. Offensichtlich war er kein Italiener, und das machte sie neugierig. Er hatte eine bemerkenswerte Ähnlichkeit mit Bob Dylan vor zehn Jahren, bloß weniger zerfurcht, mit braunen glänzenden Locken, einer Hakennase und wässrigen blauen Augen. Er trug eine lange, weiche Jeansjacke, eine gemusterte Weste und ein dickes silbernes Armband. Auf seinem Tisch stand kein zweites Gedeck, er schien allein zu sein.

Laura studierte die Seiten, die sie aus ihrem Italienführer herausgerissen hatte, als der Mann die *signora* auf Italienisch ansprach und sie etwas über die Insel fragte. Neugierig mischte sie sich ein und fragte, wie sie den Vulkan besteigen könne, ohne jedoch Blickkontakt zu dem Mann aufzunehmen. Als die *signora* gegangen war, bot sie ihm an, einen Blick in ihre Seiten zu werfen. Sie benutzte das förmliche »*Lei*« und reichte ihm die Blätter.

»Sie reisen mit leichtem Gepäck, was?«, bemerkte er auf Italienisch und überflog die Seiten.

Offensichtlich verstand er nicht viel Englisch, also nahm Laura ihm die Seiten wieder ab und erzählte ihm, was sie in den vergangenen zwei Tagen über die Insel gelernt hatte. So kamen sie ins Gespräch. Er fragte, wie lange sie bereits unterwegs sei und wann sie weiterfahren werde, und sie antwortete, wahrscheinlich am gleichen Vormittag, sei aber noch nicht sicher. Vielleicht sollte sie sich vorher doch noch den ruhenden Vulkan ansehen. Der Mann kam aus Paris, war aber zur Hälfte Italiener, deshalb sprach er die Sprache so gut. Er lehrte Kunst. Laura fragte, ob er an einem Gymnasium beschäftigt sei. Er schüttelte den Kopf. Nein, an der Uni, er sei Professor.

Als er nach ihr fragte, antwortete Laura, sie sei freie Journalistin und schreibe für Frauenzeitschriften. Auf den ersten Blick hatte er sie für eine Deutsche gehalten, doch dann war er unsicher geworden, als er sie sprechen hörte. Laura erklärte, sie komme aus San Francisco; das sagte sie immer, statt Amerika.

»Ahh«, sagte er, »das muss eine schöne Stadt sein.« Der Mann drehte den Stuhl ein wenig zu ihr herum und schlug die Beine übereinander. »Du bist aber ganz schön weit weg von zu Hause«, duzte er sie plötzlich. Sie reise einfach nur herum, erzählte sie, eine Freundin habe ihr empfohlen, sich unbedingt Ischia anzusehen. Sie zog den Sommer gern etwas in die Länge und fuhr in Gegenden, wo das Wasser im Herbst noch warm war.

»Wie ich«, sagte er.

Plötzlich platzte sie damit heraus, dass sein Gesicht sie an Bob Dylan erinnere. Er wirkte ein wenig überrascht von dieser offenen und persönlichen Bemerkung, sodass Laura schnell hinzusetzte: »Vor zehn Jahren.« Dabei waren es eher fünf, doch er wirkte nicht ungehalten, eher amüsiert.

»Fandest du es nicht auch komisch«, sagte er, »dass Bob Dylan vor kurzem in Bologna ein Konzert für den Papst gegeben hat? Ist er jetzt katholisch geworden, oder was? Und wo hat er seinen Hut gelassen?«

»Man kann nie sagen, welche religiöse Phase Bob Dylan gerade durchmacht«, antwortete Laura. »Aber der Hut erinnerte zu sehr an einen Cowboy.«

»An dem Tag, wenn die Stones dem Papst *Sympathy for the Devil* vorspielen, werde ich Papist«, antwortete er.

Laura gefiel seine Zurückhaltung gut, und sie schenkte ihm ein Lächeln, bevor sie sich wieder ihrem Frühstück widmete. Kurz darauf meinte der Mann, es wäre ihm ein Vergnügen, sie auf den Vulkan zu begleiten, falls sie sich zum Bleiben entschloss. Vorausgesetzt, sie habe nichts gegen Gesellschaft. Laura zuckte die Achseln. Warum nicht? Pompeji würde nicht weglaufen.

Ein paar Minuten später trafen sie sich vor der Pension wieder und stiegen in einen überfüllten Bus. Laura bemerkte, dass er genau wie sie eine Tasche mit Schwimmsachen dabeihatte. Er beugte sich zu ihr und fragte nach ihrem Namen. »Laura«, sagte sie und rollte das R so hübsch, wie es nur die Italiener können. Er verriet ihr seinen, er hieß Maurice, und sie antwortete in ihrem besten Schulbuchitalienisch, sie sei erfreut, seine Bekanntschaft zu machen. Daraufhin streckte er ihr die

Hand entgegen, als machte er sich über ihre Förmlichkeit lustig.

Der Bus brachte sie zum höchsten Punkt der Insel. Von dort gingen sie noch drei Kilometer zu Fuß, bis die Straße sich zu einem schmalen Pfad verengte und sie den Gipfel des Epomeo erreichten. Von hier konnten sie sehen, dass sie sich auf einer Insel befanden. Auf allen Seiten waren sie von Wasser umgeben. Drüben auf der anderen Seite verdunkelten schwere Wolken den Himmel über Capri. Sie setzten sich auf einen Vulkanfelsen, und der Kunstprofessor aus Paris zündete sich eine filterlose Zigarette an.

»Es gibt nichts Schöneres als Weinberge und das Meer im Hintergrund«, sagte er. Sie sprachen von den Inseln, auf denen sie gewesen waren. Stromboli, Sardinien, Kreta und Santorini. Sie stellten fest, dass beide den höchsten Berg auf Formentera bestiegen hatten, jener winzigen Insel vor Ibiza. Von da kamen sie auf andere Gegenden, die sie besucht hatten. Laura erzählte ihm ihre beste Geschichte: Zehn Tage vor Ausbruch des Golfkrieges hatte sie Jassir Arafat in seiner Villa in Bagdad interviewt. Vor dem Gemälde eines weißen Pferdes auf der einen Wand und dem Porträt Saddam Husseins auf der anderen. Was für ein charismatischer Mann Arafat doch sei, und wie seine mit MGs bewaffneten Leibwächter vor Schreck aufgesprungen waren, als ihre Kamera automatisch den Film zurückgespult hatte. Plötzlich gab sich Laura Mühe, dem Franzosen zu vermitteln, sie sei nicht bloß eine alberne Amerikanerin, die hin und wieder einen Artikel für Frauenmagazine schrieb. Er war interessiert, blieb jedoch unbeeindruckt. Und das gefiel ihr. Sie sprachen über die Rolle der Briten und Amerikaner im Konflikt mit dem Irak, die französische Außenpolitik und kamen schließlich zu Bill Clinton.

»Die amerikanische Politik ist lächerlich«, sagte er. »Wen geht es etwas an, mit wem der Präsident schläft? Aber Kennedy hatte wenigstens einen besseren Geschmack in puncto Frauen.«

»Wir sind zu puritanisch«, stimmte Laura zu. »Egal wie die Frauen aussehen.«

Bei Mitterands Beerdigung hätte dessen Geliebte neben seiner Frau gestanden, erklärte Maurice. Das sei viel zivilisierter. »Das Problem mit den Amerikanern ist, dass sie meinen, eine kleine Affäre würde automatisch die Ehe zerstören. Wozu solche Ängste? Damit belasten sie die Ehe nur unnötig. Und genau das zerstört sie dann auch.«

Das und sich in jemand anderen zu verlieben, dachte Laura.

In diesem Augenblick brach eine Horde von Touristen mit Wanderstiefeln und Spazierstöcken in ihre Idylle ein, und sie ergriffen die Flucht. Auf dem Rückweg kamen sie durch kleine terrassierte Obstgärten mit Zitronen- und Feigenbäumen. Er fragte sie nach ihrer Ehe. Wir sind auf Reisen, wir können uns alles erzählen. Laura erzählte ihre Geschichte. Verliebt, verheiratet, geschieden, und alles innerhalb kürzester Zeit. Ihr selbst sei das Ganze ein Rätsel. Ein kompliziertes psychologisches Szenario.

»Hattest du Zeit für Affären?«, wollte er wissen.

»Nein«, antwortete sie. »Aber mein Mann schon.«

»Na ja, das ist ja jetzt Vergangenheit. Du bist drüber weg, oder?«

»Mehr oder weniger.« Sie gingen eine Zeit lang schweigend nebeneinanderher. Dann fragte sie ihn, ob er verheiratet sei.

»Darüber rede ich nicht«, sagte er auf Englisch.

»Das ist auch eine Antwort«, erwiderte sie.

Na schön, sagte er dann, er sei seit zehn Jahren verheiratet und habe drei Kinder. Laura meinte, sie wolle lieber nicht fragen, ob er Zeit für Affären gehabt habe, und er lächelte – du lernst aber schnell.

Laura überlegte, ob sie sich mit einem verheirateten Mann einlassen sollte. In den Staaten würde sie es auf keinen Fall tun, aber sie war nicht in den Staaten, sondern außerhalb ihres Landes, ihrer Sprache, ihres ganzen Lebens. Und er – nun, er war Franzose. Franzosen waren für ihre Affären berühmt. Soweit sie wusste, gehörte es zu ihrem Lebensstil. Die Vorstellung war verlockend, aber es kam ihr trotzdem unwahrscheinlich vor. Er war viel zu entrückt, zu intellektuell, ganz anders als alle Männer, die sie bislang gekannt hatte. Sie sprachen nicht dieselbe Sprache. Er flirtete nicht einmal mit ihr. Er schien sich in ihrer Gesellschaft wohl zu fühlen, aber das war auch alles. Nicht schlecht.

Laura fragte ihn, was ein verheirateter Mann ganz allein auf einer Insel im Mittelmeer machte. Er erklärte, in seiner Familie wisse jeder, dass er ein Mal im Jahr seine Ruhe brauchte. Er müsse raus aus Paris, irgendwo auf einer einsamen Insel im Mittelmeer sitzen und nichts tun, um seine

Wurzeln wiederzufinden. Sich in Paris zu entspannen sei ihm unmöglich. Er war halb europäischer, halb arabischer Abstammung und musste hin und wieder wie ein Araber in einem Ambiente leben, wo die Tage wärmer sind und träger vergehen. Das liege ihm nun mal im Blut.

Sie kamen in die Stadt zurück und suchten ein Restaurant. Offenbar war es so was wie ein Ritual für Maurice. Laura bestellte nur einen Salat, und er störte sich nicht daran. »Iss das, worauf du Lust hast«, sagte er, »ich weiß, ihr Frauen esst nur Salate, aber ich will eine richtige Mahlzeit.« Er bestellte einen Salat, Brot mit Schweinebraten, später trank er Espresso und rauchte einen Zigarrillo dazu. Als er den Stummel ausdrückte, schlug er vor, schwimmen zu gehen.

Laura erzählte, sie habe von einem Strand gehört, an dem warme Mineralquellen aus den Felsen sprudelten. Er hieß Sorceto. Sie sahen auf die Karte und fanden einen Bus, der sie auf die andere Seite der Insel brachte. Dort gelangten sie über einen steilen Pfad hinunter zum Strand. Er ging voraus, nahm sie an der Hand und führte sie vorsichtig über die nassen glatten Steine, bis sie die Felsen und die vielen Menschen hinter sich gelassen hatten. Nach einem ausgiebigen Bad im Meer stakste Laura noch eine Weile durch die heißen Quellen und legte sich schließlich auf einem Felsen neben ihn in die Sonne.

»Und, was meinst du?«, fragte er.

Laura wusste nicht so recht, was sie mit dieser Frage anfangen sollte. Sie glaubte zu wissen, was er meinte, aber sicher war sie nicht.

»*Bel posto*«, antwortete sie. Ein schöner Ort.

Sie lagen eine Weile still da und sonnten sich.

Dann machte er einen weiteren Versuch, etwas direkter diesmal. »*Allora*«, sagte er. Na los. »Was denkst du über mich?«

Laura spürte, dass die Situation alles zuließ, es war eine echte Gelegenheit, doch sie war nicht ganz sicher und irgendwie hatte sie auch Angst. Schließlich antwortete sie mit einer Gegenfrage, nur um kein Risiko einzugehen. »Zuerst bist du dran. Was denkt der Professor über mich?«

Er wog seine Worte ab. »*Una ragazza piacèvole*.« Ein nettes Mädchen, vielleicht auch hübsches oder attraktives Mädchen. Seine Worte klangen, als habe er soeben in einen reifen Pfirsich gebissen. »Ein schöner Zufall, dass wir uns getroffen haben, nicht wahr? Wir scheinen dieselbe Wellenlänge zu haben.« Er tippte sich an die Stirn. »Das ist selten.«

»Hmm.« Laura vergrub die Finger in den Kieselsteinen und merkte plötzlich, dass nicht die Sonne sie wärmte, sondern die Erde. Je tiefer sie sich hineingrub, desto wärmer wurde es. Sie lag auf dem Bauch und war kurz davor einzuschlafen, als sie merkte, wie er ihr einen weichen warmen Stein auf den Rücken legte, und plötzlich war die Lust, die sie schon verloren geglaubt hatte, mit einem Schlag wieder da. Sie schien von diesem Stein auszugehen und durchzuckte ihren ganzen Körper. Dann berührte er sie da, wo der Stein gelegen hatte, zeichnete weiche Muster auf ihre Haut und strich mit dem Finger über ihr Rückgrat, von ganz oben bis ganz unten.

Am Abend gingen sie in das einzige Restaurant in Forio, in dem auch Einheimische verkehrten, und unterhielten sich über ihrem *pesto* wie alte Freunde. Laura fragte ihn, was er unterrichtete, und er antwortete, Kunstgeschichte und Ästhetik. Laura erzählte ihm, wie schade es gewesen sei, dass ihr Seminar für moderne Kunstgeschichte im College immer frühmorgens stattgefunden hatte. »Du bist eingeschlafen, sobald das Licht ausging und der Diaprojektor lief«, sagte er, und sie nickte. »Du hast Glück, dass du nicht bei mir im Seminar warst, *cara*.«

Laura erzählte, dass sie nicht besonders gut in Kunst gewesen war. Sie wusste so wenig, dass sie sich im ersten Examen, als sie ein Gemälde zur Interpretation wählen musste, für Marcel Duchamps *The Bride Stripped Bare By Her Bachelors, Even* entschieden hatte, und das nur, weil ihr der Titel so gut gefiel.

Maurice stöhnte. »Man hat ganze Bibliotheken über das Werk geschrieben«, erklärte er, »und trotzdem hat es niemand wirklich verstanden.« Dann wollte er wissen, ob sie durchgefallen war.

»Es war eine Katastrophe«, gestand ihm Laura. Sie war zu ihrem Professor gegangen und hatte ihm erklärt, dass sie sich benachteiligt fühlte, weil alle anderen in ihrer Klasse in New York oder an der Ostküste aufgewachsen waren und von klein auf von Kunst umgeben gewesen waren. Sie hatten mit ihren Eltern oder ihrer Klasse ins Metropolitan oder ins Museum of Modern Art gehen können, sie dagegen war in Colorado groß geworden und kannte bloß die Kunst der Indianer. Dafür wusste sie, wie ein echter Navajo-Teppich aussah.

»Kein schlechtes Argument, *signorina*«, sagte Maurice. »Und?«

»Er gab mir noch eine Chance. Ich suchte mir einen leichteren Künstler aus, Jackson Pollock.«

»Ah!« Maurice probierte das *pesto* und erzählte, dass auch er sich für die Kunst der amerikanischen Indianer interessierte. Seine Mutter war Anthropologin gewesen und hatte über verschiedene Eingeborenenkulturen der Welt gearbeitet.

Laura merkte, dass er traurig wurde, als er von seiner Mutter sprach, und fragte, ob sie noch lebte. Nein, sie sei schon lange tot, antwortete er, sein Vater dagegen sei erst vor ein paar Jahren gestorben.

»Das tut mir Leid.«

»Es ist komisch, ein Waisenkind zu sein, sogar in meinem Alter und obwohl ich eine eigene Familie habe«, gestand er und erlaubte ihr einen flüchtigen Blick in sein Innenleben. »Man fühlt sich immer ein bisschen allein.«

Plötzlich merkte Laura, dass er Tränen in den Augen hatte. Er versuchte, sich nichts anmerken zu lassen, indem er den Tonfall wechselte und dem Kellner ein Zeichen gab, den Espresso zu bringen. Laura wiederholte, wie Leid es ihr tue. Sie sei froh, dass ihre Eltern noch lebten und gesund waren.

»Verstehst du dich mit ihnen?«, wollte er wissen.

»Ja«, antwortete Laura. »Es sind wunderbare Menschen.«

»Das waren meine Eltern auch«, sagte er und starrte auf seine leere Espressotasse. »Wir haben beide Glück gehabt.« Dann nahm er ihre Hand und hielt sie fest, bis die Rechnung kam.

Schließlich verließen sie das Restaurant und gingen zurück zu ihrer Pension, die sie diskret getrennt betraten. Sie hatten vor, sich später zu treffen. Er hatte ihr seine Zimmernummer gegeben. Laura saß auf ihrem Bett und bürstete sich das Haar. Ihr war nicht ganz wohl bei dem Gedanken. Er gefiel ihr, sie fühlte sich unbeschwert in seiner Nähe, aber sie konnte nicht einfach so in sein Zimmer gehen. Im Moment konnte sie sich nicht mal rühren. Sie starrte auf den Brief, den sie letzte Nacht geschrieben hatte und der nun auf der Bettdecke lag. Sie griff danach, überflog die erste Seite, zerknüllte ihn und warf ihn in den Papierkorb. Dann legte sie die Haarbürste weg, nahm ihre Schlüssel und schlich auf Zehenspitzen zu seinem Zimmer.

Er begrüßte sie fröhlich grinsend, als sie sich auf seine Bettkante setzte. Laura entdeckte, dass er unter dem Laken nackt war, und starrte auf das kleine Holzkreuz an der Wand. Sie wusste nicht, was sie tun sollte. Auf so was war sie nicht vorbereitet gewesen. Der einzige Gedanke, der ihr durch den Kopf schoss, war, dass sie keine hübsche Unterwäsche mitgebracht hatte. Sie war mit der regelmäßigen Ermahnung erzogen worden, immer saubere Unterwäsche zu tragen, falls man plötzlich zum Arzt musste, aber keiner hatte ihr geraten, irgendwelche sexy Dessous dabeizuhaben, falls einem auf einer abgelegenen Insel zufällig ein französischer Kunstprofessor über den Weg lief.

Außerdem hatte sie schon immer Probleme gehabt, sich auszuziehen. Sie hatte einen Bauch, üppige Schenkel und einen enormen runden Hintern. Doch um fair zu sein: Dieser Hintern hatte es vielen ihrer Liebhaber angetan. So saß sie einfach da und betastete den Stoff des Bettlakens.

Er breitete die Arme aus. »Komm her, *signorina*.«

Laura streifte nur die Sandalen ab und legte sich angezogen neben ihn. Eine ganze Weile lagen sie nur da, während er ihr Haar und ihre Wange streichelte und dann seinen Finger in ihren Mund steckte. Er umfasste ihr Gesicht mit beiden Händen und küsste es, die Lider, die Wangen, die Schläfen. Schließlich klopfte er auf die Bettdecke.

»*Vieni*!« Laura zog den Pullover aus. Sie war ängstlich und unsicher. Er streckte sich und schaltete das Licht aus. Als sie auch die restlichen Kleider abgestreift hatte, krabbelte sie unter die Decke. Sein Körper fühlte sich gut an, glatt, entspannt, weich, mit knochigen Beinen. Sie schmiegte sich an ihn und spürte seine Wärme. Er erfand tausend Zärtlichkeiten für ihren Rücken, den Po und die Schenkel. Seine Hand glitt an ihrem Bein hinunter und umfasste ihren Spann, er berührte ihren ganzen Körper, nicht nur die erogenen Zonen. Bei Jon hatte sie immer den Eindruck gehabt, dass er sie trotz ihres Körpers liebte. Das hier war etwas ganz anderes.

Laura verbannte den Gedanken an ihren Mann aus dem Bett. Sie fühlte sich begehrt, sie hatte das Gefühl, ihr ganzer Körper sei elektrisiert. Sie flüsterte ihm zu, wie gut er sich anfühlte.

Dann schmiegte sie sich an ihn und küsste seine Stirn unter dem weichen Haar. Sie liebkoste ihn sanft, bis er steif war. Sie presste sich an ihn, rieb ihre Wange an seinem Glied und dann auch den Mund.

Schließlich führte sie ihn in sich hinein und spürte, wie er tief in ihrem Innern einen hungrigen Punkt berührte. In diesem Moment wurde ihr klar, wie sehr sie den Sex vermisst hatte. Sie fühlte sich vollkommen befriedigt und hielt ihn einen Augenblick ganz fest.

Nach einer Weile griff er nach seinen Zigaretten und zündete sich eine an.

»Ich bin erledigt«, sagte er. »Ein Opfer der Lust.«

Er schien so ernst, dass Laura nicht wusste, was sie davon halten sollte. Sie kuschelte sich an ihn, legte die Hand auf seine Rippen und schloss die Augen.

Am nächsten Morgen stand sie auf, bevor er wach wurde, sammelte leise ihre Sachen ein und zog sich an. Dann schlich sie auf Zehenspitzen durch den Gang und das offene Treppenhaus zu ihrem Zimmer. Die *signora* mit ihren Adleraugen ertappte sie da, wo sie nichts zu suchen hatte, und Laura sagte sich, dass sie die Pension noch am gleichen Morgen verlassen sollte.

Sie nahm eine Dusche und zog das andere Hemd und frische Unterwäsche an. Mehr hatte sie nicht mitgebracht. Dann packte sie ihre Sachen, ohne zu wissen, wie der Tag verlaufen würde. Sie dachte daran, weiterzuziehen, die erste Fähre zu nehmen und ihn nie wieder zu sehen. Wenn es nicht mehr als ein schneller One-Night-Stand gewesen war – und was sollte es anderes sein? –, wollte sie wenigstens diejenige sein, die zuerst ging.

Aber ohne Frühstück bricht man nirgendwohin auf, egal, welche Dramen sich abspielen, und daher beschloss sie, sich der *signora* und dem Morgen zu stellen. Nervös stieg sie die Treppe zum Frühstücksraum hinunter und entdeckte zu ihrer Erleichterung, dass bereits eine laute Gruppe Touristen am Tisch saß und dass es die Tochter der *signora* war, die sie heute Morgen bediente. Sie setzte sich hin und war froh, als sie ihr eine Keramikkanne mit Kaffee und eine zweite mit heißer Milch und einen Korb mit süßen Brötchen brachte.

Laura hatte gerade den ersten Bissen im Mund, als Maurice den Saal betrat. Sie hielt inne. Die Tochter der *signora* führte ihn zu seinem Tisch direkt neben dem ihren. »*Bongiorno*«, grüßte er die Tochter der *signora*. Dann sah er zu ihrem Tisch herüber und nickte: »*Bongiorno, signora.*« Es war genau der gleiche förmliche Ton. Laura wand sich innerlich. Bestimmt war sie auch noch rot geworden! Er setzte sich und schwieg, bis die Tochter ihm den Kaffee gebracht und den Tisch der anderen Touristen abgeräumt hatte. Er warf nicht mal einen Blick in ihre Richtung, und Laura spürte, wie sich die Kälte in ihrem Bauch ausbreitete. Als die Tochter der *signora* endlich verschwand, drehte er sich um.

»Hast du gut geschlafen, *signorina*?«, fragte er sie. »Du bist früh aufgestanden.«

»Ganz gut«, antwortete Laura unverbindlich. »Und du?«

»Sehr gut«, antwortete er mit seiner Stimme, die immer noch nach Sex klang. »Und jetzt habe ich Hunger.«

Die *signora* kam mit seinem Frühstück, und er grüßte sie. Die Alte würdigte Laura keines Blickes. Solange sie im Raum war, sprach Maurice kein einziges Wort.

»Und heute, meine Liebe?«, fragte er, als die *signora* verschwunden war. »Was steht heute auf dem Programm?«

»Ich glaube, ich kann hier nicht bleiben«, eröffnete sie ihm. »Heute Morgen hat die *signora* gesehen, wie ich aus deinem Zimmer kam.«

Er dachte nach. »Ich bin ziemlich sicher, dass sie so was nicht zum ersten Mal gesehen hat. Auf einer so romantischen Mittelmeerinsel.«

»Aber ich fühle mich nicht wohl dabei«, entgegnete Laura. »Jetzt hält sie mich für eine Nutte.«

Er seufzte. »Schade, es ist so schön hier.«

»Ich weiß. Vielleicht fahre ich nach Procida. In meinem Führer steht, Procida sei eine verschlafene Fischerinsel. Vielleicht kann man dort dem Tourismus entkommen.«

Maurice war einverstanden. »Warum nicht nach Procida?«

Sie gingen in ihre Zimmer zurück, bezahlten die Rechnung und holten ihre Pässe an der Rezeption ab. Dann fuhren sie in einem überfüllten Bus zum Hafen und nahmen die Fähre nach Procida. An Bord holte Laura ihre kleine Kamera heraus und machte ein Foto von der Insel, da sie nicht wusste, ob sie je wieder hierher zurückkommen würde. Dann drehte sie sich zu Maurice um. »Darf ich auch ein Foto von dir machen?« Er nickte und nahm einen Zug von seiner Zigarette, statt in ihre Kamera zu lächeln.

Die Fähre legte in Procida an. Die Insel war bezaubernd, im Stil der neorealistischen italienischen Filme der Fünfzigerjahre, aber die Strände waren schmutzig und menschenleer, und der ganze Ort wirkte irgendwie düster. Laura hatte Gewissensbisse, weil sie Maurice aus dem Paradies entführt und sie einen halben Ferientag in überfüllten Bussen und auf einer Fähre verbracht hatten, ohne zu wissen, was sie erwartete. Schließlich stiegen sie aus und gingen zu Fuß zu einer Pension, die im Führer empfohlen war. Nachdem sie meilenweit gelaufen waren, so kam es ihnen jedenfalls vor, mussten sie Einheimische nach dem Weg fragen. Schließlich fanden sie die Pension. Es war eine heruntergekommene Absteige inmitten eines Wirrwarrs tropischer Pflanzen, doch niemand war da, außer einem zwölfjährigen Mädchen, das sich um ein Baby kümmerte. Also beschlossen sie, bis nach dem Mittagessen zu warten, um nach Zimmern zu fragen. Sie mussten einen Bus zum Hafen zurück nehmen, um ein Restaurant zu finden. Aber schließlich wurden sie mit einer vorzüglichen *pasta allo scòglio*, mit Muscheln, Venusmuscheln, winzigen Schnecken, Olivenöl und Petersilie versöhnt. Das allein war die Strapazen wert, und schon hob sich ihre Laune. Doch die Vorstellung, mit der Fähre nach Ischia zurückzukehren, erschien ihnen attraktiver, als auf der Insel zu bleiben.

»Procida«, rief Maurice, »nein, das ist nichts Besonderes.« Er schlug vor, nach Forio in die kleine Pension zurückzukehren, die ihm so gefallen hatte, doch sie wusste, dass sie sich dort nicht mehr wohl fühlte. Sie schlug vor, stattdessen nach St. Angelo zu fahren, und am Abend waren sie wieder in dem weiß getünchten Dorf mit den bunten Geranien und dem duftenden Jasmin und Oleander. Nach einer weiteren Fahrt in einem voll besetzten Bus waren sie zwar verschwitzt und erschöpft, aber immer noch guter Dinge. Doch dann stellte sich heraus, dass das Hotel mit dem herrlichen Blick und dem charmanten Kellner ausgebucht war, und genau dasselbe hörten sie auch im nächsten. Sie gaben sich geschlagen. Als letzte Möglichkeit erkundigte Laura sich, ob es nicht irgendwo in der Nähe Privatzimmer zu vermieten gäbe, und die junge Frau an der Rezeption führte ein paar rasche Telefongespräche.

Wie durch ein Wunder gab es tatsächlich noch ein Zimmer mit Terrasse und Blick aufs Meer. Die Mahlzeiten wurden im Restaurant des Hotels serviert. Es war ein wunderschönes Zimmer und preiswert. Sie stellten ihre Sachen ab und liefen zurück zum Strand, um zu schwimmen.

»*Lava tutto*«, sagte Maurice, als er wieder aus dem Wasser auftauchte. Das Gefühl des Wassers reinigt vom ganzen Tag.

Später im Zimmer stapelte er seine Sachen in ordentlichen Häufchen auf, seine Zigarettenpackungen hier, seine Zigarrillodosen dort. Laura wusste nicht, was sie mit sich anfangen sollte, und fand es seltsam, ein Zimmer zu teilen, irgendwie war es intimer, als miteinander zu schlafen. Er nickte.

»Wir haben große Fortschritte innerhalb kürzester Zeit gemacht«, sagte er, und dann nahm er ein großes weißes Handtuch und rubbelte ihr das Haar trocken. Später glaubte er, sie sei eingeschlafen, und fuhr mit dem Finger über ihren Rücken, hielt dann aber plötzlich inne. Laura suchte nach der richtigen Konjugation. Konjunktiv Imperfekt: »Wenn du aufhören würdest, mich zu berühren« – und dann Konditional Präsens, »würde ich verrückt.«

Auf der Terrasse aßen sie zu Abend, hoch über dem Meer, die winzigen Fischerboote in der Ferne. Im Hintergrund spielte Pino Daniele italienischen Blues. Es gab gegrillte Auberginen, geröstete Kartoffeln mit Rosmarin und Tomatensalat mit *bruschetta*, und das war nur die Vorspeise. Bei der gegrillten Seezunge mit Zitrone warf er einen Blick auf das Meer, wo die Sonne über dem Horizont unterging und alles rot färbte. Und plötzlich musste er über sein Glück lachen. »Wir haben den perfekten Platz gefunden«, rief er.

»*Gorgeous*«, sagte sie auf Englisch. Er wiederholte es und ließ sich das Wort auf der Zunge zergehen, als wäre es Wein.

Am nächsten Tag suchten sie sich abseits ein einsames Sonnenplätzchen zwischen ein paar Vulkanfelsen am Strand. Maurice schwamm nackt im Meer und erklärte, nur so könne man es richtig genießen. Laura zog ihren Badeanzug aus und lief ins Wasser, doch als sie wieder auftauchte, kam zufällig ein Boot voller Touristen an ihrer Bucht vorbei, und sie musste hinter einem Felsen Zuflucht suchen, während Maurice längst wieder in seine Badehose geschlüpft war und über ihre missliche Lage lachte.

Als sie zu ihrem Handtuch zurückkam, fragte er, ob er in den letzten zwei Tagen brauner geworden sei. Sie konnte zwar keinen nennenswerten Unterschied zu vorher erkennen, versicherte ihm jedoch, seine Bräune habe schon erheblich zugenommen. »Gut«, antwortete er. »Wenn ich wieder in Paris bin, sollen meine Kollegen vor Neid platzen.«

»Das werden sie bestimmt«, lachte Laura und registrierte seine Eitelkeit.

Er musterte seinen Körper. »Einige Kilos weniger wären nicht schlecht.«

Maurice war schlank und hatte nur ein paar kleine Fettpölsterchen auf den Hüften.

»Ich fühle mich einfach besser, wenn ich schlank bin«, erklärte er, und als er Lauras ungläubiges Gesicht sah, setzte er hinzu: »Es ist ästhetischer.«

All das Gerede über sein Gewicht machte Laura empfindlich. »Ich weiß nicht, ob das was mit Ästhetik zu tun hat, aber bei mir könnten auch einige Kilos verschwinden.«

Er musterte sie, als sähe er sie zum ersten Mal. »Ja«, sagte er, »das täte dir ganz gut. Du wärst hübscher.«

Das saß. Wahrscheinlich, dachte Laura, begehrte er sie gar nicht. Er hatte nur mit ihr geschlafen, weil er nichts Besseres gefunden hatte. Am liebsten hätte sie ihre Sachen genommen und wäre verschwunden. Sie griff nach ihrem Handtuch.

Doch dann hielt sie inne. Wenn er sie nicht begehrte, wäre er schließlich nicht hier, dachte sie. Er würde mich nicht so berühren.

»Vielleicht hast du Recht«, antwortete sie. »Aber mein Gewicht macht mir schon lange zu schaffen, und wenn ich anfange, darüber nachzugrübeln, werde ich neurotisch. Mir ist lieber, ich genieße das Essen, und dafür nehme ich ein paar Kilos zu viel in Kauf.«

»Tja«, sagte er beiläufig. »Du bist ein sehr sportlicher Typ. Wahrscheinlich ist es genau das Richtige für dich.«

Laura entspannte sich. Sie unterhielten sich träge über Filme und Schauspieler, Marcel Proust und Marguerite Duras, Martin Scorcese, Guy DeBord und über den Film *Die Nacht des Jägers*. Namen und Titel waren eine Art Kurzschrift für alles, wozu Lauras Italienischkenntnisse nicht ausreichten, aber sie genügten. Sie war wie betäubt von der Lust, als sie so auf den Klippen lagen. Sie schwammen, ließen sich von der Sonne trocknen, machten Liebe, aßen eine Kleinigkeit, liebten sich, schwammen, trockneten in der Sonne. Und so ging es endlos weiter.

Am nächsten Morgen fragte sie, was sie heute machen sollten, und er antwortete: »Dasselbe wie gestern, nur rückwärts.«

Unten am Hafen in einem Café direkt neben dem Anlegeplatz für die Bootstaxis tranken sie einen Espresso und lasen die italienischen Zeitungen. Maurice beobachtete zwei junge Mädchen, die am Strand Radschlagen übten. »Manchmal fühle ich mich wie Humbert Humbert«, sagte er plötzlich.

Als Laura einwand, er sei unmöglich, antwortete er, nein, nur ehrlich. »Deshalb ist *Lolita* so ein gutes Buch, weil es ehrlich ist.« Er behauptete, er würde nicht im Traum daran denken, ein junges Mädchen zu verführen, aber manchmal erinnerten sie ihn an seine erste Liebe, die ihm ein völlig anderes Gefühl für sich selbst gegeben und ihm geholfen hatte, ein Mann zu werden. Als kleines Kind sei er sehr hübsch gewesen und habe goldene Locken gehabt, erzählte er. Wildfremde Menschen hatten ihn bewundert. Und dann begann seine Nase zu wachsen. Er erinnerte sich, wie seine Mutter sogar einmal geweint hatte, weil ihr hübscher Junge eine so grässliche Nase bekommen hatte. Seitdem war er sich hässlich vorgekommen, bis er ein Mädchen aus Norwegen kennen lernte, genauso alt wie er, vierzehn oder fünfzehn. Sie verliebten sich für einen Sommer ineinander, obwohl sie sich kaum verständigen konnten. Es gebe nichts Schöneres als die erste Liebe, behauptete er, und nichts, das so wehtat wie damals, als sie wieder nach Norwegen musste, und sie wussten, dass sie sich niemals wiedersehen würden. Und so war es ja auch gekommen. Doch ein paar Wochen nachdem sie weggegangen war, bekam er eine wundervolle Karte, die sie für ihn gebastelt hatte. Darauf stand nur ein Satz: »Ich liebe deine Nase.«

Laura sagte ihm, das Mädchen aus Norwegen hätte Recht gehabt. Er hatte eine wunderschöne mediterrane Nase.

»*Thank you, my dear*«, antwortete er auf Englisch.

Irgendwie hatte Laura das Gefühl, dass diese vier Tage mit Maurice einzigartig waren, dass sich ihr Zauber niemals wiederholen ließe und dass sie ihn wahrscheinlich nie wieder sehen würde. Und zugleich hatte sie das Gefühl, dass sie auch nie wieder einen solchen Liebhaber haben würde. Seine Art der Liebe war wie ein langes, sehnsuchtsvolles Mahl, voller köstlicher Vorspeisen und Beilagen, eine Vielfalt von einfachen und doch exquisiten Gaumenfreuden, und am Ende eine filterlose Zigarette.

»Mit sechsunddreißig willst du anfangen zu rauchen?«, fragte er sie. Und sie lächelte und sagte, es sei nur seine Schuld.

»Wenn ich wieder in San Francisco bin, muss ich mir einen Liebhaber suchen, der so ist wie du.«

»*Inutile*«, antwortete er und lachte. »Du hoffst doch bloß, dass du irgendwem etwas beibringen kannst«, setzte er hinzu. Dann wurde er ernst, beinahe onkelhaft. »Ich bin sicher, dass du jemanden findest. Du brauchst nur einen Mann, der etwas älter ist als du und etwas jünger als ich. Ein Literaturprofessor, der Italienisch spricht. So einen muss es doch geben in San Francisco.«

»Jaja«, antwortete Laura. »Wie Sand am Meer.«

Es war ihr letzter gemeinsamer Abend vor der Abreise. Das Wetter war umgeschlagen, der Herbst stand vor der Tür. Zu kalt für Badeanzug und Sarong. Laura trug dieselbe abgewetzte schwarze Jeans, das schwarze T-Shirt und den schwarzen Pullover wie schon seit Tagen. Ihr BH war schmutzig, also ließ sie ihn weg, und da sie auch keinen Gürtel dabeihatte, fielen ihre Hosen herunter. Maurice dagegen trug stets ein frisch gebügeltes Hemd zu seinen Jeans. Sie kam sich ganz schäbig vor und entschuldigte sich dafür, dass sie nichts Hübscheres eingepackt hatte.

Doch ihm schien es nichts auszumachen. Er sah sie an und sagte: »Dir ist bestimmt kalt, oder?« Dann bot er ihr einen seiner Wollschals an. Laura bedankte sich und sagte, sie würde am liebsten den blauen haben, den er selbst gerade trug; er würde ihr besser stehen als die anderen. Er meinte, er sehe schon, dass sie einen Instinkt dafür habe, sich herauszuputzen, nahm den Schal widerwillig ab und gab ihn ihr, nicht ohne den Hinweis, es sei sein Lieblingsschal. Er hatte ihn in Ägypten gekauft. Laura gefiel er sehr, denn er ließ sie sofort eleganter erscheinen. Heimlich wünschte sie sich, dass er ihn ihr zum Andenken schenkte.

Während des Essens sagte er nicht viel. Er stellte ein paar Fragen nach ihrem Mann, wie er gewesen sei und so weiter. Sehr intelligent, antwortete sie, aber auch sehr kompliziert. Offensichtlich ging das eine stets mit dem anderen einher.

Er sei ganz anders, sagte er, überhaupt nicht kompliziert. »Ich bin pflegeleicht. Ich liebe die Kunst, die Frauen, das Meer, gutes Essen und Zigarrillos.« Dann packte er ein Zigarrillo aus und zündete ihn an. »Ich liebe alles, was Spaß macht«, fügte er hinzu und rauchte einen Augenblick schweigend. »Manchmal sagt meine Frau, ich sei zu einfach gestrickt.«

Laura machte sich ihre Gedanken über diese Frau. Sie mussten eine Art Abkommen haben – er reiste allein, und das hier war bestimmt nicht seine erste Affäre. Was immer zwischen ihnen war, Laura war nicht das Problem.

Sie erklärte ihm, sie habe noch nie einen Intellektuellen kennen gelernt, der so unkompliziert sei wie er und offenbar keine dunklen Geheimnisse mit sich herumschleppte, obwohl sie den leisen Verdacht hege, dass es einige gab, über die er nicht sprach. Er wirkte einfach zufrieden mit sich und dem Leben, das er führte. Im Gegensatz zu vielen talentierten, intelligenten Männern, die sie kannte, fehlte ihm jene äußerliche Arroganz, unter deren Oberfläche gelegentlich tiefe Unsicherheit lauert. Er machte nicht den Eindruck, als ließe er sich von starken, klugen Frauen einschüchtern, im Gegenteil, sie schienen ihn zu amüsieren. Er war ganz leicht zu begeistern, und man fühlte sich in seiner Nähe wohl. Laura war froh, einen Mann wie ihn kennen gelernt zu haben, auch wenn es nur bei einem flüchtigen Abenteuer blieb.

Ihr Blick fiel auf die Kerze, die sich im Glas spiegelte. »Weißt du was, ich liebe Grappa«, sagte sie. »Diesen Grappa. Er duftet wie der Inbegriff reifer Trauben und fruchtbarer Erde.«

Er sah sie einen Augenblick an. »Für eine Amerikanerin bist du gar nicht so übel.«

Laura nahm einen Schluck von ihrem Grappa. »Und du für einen Franzosen aus Paris auch nicht.«

Laura sah aufs Meer und schwieg eine Weile. Am nächsten Morgen wollten sie abreisen; sie musste zurück in die Stadt, in der sie mit ihrem Mann gelebt hatte. Dann fragte sie Maurice, ob er an seinen Unterricht am Dienstag denke. Er schüttelte den Kopf.

»Ich denke an dich, *cara signorina*«, sagte er. Das war sein einziges Kompliment. »In kürzester Zeit hast du mich besser kennen gelernt als die meisten Leute.« Laura war überrascht, sie hatte geglaubt, ein so charmanter Mann müsse viele Freunde haben. Sie selbst hatte das Gefühl, dass sie nicht viel über ihn wusste. Dann lachte er leise. »Du kennst mein geheimes Leben. Du *bist* mein geheimes Leben.«

Laura sagte nichts. Sie starrte auf ihr Glas.

»Vielleicht finden wir uns eines Tages wieder«, fügte er hinzu.

»Hoffentlich«, antwortete sie und konzentrierte sich auf die fernen Lichter der Schiffe. Dann schweifte ihr Blick zurück zu ihm. »Irgendwann musst du dir San Francisco ansehen«, sagte sie.

Er rauchte seinen Zigarrillo und nickte.

Der nächste Morgen war geschäftig. Laura packte ihre wenigen Sachen und gab ihm den Schal zurück. Sie tauschten ihre Adressen aus, und er schrieb sich den Namen eines Schriftstellers und eines Videokünstlers auf, von denen sie ihm erzählte hatte, Thomas Bernhard und Bill Viola. Dann verschwand er für ein paar Minuten und kam mit einem Geschenk für sie zurück, frischen Kapern, einer Spezialität der Insel. Mit dem Bus fuhren sie zum Hafen, kauften die Tickets für die Fähre, fanden ein Café mit einem Kiosk und lasen schweigend ihre Zeitungen – er *Le Monde* und sie die *Herald Tribune*. Dann gingen sie an Bord und versuchten, eine gewisse Distanz aufzubauen.

In Neapel brachte er sie zum Bahnhof, half ihr, die Fahrkarte zu kaufen und lud sie zu einem sehr schnellen, lauten, aber herrlichen neapolitanischen Mittagessen ein. Kaum war sie fertig mit ihrem *insalata caprese* – frische Tomaten, Büffel-Mozzarella und Basilikum, alles mit Olivenöl beträufelt –, schien er aufbrechen zu wollen. Er bezahlte die Rechnung, führte sie über die Straße zum Bahnhof, wo er ihr den richtigen Bahnsteig zeigte. Schließlich bat er sie um einen Weihnachtsgruß.

Dann sagte er abrupt: »So, ich verlasse dich hier«, und küsste sie leicht auf beide Wangen. »*Ciao, ciao.*«

»Es war mir ein Vergnügen«, murmelte sie, aber da war er bereits verschwunden.

Laura stieg in den Zug und stand wie betäubt im Gang. Der Abschied war so schnell gegangen, die vier Tage derart rasch verflogen, dass ihr alles wie ein Traum schien. Doch obwohl er weg war und sie wusste, dass sie ihn nie wieder sehen würde, war sie auch irgendwie erleichtert.

Erst als der Zug losfuhr und der heftige Ruck sie beinahe zu Boden geschleudert hätte, sah sie sich nach einem Sitzplatz um. Doch alles war besetzt, sogar die Klappsitze im Gang. Schließlich erreichte sie den Speisewagen und beschloss, sich an einen der Tische zu setzen. Sie versuchte noch, ihre Gedanken zu sammeln, als sie plötzlich hörte, wie jemand ihren Namen rief. Es musste eine andere Laura sein, Italien wimmelte nur so von Lauras, doch dann hörte sie es wieder, diesmal näher. Die absurde Hoffnung flog ihr durch den Kopf, es könne Maurice sein, der gemerkt hatte, dass er ohne sie nicht leben konnte.

Sie drehte sich um, und da war der italienische Fotograf, den sie am zweiten Tag auf Ischia getroffen hatte. Es kam ihr vor, als sei es eine Ewigkeit her. Er begrüßte sie überschwänglich und setzte sich ihr gegenüber. Er war der Letzte, den sie in diesem Moment sehen wollte, und sie hatte Mühe, sich mit ihm zu unterhalten.

»Laura, Laura«, sagte er. »Was für eine Überraschung, dich hier zu treffen! Das muss ein Wink des Schicksals sein.«

»*Ciao*«, erwiderte sie und brachte nur ein schwaches Lächeln zustande, während sie wünschte, er würde verschwinden. Doch alle anderen Plätze waren besetzt. So leicht würde sie ihn nicht loswerden.

Er fragte, ob sie etwas trinken wolle, aber sie lehnte ab. Dann lud er sie zum Mittagessen ein, doch wieder schüttelte sie den Kopf. »Nein, danke, ich habe schon in Neapel gegessen.« Sie konnte nicht verstehen, wie man im Zug essen konnte, wenn doch jeder wusste, dass es in Neapel das beste Essen auf der ganzen Welt gibt.

»Dann musst du aber wenigstens etwas mit mir trinken«, beharrte er. Er ging zum Tresen und kam mit einem in Plastik verpackten Sandwich zurück, zwei Plastikbechern und vier kleinen Flaschen Weißwein. Laura sah ein, dass es keinen Zweck hatte, sich zu wehren. Sie würde ihn nicht abschütteln, also konnte sie sich auch mit ihm betrinken.

Er schenkte ihnen ein und erzählte, er führe nach Rom, um Aufnahmen für Postkarten zu machen – das Kolosseum, den Pantheon, die Spanische Treppe. Gab es denn nicht längst genug

Postkarten von diesen Orten auf der Welt, fragte sich Laura. Warum musste ausgerechnet dieser Fotograf in ihrem Zug sitzen? Sie starrte aus dem Fenster, während er sprach, und hörte kaum, wie er vorschlug, sie solle in Rom aussteigen und sich die Stadt von ihm zeigen lassen. Sie trank und trank, bis ihr der Wein zu Kopf stieg. Sie wollte mit ihren Erinnerungen an Maurice allein sein.

Endlich hielt der Zug in einem Bahnhof an, einige Passagiere stiegen aus. »Ich bin furchtbar müde«, eröffnete ihm Laura. »Ich will sehen, ob ich einen Sitzplatz finde. Entschuldige mich.« Sie dankte ihm für die Einladung und verabschiedete sich, ehe er etwas einwenden konnte. Sie fand einen frei gewordenen Sitz und nahm Platz. Im Abteil saßen ein älteres Ehepaar, eine strenge Witwe und zwei berufstätige Frauen. Sie nickte ihnen zu und schloss die Augen. Die Bilder wirbelten durch ihren Kopf. Die Felsen, die Terrasse, die Pension, der Abschiedskuss.

»Laura«, hörte sie plötzlich und öffnete unwillig die Augen. In der Tür stand der Fotograf. »Laura, ich habe ein paar Sitze gefunden.« Auch die anderen im Abteil waren von seiner Stimme aus dem Halbschlaf gerissen worden und sahen fragend auf.

»*Grazie, signore,* aber ich fühle mich wohl hier«, entgegnete sie.

»Komm schon, dahinten gibt es noch Platz«, beharrte er.

Laura sah sich beunruhigt und Hilfe suchend im Abteil um. Die Passagiere sagten nichts, warfen dem Fotografen jedoch finstere Blicke zu.

»Bitte«, sagte Laura höflich, aber bestimmt. »Das ist sehr nett, aber ich will lieber hier bleiben.« Dann verschränkte sie die Arme und schloss die Augen. Als sie sie wieder öffnete, verließ der Zug gerade Rom.

4
Mailand

In San Francisco sah sie ständig sein Gesicht vor sich. Es tauchte plötzlich in ihren Träumen auf und schwebte vor dem Bildschirm ihres Computers, wenn sie arbeitete. Da waren sie, seine dichten dunklen Locken, die ägyptische Nase, die von der mediterranen Sonne gebräunte Haut. Der Sonne von Ischia. Sie hielt inne und genoss noch einmal die Erinnerung an die Berührung seiner rauen Wange an ihrer weichen Haut, an seinen hastigen Abschiedskuss und wie er sich im Gewimmel der Straßen vor dem Bahnhof von Neapel verloren hatte.

Er war nicht mehr da, doch das Gefühl einer Möglichkeit, die Erinnerung an ihre Lust blieb. Egal, dass ihr Mann sie verlassen hatte, dass sie allein schlief und die Wahrscheinlichkeit, in San Francisco einen wunderbaren allein stehenden Mann kennen zu lernen, etwa so groß war wie die eines neuen Erdbebens. Es konnte passieren, musste aber nicht; sie jedenfalls glaubte nicht daran. Und ehrlich gesagt war sie auch noch nicht bereit dafür. Doch irgendwo im Hinterkopf spukte dieses Gesicht, die Begierde und die Insel. Das gab ihr immer wieder neuen Auftrieb, auch wenn sie nicht erwartete, je wieder von Maurice zu hören.

Doch dann kam eines Tages eine Postkarte aus Paris, ein fröhliches Matisse-Gemälde von einer tanzenden Frau. »Es war wunderschön!«, schrieb er. »Ich kann es nicht vergessen ... in Liebe, Maurice.« Die Postkarte war wie ein kleiner Schatz, den sie in den nächsten Wochen zu oft betrachtete. Sie spielte mit dem Gedanken, ihm zu antworten und hoffte, seine Frau würde seine Post nicht lesen. Doch dann kam sie zu dem Schluss, es sei besser, nicht zu schreiben, die Erinnerung an die vier wunderbaren Tage nicht zu zerstören. Und so tat sie es nicht.

Etwa einen Monat später, als Laura ihre Tasche für eine Geschäftsreise packte, fand sie in einer der Seitentaschen die Wegwerfkamera, die sie mit nach Neapel genommen hatte. Sie hatte sie ganz vergessen. Sie ließ den Film entwickeln und fand die Aufnahmen von dem Postkartensonnenuntergang, da war der Blick von der Terrasse mit den Zitronenbäumen und den weiß getünchten Häusern im Hintergrund, die sich zum Strand hinunterzogen, das Foto von Ischia, das sie von der Fähre aus geschossen hatte, und schließlich auch das, auf dem Maurice zu sehen war. Er lehnte mit seiner dunklen Sonnenbrille gegen die Reling, offener Hemdkragen, braun gebrannte Haut, eine Zigarette im Mundwinkel und dahinter der makellos blaue Himmel und das Meer. Da konnte sie nicht widerstehen.

Sie steckte ein paar Fotos in einen Briefumschlag ohne Absender und schickte ihn nach Paris. Auf

Italienisch schrieb sie, dass sie, ehe sie nach Ischia gefahren sei, davon geträumt hatte, einem charmanten Mann zu begegnen, mit dem sie ein kleines Abenteuer haben könnte, die Wirklichkeit aber sei viel schöner gewesen als der Traum und ihre Phantasie nun viel reicher. Dann erinnerte sie sich an sein Sternzeichen und gratulierte ihm zum Geburtstag.

Es vergingen einige Wochen, ohne dass sie etwas von ihm hörte. Weihnachten war ein kalter, klarer Tag. Sie verbrachte ihn mit Freunden, die sie zum Brunch und einem langen Spaziergang am Strand eingeladen hatten. Sie war dankbar, Freunde zu haben, die sich noch daran erinnerten, dass sie allein war, obwohl die schlimmste Phase der Trennung nun hinter ihr lag, die Krise vorbei war und sie nicht mehr schluchzend zusammenbrach, wenn man sie anrief. Ihre Freunde kümmerten sich um sie, ohne es allzu deutlich werden zu lassen, und sorgten dafür, dass sie ständig abgelenkt war. Andere gingen auf Distanz, als hätten sie Angst, sich an ihrem Unglück anzustecken, und luden sie nicht mehr zu den Dinnerpartys ein, auf denen sonst nur Pärchen erschienen. Die Freunde ihres Mannes waren ohnehin aus ihrem Leben verschwunden, genauso wie er. Eine Frau hatte ihr geschrieben, es tue ihr Leid, doch ansonsten hörte sie von niemandem.

Als Silvester vor der Tür stand, beschloss sie zu feiern. Ein Jahr war vergangen, das Jahr, in dem ihr Mann sie verlassen hatte, war endlich vorbei. Schluss mit der Trauer. Von nun an würde sie sich zu ihrem Single-Dasein bekennen und ein neues

Leben beginnen. Sie rief Freunde an, die sich in Nevada niedergelassen hatten, am Fuße der Sierra Nevada. In den Vierzigerjahren war das Haus, in dem sie lebten, so etwas wie eine Scheidungsranch gewesen. Wohlhabende Frauen von der Ostküste – darunter Mary Pickford, Rita Hayworth und Gloria Vanderbilt – hatten damals den Zug nach Reno genommen, um sich auf solchen Ranchs ein paar Wochen zu erholen, zu reiten, zu spielen, am Pool zu liegen und mit den Cowboys zu flirten. Lange genug, um sich in Nevada anzumelden und dann schnell scheiden zu lassen, und erheblich weniger nervenaufreibend als Ehebruch oder psychische Grausamkeit. Clare Boothe Luce, die das Drehbuch für George Cukors Film *Die Frauen* geschrieben hatte, war hier gewesen und hatte nur einen Katzensprung vom Haus ihrer Freunde entfernt gewohnt.

Am Silvesterabend kochte sie mit ihren Freunden zu Hause; dann machten sie Musik und improvisierten ausgelassen zu den drei Akkorden eines Neil-Young-Songs, bis es zwölf schlug. Am nächsten Morgen saß sie in der Küche von Mayas Mutter, deren große Fenster auf eine Graslandschaft voller Beifuß hinausgingen, sah Maya beim Brotbacken zu und unterhielt sich mit ihr über Kommunalpolitik. Das letzte Mal war sie mit ihrem Mann hier gewesen, doch er hatte sie gedrängt, rasch wieder nach Hause zu fahren. Er hatte sie immer nur für sich allein gewollt.

Später machte sie einen Spaziergang über das Gelände der alten Scheidungsranch. Sie stapfte durch den knirschenden Schnee an den Bungalows und dem Speisesaal vorbei, der aus dem Holz der Umgebung gebaut worden war. Laura musste an all die Frauen denken, die mit dem Zug gekommen waren, um sich hier entweder ihrem Kummer zu überlassen oder ihn mit Hilfe der Cowboys zu vertreiben, Frauen wie Joan Fontaine und Rosalind Russell, und plötzlich wurde ihr bewusst, dass sie das Schlimmste hinter sich hatte. Es kam immer noch vor, dass sie unvermutet in Tränen ausbrach, der Schmerz sie ohne Vorwarnung überfiel. Abends fühlte sie sich oft einsam, weil sie niemanden hatte, für den sie kochen oder mit dem sie sich über den Roman unterhalten konnte, den sie gerade las. Und so wütend sie auf ihren Mann war, manchmal vermisste sie ihn auch.

Aber es war längst nicht mehr so schlimm. Sie hatte es geschafft, sich mit fröhlichen Menschen zu umgeben. Statt allein in der Wohnung zu leben und zu arbeiten, hatte sie den schwierigeren Weg gewählt, einen Untermieter für ihre Wohnung gesucht und mit einer Gruppe von anderen freien Journalisten zusammen Büroräume gemietet. Sie war für eine Weile zu ihrer Familie und ihrer besten Freundin aus Schulzeiten nach Colorado gefahren. Mit ihr machte sie eine Wanderung durch die Berge, wo ihr alles – ihre Freundschaft, die Landschaft – so beständig und fest erschien wie Granit, ihre Ehe hingegen im Vergleich dazu nur wie eine kurze und unwichtige Episode. Zurück in San Francisco beschloss sie, sich abzulenken, zu arbeiten, Klavier- und Italienischstunden zu nehmen, Yoga zu lernen, Filme zu sehen, zu Ausstellungen zu gehen und all das zu nutzen, was

San Francisco zu bieten hat, wenn man nicht allein sein will. Noch hatte sie nicht das Gefühl, dass sie eine vergnügliche Gesellschaft war; sie mochte den Pessimismus nicht, der sich in ihr ausgebreitet hatte, seit ihr Mann sie verlassen hatte. Doch die schlimmste Phase der Trennung, die Depression, lag hinter ihr. Zumindest kam es ihr vor, als sei sie auf dem Weg der Besserung, als hätte sie so was wie eine Lungenentzündung überstanden.

Nie hätte sie sich träumen lassen, dass sie eines Tages das Wort »Depression« in Bezug auf sich selbst in den Mund nehmen würde. In ihrer Naivität hatte sie geglaubt, nur traurige oder labile Menschen würden depressiv. Sie hatte nicht gewusst, dass sich eine Depression ganz plötzlich mit einem bleiernen Gefühl ankündigt, das man nicht mehr loswird, egal wie viel man isst, trinkt, tanzt, wandert oder wie oft man zum Therapeuten rennt. Das bleierne Gefühl bleibt – bis es ebenso plötzlich von selbst wieder verschwindet. Die paar Tage auf der Trauminsel hatten ihre Depression zwar für eine Weile vertrieben, doch kurz darauf war sie wiedergekommen und hatte sie für ihre Abwesenheit bestraft.

Trotzdem, die Zeit heilt alle Wunden, und jetzt, vier Monate später, war sie auf dem Weg der Besserung. Allmählich ging ihr auf, dass das Ende einer Beziehung auch der Beginn zu etwas Neuem sein kann.

Sie stand eine Weile unter den Pinien und dachte an ihre Hochzeit zurück. Die Gäste hatten sich unter einer Gruppe von Redwoodbäumen versammelt, die Sonne war durch das Laub gefallen, eine Jazzband hatte gespielt, Freunde rezitierten Gedichte, die beiden Familien hatten die Braut oder den Bräutigam feierlich willkommen geheißen, und ihr Schwiegervater, ein bekannter Philosoph, hatte einen Vortrag über den schnöden Mammon und die Weltrevolution gehalten, den niemand verstand. Ihr Mann und sie hatten einander euphorische Gedichte vorgetragen, in denen sie sich alles Mögliche versprachen. Und dann war der zweijährige Sohn der Nachbarn zum Altar gekommen, um selbst im Mittelpunkt der Aufmerksamkeit zu stehen, und Jon hatte den Kleinen einfach auf den Arm genommen und die Zeremonie mit ihm zusammen fortgesetzt. Alle fanden, es sei die außergewöhnlichste und schönste Hochzeit gewesen, die sie je erlebt hatten. Als die Geistliche mit dem großen Schlapphut sie zu Frau und Mann erklären sollte, nahm sie einen glänzenden violetten Stab, schwang ihn durch die Luft und berührte damit ihre Köpfe. »*Shazaam*«, rief sie. »Jetzt seid ihr Mann und Frau.«

Alle hielten lange, aber sehr lustige Reden, dann aßen sie Lachs und tanzten bis zum Morgengrauen unter den Redwoodbäumen. Sie schlenderten durch den Hain, tranken, lachten mit ihren Freunden und badeten am Schluss unter einem sternenübersäten Himmel. Alles war ihr wie im Märchen erschienen.

Shazaam, wiederholte sie nun im Geiste, als wollte sie den Bann brechen. Dann sah sie sich um, aber es war niemand in Hörweite. Sie war ganz allein. Und noch einmal, diesmal laut: »*Shazaam*!«

Jetzt waren sie geschieden. Natürlich war ihr improvisiertes Scheidungsritual nicht ganz legal, aber hatte ihr Mann, bevor er sich entschlossen hatte, sie zu heiraten, nicht selbst gesagt: »Wer braucht schon diesen Wisch vom Standesamt?«

Nach Neujahr kehrte Laura nach San Francisco zurück. Obwohl sie ein paar kleine persönliche Fortschritte gemacht hatte, musste sie nun lernen, dass der offizielle Teil einer Scheidung weniger einfach war. Das Gericht verlangte jede Menge Papierkram, Vereinbarungen mussten getroffen und Anwälte konsultiert werden. Sie ging zu Beratungsgesprächen mit ihrem Exmann, die sie deprimierten und erschöpften. Sie musste ihren ganzen Verstand aufbringen, um sich gegen diesen Mann zu behaupten, der plötzlich ihr Gegner war. Obendrein war er ein exzellenter Anwalt und wusste besser als jeder andere über ihre Schwächen Bescheid. Sie musste ihr Herz verschließen und an Terminen teilnehmen, in denen kaltblütig über Geld verhandelt wurde.

Schließlich sah es so aus – zumindest kam es ihr so vor, er hatte natürlich eine andere Version –, als würde Jon auf der ganzen Linie gewinnen. Er behielt sein Vermögen und das Haus. Außerdem hatte er seine neue Beziehung, Zeit für eine Familie, er war selbstbeherrscht und hatte sogar das Gesetz auf seiner Seite. Sie dagegen musste sich mit dem traurigen Gefühl abfinden, betrogen worden zu sein. Er hatte sie geheiratet, versprochen, alles mit ihr zu teilen, Kinder zu haben, aufs Land zu ziehen, in die Nähe der Berge, wo es frische

Luft und gute Schulen gab. Und dann war er plötzlich verschwunden und hatte behauptet, sie doch nicht zu lieben. Er fand, sie sollten getrennte Wege gehen, sich gütlich trennen. Er hatte nicht einmal davon gesprochen, dass es ihm Leid tat.

Sie fand sich vor einem Schiedsgericht wieder und musste praktisch an seine Gutmütigkeit appellieren, da weder Argumente noch Schuldzuweisungen halfen. Stets hatte sie für sich gesorgt; niemals war sie materiell von ihrem Mann abhängig gewesen, doch während der Zeit, in der sie mit ihm lebte und glaubte, es sei für immer, waren die Mieten in San Francisco ins Unermessliche gestiegen, sodass ihre Existenz nun gefährdet war. Vor dem Gericht machte Jon ihr klar – und ihr Anwalt, der dreihundertfünfzig Dollar in der Stunde kassierte, bestätigte es –, dass ohnehin nur ein paar tausend Dollar drin waren, und das vor Abzug der Gerichtskosten. Mit anderen Worten, sie würde leer ausgehen. Alles, was darüber hinausging, wäre allein seiner Gutmütigkeit zu verdanken. Die Tatsache, dass er reich war, sie belogen und wegen einer anderen Frau verlassen hatte, war ihr Pech.

Eines Tages fuhr Laura zum letzten Gerichtstermin. Steif betrat ihr Mann den Gerichtssaal, ein Anwalt, ein Hai – und diesem Mann hatte sie mal mehr vertraut als jedem anderen auf der Welt. Er begrüßte sie kühl. Und plötzlich hatte sie eine Idee. »He«, rief sie ihm fröhlich zu, als wollte sie ihm eine Neuigkeit erzählen, so wie immer. »Weißt du was?«

Er wirkte verwirrt. »Was denn?«

»Ich bin total aufgeregt«, plapperte sie los. »Es ist nichts Besonderes, aber ich wollte es dir sagen, weil du der Einzige bist, der es zu würdigen weiß.« Sie strahlte ihn an. »Letzte Woche habe ich in meiner Yogastunde zum ersten Mal den Handstand geschafft.«

»Wow, das ist klasse!«, antwortete er und lächelte auf seine blendende, strahlende Art. »Ich hatte keine Ahnung, dass du Yoga machst.« Jetzt war er plötzlich ganz entspannt. Gegen Jon, den Anwalt, kam sie nicht an, also hatte sie mit Erfolg an Jon den Yogi appelliert, der nach den Regeln von Fairness und Gerechtigkeit spielte, und nicht nach denen des eigenen Interesses und des Rechts.

Laura hatte gelogen, was den Handstand anbetraf, aber ihre Strategie war aufgegangen. Jon vergaß sein Ultimatum, sie sprach ganz ruhig über ihre Sorgen und Ängste und schaffte es schließlich, eine Abfindung herauszuholen, die höher war als das, was er ihr anfänglich angeboten hatte. Zwar war die Regelung in Lauras Augen immer noch unfair, aber wenigstens besser als sein Angebot. Und jetzt war es vorbei. Nie wieder würden sie sich zusammensetzen müssen, um irgendwas auszuhandeln. Sie bräuchte ihn nicht mal wieder zu sehen, wenn sie nicht wollte, basta.

Doch nun musste sie sich der neuen Lage stellen und ihr Leben in Ordnung bringen. Es ist gar nicht so einfach, plötzlich mehrere Stufen auf der Gesellschaftsleiter hinunterzupurzeln, von einem reichen Mann und einem schönen Haus zu einer schlichten Mietwohnung mit Untermieter. Doch die Leute waren nett zu ihr. Als sie ein Bett kaufen wollte und dem Verkäufer des alteingesessenen Familienbetriebs erzählte, dass sie das Bett vor der üblichen Lieferfrist von sechs Wochen brauchte, weil sie sich gerade von ihrem Mann getrennt habe und das Ehebett ihm gehöre (sie hatte fast ihr ganzes Mobiliar verkauft, ehe sie zusammengezogen waren), hatte der ihr einen ungläubigen Blick zugeworfen und geantwortet: »Ich sorge dafür, dass Sie Ihr Bett innerhalb von drei Tagen haben, Kleines.« Einer ihrer Freunde spielte Handwerker in ihrer neuen Wohnung, brachte die Lampen an und stellte Regale auf. Andere liehen ihr Möbel aus. Ihr Untermieter half ihr, die Wohnung zu renovieren, die Löcher in den Wänden zuzuspachteln, Gift gegen die Kakerlaken zu sprühen und die Wohnung anzustreichen. Am Ende war sie richtig schön und gemütlich. Als sie fertig waren, tranken sie zur Feier des Tages eine Flasche Champagner.

Sie hatte immer selbst für sich gesorgt, sich nie von Jon abhängig gemacht, und jetzt fühlte sie sich in ihrer kuscheligen Wohnung auf eine Art zu Hause, wie sie es im Haus ihres Mannes nie gewesen war. Ihr Untermieter war nur selten da und die Wohnung groß genug, um machen zu können, was sie wollte. Sie konnte nach Hause kommen und Klavier spielen, wenn sie Lust dazu hatte, ohne schlechtes Gewissen, weil sie jemanden störte, der sich alle Mühe gab, ihren Krach zu tolerieren. Sie konnte zu ihrem eigenen Vergnügen spielen, und manchmal klopfte der dreijährige Knirps der Nachbarn, derjenige, der bei der Hochzeitsfeier zu ihrem Altar gelaufen war, an die Tür und fragte, ob er sie mit seiner Trommel begleiten konnte. Sie hängte die Bilder auf, die ihr gefielen, und strich die Küche in den kräftigen Farben der Toskana. Sie kochte, wozu sie Lust hatte, deckte den Tisch für eine Person und aß niemals vor dem Fernseher wie Jon. Sie konnte sich jederzeit Freunde einladen (er hatte Gesellschaft immer gehasst), bis in die Puppen aufbleiben, und die Nachbarn konnten immer auf ein Schwätzchen hereinschauen. Sie fühlte sich wieder wohl in ihrem Ambiente, sie wurde langsam, aber sicher wieder sie selbst.

Trotzdem war es manchmal schwer, nach Hause zurückzukehren, vor allem am Tag ihrer Scheidung. Laura wusste, dass sie den ganzen Abend, das ganze Jahr und vielleicht noch viel länger allein sein würde, wer konnte das schon sagen, während ihr Exmann einfach in sein neues Zuhause fuhr, wo seine Freundin ihn erwartete.

Doch dann lag ein kleines Päckchen im Hausflur, als sie nach Hause kam. Aus Frankreich. Sie riss es auf und fand eine zerbeulte Zigarettendose mit Gitanes, die gleichen, die sie Maurice in Ischia immer nach dem Abendessen geklaut hatte. Sonst nichts, kein Zettel, keine Zeile, nichts. Laura stieg die Treppe zu ihrer Wohnung im zweiten Stock hinauf, setzte sich an den Frühstückstisch mit Blick auf den Garten, öffnete das Fenster und rauchte eine Zigarette, was sie sonst so gut wie nie tat. Und plötzlich löste sich der schreckliche Tag im Dunst einer schönen Erinnerung auf.

Laura wusste, dass es gefährlich war, sich auf den Professor zu verlassen, um sich aufzuheitern. Und so dachte sie nur an ihn, um sich daran zu erinnern, dass es irgendwo auf der Welt Männer gab, die gelassen und romantisch waren, Männer, die ihr das Gefühl geben konnten, sie sei eine Frau. In San Francisco schien es sie nicht zu geben, zumindest hatte sie in den vielen Monaten, die sie jetzt als Single lebte, noch keinen kennen gelernt. Andererseits wollte sie nicht zu einem Klischee werden – zu einer verbitterten, geschiedenen Frau, die sexuell frustriert ist und verrückt danach, Kinder zu kriegen, ehe es zu spät wird, die Männer in ihrem Alter hasst, weil sie sich nur für junge Mädchen interessieren, und sich solche Sorgen über ihre Krähenfüße macht, dass sie mit dem Gedanken an eine kosmetische Operation spielt. Deshalb hielt sie an ihrer fröhlichen Hoffnung fest. Irgendwo da draußen gab es solche Männer. Irgendwo auf der Welt.

Über all das dachte sie eines Abends nach und genehmigte sich dabei eine weitere Zigarette, als ihr plötzlich ein winziges gefaltetes Papierchen aus der Blechdose entgegenfiel. »Dein Brief kam genau an meinem Geburtstag an«, schrieb Maurice. »Ein Glück, dass es diese Fotos gibt, denn sonst könnte ich nicht glauben, dass es wahr ist. Heute, unter dem kalten grauen Pariser Himmel. Ich denke mit Vergnügen an das Vergnügen.«

Laura schickte ihm eine Postkarte von den viktorianischen Häusern in ihrer Straße, und er antwortete, der Anblick habe ihm Lust gemacht, sie zu besuchen. Mittlerweile schrieben sie sich etwa einmal im Monat, und jedes Mal, wenn Laura die französische Briefmarke und seine europäische Handschrift entdeckte, wurde sie ganz aufgeregt.

Jede Karte war ein romantisches Geschenk, ein Blitzurlaub, eine subtile sexuelle Anspielung. Im Frühjahr schlug er vor, sie sollten sich irgendwo zwischen Paris und San Francisco treffen. Sie schrieb zurück, vom ästhetischen Standpunkt aus sei es besser, sich nicht wieder zu sehen, um die Erinnerung an ihr rein zufälliges Treffen unversehrt zu erhalten. Er antwortete, als Kunstprofessor gefiele ihm ihr Argument sehr gut, als Mann aber wolle er wissen, was sie im September vorhätte. Sie antwortete, der einzige Ort, der genau zwischen Paris und San Francisco liegt, sei Neufundland, und dort sei es ein bisschen zu kalt, um sich in der Sonne zu aalen. Oder?

Im Mai, ein Jahr nachdem ihr Mann sie verlassen hatte, erzählte eine Freundin auf einer Dinnerparty, sie habe in Florenz eine Wohnung für einen Monat gemietet und alle ihre Freunde seien herzlich eingeladen. Laura dachte, es wäre nicht schlecht, ein paar Tage nach Italien zu fliegen und ein bisschen herumzuflirten. Die italienischen Männer lieben es, im Gegensatz zu Amerikanern, selbst wenn sie wissen, dass nichts dabei herauskommen kann. Sie zeigen einfach gern, egal ob im Restaurant oder auf der Straße, dass sie Frauen, alle Arten von Frauen lieben, ja, mehr lieben als alles andere auf der Welt. Und zum Glück hatte Gott Wesen wie sie geschaffen.

Die amerikanischen Männer dagegen, die Laura kannte, legten in puncto Frauen eine Haltung an den Tag, die besser in den Andenkenladen eines Museums passte als ins wirkliche Leben. Warum Zeit verschwenden und die Kunst nur anschauen, wenn man sie nicht mit nach Hause nehmen kann? Entweder sie wollten mit einem schlafen, und dann waren sie auch bereit, alles Mögliche dafür zu tun, Esseneinladungen inklusive, oder sie wollten nicht, und dann war man keine Frau mehr, sondern ein Kumpel, Geschäftspartner, oder eine Art ehrenamtlicher Mann.

In der Hoffnung, ihre Freundin habe es ernst gemeint, buchte Laura einen billigen Flug nach Italien. Es war ein bisschen überstürzt, und eigentlich konnte sie es sich gar nicht leisten, doch sie hoffte, dass sie sich weniger unsichtbar vorkäme in einem Land, wo die Menschen gern miteinander flirten, Verkäufer, Kellner, sogar die Fotografen am Strand. Dann kam sie auf die Idee, Maurice eine Karte zu schreiben und ihn wissen zu lassen, wann sie nach Italien flog. Sie wusste, dass er in der Uni sein musste, eine Familie hatte und Paris nicht verlassen konnte. Doch sie wollte ihm zeigen, dass sie an ihn dachte.

Eines Abends klingelte Lauras Telefon und jemand, der sich anhörte wie Gerard Depardieu in *Green Card*, fragte: »Spricht dort Laura?« Sie war so überrascht, dass sie keinen Ton herausbrachte. Er fragte, ob er sie störe, und sie antwortete nein, natürlich nicht. Sie freue sich, seine Stimme zu hören. Er sagte, sie habe eine schöne Stimme am Telefon, fast wie die eines Kindes. Und dann kam er zur Sache. »Wann landet deine Maschine in Mailand?« Laura gab ihm die Ankunftszeit. »Dann treffen wir uns um zehn auf den Stufen des Duomo«, sagte er. »Ich warte dort auf dich.«

Auf dem nicht enden wollenden Flug nach Mailand las Laura einen dicken Schmöker, um ihre Nerven zu beruhigen, *Das Dekameron*, das Giovanni Boccaccio während der Pest 1348 geschrieben hatte. Dieses herrlich komische Meisterwerk erzählt die Geschichte von zehn jungen Frauen und Männern aus der oberen Gesellschaft, die sich auf ihren Landgütern außerhalb von Florenz versammeln, um tanzend, essend und musizierend das Ende des schwarzen Tods abzuwarten. Zehn Tage lang erzählen sie sich Geschichten über Enttäuschung, Ehebruch, Unglück, das gut ausgeht, Liebe, die in einer Tragödie endet, die üblen Streiche, die Frauen und Männer sich seit Urzeiten spielen, oder wie man sich mit einer klugen Ausrede aus einer verzwickten Situation rettet. Inmitten des Todes, der Angst und Trauer versuchen sie, dem Augenblick so viel Lust wie möglich abzugewinnen.

In allen Geschichten spielt Sinnenfreude die Hauptrolle. Da ist zum Beispiel die Geschichte von der Frau eines Richters, die das mangelnde sexuelle Interesse ihres Mannes (der vergeblich versucht, seine Potenz mit Vernaccia zu steigern) bald satt hat. Sie lässt sich von einem jungen, gut aussehenden Schurken entführen, und als ihr Mann sie befreien will, tut sie so, als kenne sie ihn nicht. »Ich werde nicht zu Euch zurückkommen«, ruft sie, nachdem sie schließlich gestehen muss, dass sie weiß, wer er ist, »einem Mann, dem man samt allem Drücken kein Näpfchen Saft herausbrächte.«

Die Geschichten des *Dekameron* beschreiben die unendliche Vielfalt der Liebe – Ehebruch aus Leidenschaft, höfische Liebe, glückliche Ehe, gleichgeschlechtliche Liebe, verbotene Liebe, Vernarrtheit. Die Moral dahinter – wenn man es so nennen darf, und warum nicht – lautet: Lust zu erleben ist wichtiger als alle gesellschaftlichen Normen, die dazu dienen, den Trieb des Menschen in Schach zu halten. Einmal beendet einer der Erzähler seine Geschichte mit den Worten: »Und sie verschaffte sich mit ihm, indem sie vorsichtig zu Werke ging, noch zu often Malen frohe Stunden und ein wonniges Leben.«

Und so was lesen die Italiener in der Schule statt *Der scharlachrote Buchstabe*, dachte Laura. Kein Wunder, dass sie viel besser flirten können.

Laura dachte über die vielen Arten der Liebe nach. Sie, die so sehr von der Affäre ihres Mannes und der Scheidung verletzt worden war, sie, die dabei war, das Wochenende mit einem verheirateten Mann zu verbringen. Können Paare außereheliche Beziehungen haben, ohne dass ihre Ehe daran zerbricht? Als ihr Mann angefangen hatte, mit seiner Schulfreundin auszugehen, hatte sie versucht, es zu begreifen. Sie hatte sich gesagt, na gut, so was passiert nun mal, wenn auch selten in den ersten beiden Jahren einer Ehe. Er hatte eine Affäre, doch als Anwalt machte er sich Clintons Argumentation zu Eigen und bestand darauf, dass es technisch gesehen gar keine Affäre war. Sein Penis sei nicht in die Vagina seiner Freundin eingedrungen, also habe er sie auch nicht wirklich betrogen. Als könnte er mit solchen für sie schmerzlichen Details seine Treue beweisen.

Vielleicht ist es in anderen Kulturen, in denen die Ehe weniger entbehrlich ist, anders. Vielleicht ist es anders, wenn man sich stillschweigend darüber einig ist, dass ein einzelner Mensch nicht alle Bedürfnisse eines anderen erfüllen kann. Wenn beide Partner diskret genug sind, um einander nicht mit Informationen zu kränken, die sie genauso gut für sich behalten können. Laura fragte sich, ob es überhaupt möglich war, eine kleine außereheliche Affäre zu haben, ohne dass diese Beziehung die Ehe ernstlich bedroht. Ist nicht immer einer verletzt? War sie dabei, das Leben für eine Französin, von der sie nichts wusste, außer dass sie gern Thackeray las und sich gut kleidete, zur Hölle zu machen?

Aber sie fragte sich auch, ob es ihr gelänge, Maurice wiederzusehen, ohne die erste kurze Romanze zu zerstören, ohne dass sie sich verliebte und dann unausweichlich enttäuscht wurde.

Als sie nicht mehr lesen konnte, unterhielt sich Laura mit ihrem Platznachbarn, einem Mailänder Geschäftsmann, der ihr nach der Landung anbot, sie mit in die Stadt zu nehmen. Ein Freund hatte ihn am Flughafen erwartet. Laura nahm die Einladung gern an, denn sie fürchtete, viel zu spät zu kommen, wenn sie auf den Bus warten musste. Im Schneckentempo schlängelten sie sich durch den dichten Morgenverkehr, bis sie schließlich vor einer Bar einen Häuserblock vom Duomo entfernt anhielten. Es war Viertel nach zehn, und die Männer luden sie zu einem Kaffee ein. Sie waren so zuvorkommend gewesen und hatten einen so großen Umweg gemacht, dass Laura die Einladung nicht ausschlagen konnte. Sie trank einen Cappuccino und beobachtete dabei, wie die Zeiger sich auf elf Uhr zubewegten. Endlich tauschten sie ihre Adressen aus, falls sie jemals nach San Francisco kämen, dann zeigten sie ihr den Weg zum Duomo und verabschiedeten sich winkend. *Ciao, ciao.*

Laura rollte ihren Koffer über das Kopfsteinpflaster und ließ den Blick über die Gesichter der jungen Leute schweifen, die auf den Stufen vor der riesigen Kathedrale saßen. Seines war nicht darunter. Ein Anflug von Panik erfasste sie: Sie war zu spät gekommen, und einen anderen Plan hatten sie nicht gemacht. Sie hatte keine Möglichkeit, ihn zu erreichen. Laura setzte sich auf die Stufen und wartete, zerschlagen von dem langen anstrengenden Flug. Nervös sah sie sich immer wieder nach allen Seiten um. Was sollte sie machen? Da saß sie unter dem dunklen bedrohlichen Himmel Mailands, der hässlichsten und unfreundlichsten Stadt Italiens. Sie wusste nicht, wo er war, und sie hatte auch keine Bleibe. Vielleicht war er ja schon wieder abgereist. Vielleicht hatte er seinen Zug verpasst. Vielleicht hatte er beschlossen, gar nicht zu kommen, und sich nicht die Mühe gemacht, es ihr mitzuteilen. Plötzlich hatte sie Angst, dass Mailand nicht der richtige Ort war, selbst wenn er doch noch auftauchte, weil es so unromantisch war. Nichts ließ sich mit der Zeit auf Ischia vergleichen. Es würde alles zerstören. Einen Augenblick lang dachte sie daran, den Zug nach Bologna zu nehmen und ihre Freundin Giovanna zu besuchen.

Sie stand auf und ging auf das Tor der Kathedrale zu. Sie warf einen Blick hinein, wandte sich dann ab und entdeckte einen Mann mit Jeansjacke und langen Locken, die ihm bis in den Nacken fielen. Es war Maurice. Er saß auf den Stufen, und neben ihm war ein Platz frei. Laura setzte sich unauffällig neben ihn. Er bemerkte sie nicht. Sie schmiegte sich ganz leicht an ihn und spürte das Prickeln, kurz bevor er sich zu ihr umdrehte. »*Ciao*«, sagte sie, und er strahlte sie an. Es war ein aufgeregtes Lächeln, das sich Franzosen nur ganz selten erlauben, und dann nahm er sie in die Arme.

»Ich hätte nie gedacht, dass ich dich so schnell wieder sehen würde«, sagte er. Sie hätte sich das auch nicht träumen lassen, aber jetzt war er da, und sie wusste nicht, was sie sagen sollte. Praktisch war er ein wildfremder Mann, sie sprach nicht einmal seine Sprache, und doch war sie hier, war sechstausend Meilen gereist für die bloße Chance, sich mit ihm zu treffen.

»Komisch, was?«, sagte sie und wandte sich ab, um in ihrer Tasche zu kramen. Sie hatte keine Ahnung, was sie tun oder was sie sagen sollte.

Dann meinte er bewundernd, sie habe sich kein bisschen verändert. Sie erwiderte das Kompliment, obwohl er viel schmaler war, als sie ihn in Erinnerung hatte, und dunkle Schatten unter seinen Augen lagen. Er war viel älter als sie. Er fragte, ob sie denn nicht abgenommen habe, und Laura antwortete, doch, ein wenig. Er erzählte ihr, dass er in den letzten Monaten sehr wenig gegessen habe, es sei eine lange Geschichte, aber er fühle sich ganz wohl so.

»Hm«, sagte Laura, um ihn aufzuziehen. »Ich habe meine Prinzipien. Ich schlafe nie mit einem Mann, der weniger wiegt als ich.«

Er betrachtete sie prüfend und richtete sich dann auf, um größer und kräftiger zu erscheinen. »*Va bene?*«, fragte er.

»Na ja, vielleicht«, antwortete Laura.

»Du solltest nur ein Prinzip haben, *signorina*. Niemals mit einem Mann zu schlafen, der seinen eigenen Körper mehr liebt als den deinen.« Er nahm ihre Hand. »*Andiamo*.«

Sie überquerten die große Piazza und sahen sich dabei mit schüchterner Überraschung und unverhohlener Erwartung an. Sie fragte ihn, wo sie hingingen. Er spürte, dass es ihr peinlich war, direkt zum Hotel zu gehen, daher schlug er vor, unterwegs etwas zu trinken. Während sie bestellte, betrachtete er die blank polierte Messingbar mit ihrer Patina und fand, es sei herrlich, wieder in Italien zu sein, die einzig echten alten Bars gebe es in Italien. Er holte Espresso für sich, Cappuccino für sie, und sie lehnte sich an die Bar und erzählte von dem Flug, von dem Mann aus Mailand, der sie im Wagen mitgenommen hatte, und warum sie sich verspätet hatte. Sie redete über alles und nichts, und schließlich meinte er, sie sei bestimmt müde. Er hatte ein bezauberndes kleines Hotel ganz in der Nähe gefunden. Das war ein Wunder, denn sonst gab es in Mailand fast nur riesige anonyme Hotelkästen für Geschäftsleute.

Sie gingen eine gewundene Gasse in der Altstadt entlang, bis sie vor einem Haus mit einem großen Tor standen. Hier stiegen sie eine breite Steintreppe hinauf und landeten in einem fröhlichen, luftigen Hotel mit handgemalten Möbeln, frischen Blumen und einem Blick auf die historische Altstadt. Im Zimmer wirkte plötzlich alles ganz klein und intim. Er stellte ihren Koffer ab. Laura wusste nicht, was sie machen sollte.

»Willst du duschen?«, fragte er, und sie nickte, gute Idee. Sie verschwand im Bad. Lange blieb sie vor dem Spiegel stehen und fragte sich, was sie hier in Mailand mit diesem Mann machte. Nach dem Duschen war sie erfrischt und kehrte mit neuem Mut ins Zimmer zurück. Sie ließ sich neben ihn aufs Bett fallen und warf das Handtuch auf den Boden. »Ah«, sagte er und fuhr ihr mit dem Finger über das Rückgrat. Unter seinen zärtlichen Liebkosungen verwandelte sich die Erschöpfung des langen Fluges in eine Art Traumzustand, als sie sich liebten. Sein warmer Körper und die leichte Berührung, der schwache Duft nach Zigarrillos schienen vertraut und beruhigend. Später strich er ihr übers Haar und flüsterte, er werde jetzt ein paar Stunden ausgehen. Sie solle sich inzwischen ausruhen, aber nicht zu lange.

Im Nu war er wieder da, so zumindest kam es Laura vor, und zog die Vorhänge auf, damit sie die Dämmerung draußen sehen konnte. Dann kroch er zu ihr unter die flauschige Decke, und Laura dachte daran, dass sie nur zwei Tage und Nächte zusammen hatten – wahrscheinlich würden sie gar nicht mehr aus dem Bett herauskommen.

Aber irgendwann zogen sie sich doch an und spazierten zu dem nahe gelegenen Schloss. Maurice fragte nach ihrer Scheidung. Laura erzählte ihm, dass es ihr viel besser ging. Ein Jahr sei vergangen, seit Jon sie verlassen hatte. Sie wollte alle Brücken abbrechen und ein ganz neues Leben beginnen.

»Und hast du viele Liebhaber gehabt?«, fragte er spielerisch und genoss die verbotene, rein sexuelle Natur ihrer Beziehung.

»Nicht wirklich«, antwortete Laura. »San Francisco ist die reinste Wüste, was das angeht.«

»Mach dir keine Sorgen. Die Zeit ist noch nicht gekommen.«

»Mag sein, aber was mich wirklich schockiert hat, nachdem ich so viele Jahre verheiratet war, ist die Tatsache, dass Frauen über fünfunddreißig nicht mehr als attraktiv gelten, nicht mal bei Männern, die selbst älter sind.«

Er seufzte und führte sie von den Schlossanlagen zu einem nahe gelegenen Park. »Das ist eine Schande. Die amerikanischen Männer müssen sehr oberflächlich sein. Sie wollen, dass man ihnen Jugend und Schönheit auf dem Silbertablett serviert. Aber das ist langweilig. Die europäischen Männer wollen die Schönheit einer Frau erst entdecken. Jede Frau ist ein Geheimnis, und man muss herausfinden, was sie schön macht und was ihr Lust bereitet.«

Laura lächelte, dabei wusste sie genau, dass auch er Frauen in seinem Alter nicht gerade geheimnisvoll fand. Frauen, die Ende dreißig oder Anfang vierzig waren, ließ er gelten, aber er ging ja auch selbst auf die Fünfzig zu.

»Du zum Beispiel«, erklärte er. »Du versteckst deine Schönheit. Sie ist nicht offensichtlich, am

Anfang habe ich sie gar nicht erkannt, als ich sah, wie du am Frühstückstisch der Pension in deinem Führer gelesen hast. Du warst so ernst und hast nur praktische Fragen gestellt.« Er hatte nach einem Weg suchen müssen, sie zum Lächeln zu bringen, was gar nicht so leicht gewesen war. »Das ist die Freude dabei.«

»Hast du daran gedacht, mit mir zu schlafen, als du mich zum ersten Mal gesehen hast?«, wollte Laura wissen.

»Möglich«, antwortete er.

»Und was, wenn ich eine dumme Touristin gewesen wäre, wie du anfangs glaubtest?«

»Hätte ich es trotzdem nicht ausgeschlossen.« Er nahm ihren Arm.

Laura war nicht sicher, was sie davon halten sollte. »Und hast du geglaubt, ich wollte mit dir schlafen?«

»Mein Liebes, du stellst zu viele Fragen«, erwiderte er und runzelte die Stirn. »Wenn eine Frau dir erklärt, sie wolle noch am gleichen Vormittag abreisen und dann ihre Meinung ändert, um mit dir einen Berg zu besteigen, dann hast du zumindest eine achtzigprozentige Chance, glaube ich.«

»Du bist schrecklich«, sagte Laura und lachte.

»Ja, was sonst«, antwortete er auf Englisch. »Ich bin schrecklich.« Und fügte dann auf Italienisch hinzu: »Aber nicht so schrecklich wie du.«

Laura erinnerte sich noch genau an die Erregung dieses ersten, unsicheren Tags mit ihm.

Jetzt konnte er nicht widerstehen, ihr eine Frage zu stellen: »Und du, wolltest du mit mir schlafen, als du mich beim Frühstücken gesehen hast?«

»Nicht unbedingt«, antwortete Laura. »Frauen entscheiden das nicht so schnell.«

»Siehst du. Ich kenne dich besser als du dich selbst.«

Eine Weile spazierten sie wortlos durch den Park, beobachteten die Teenager, die um Kassettenrekorder saßen, sich laut unterhielten und Zigaretten rauchten. Er drückte ihre Hand, und sie fragte, wie er den Winter verbracht hatte.

»Es war schwierig«, erklärte er. Seine Frau hatte sich in einen anderen Mann verliebt und hätte ihn beinahe verlassen. Er konnte sich ein Leben ohne sie und die Kinder, ohne ihr Haus und die alltägliche Routine nicht vorstellen. Beide hatten unwichtige Affären gehabt, das war klar, fast unausweichlich, aber dieses Mal war es etwas anderes gewesen. Diese Affäre hatte alles bedroht. Es war eine große Liebe. Er hatte Angst gehabt und sich allein gefühlt. »Aber außergewöhnliche Umstände wecken noch außergewöhnlichere Fähigkeiten in einem«, sagte er. Das habe es seiner Frau natürlich noch schwerer gemacht, sich zu entscheiden. Das sagte er ohne jede Bitterkeit, im Gegenteil, Laura hörte Verständnis darin. Sie war geblieben, doch es hatte sich etwas verändert. Sie lebten zusammen und waren doch jeder für sich. Zumindest hatte er nun mehr Freiheit, um zu reisen.

»Deine Frau wäre doch verrückt gewesen, dich zu verlassen«, sagte Laura, und sie meinte es auch so. Er war über diese Äußerung froh, und Laura spürte, dass die Rollen seit Ischia gewechselt hatten. Jetzt war er der Schwache und sie die Starke, die jemanden tröstete, der ihr unverletzlich erschienen war. Sie war nicht die Einzige, die von der Liebe verletzt worden war.

Später saßen sie auf der Terrasse einer überfüllten Pizzeria und unterhielten sich über sein neues Buchprojekt, das ganz anders werden sollte als sein erstes. An ihrer Meinung war ihm gelegen. Sie sprachen über ihre Arbeit, seine Studenten, Kunstprojekte und ihre Familien, und Laura genoss, dass die Gespräche viel tiefer gingen als auf Ischia. Etwas Neues war hinzugekommen.

»Du kommst mir viel glücklicher vor«, bemerkte er, als die Pizzas kamen.

»Es geht mir auch besser«, antwortete Laura und erzählte ihm, dass die vier Tage auf Ischia ihr mehr geholfen hatten, als sie sagen könne.

Er ging nicht darauf ein. »Erzähl mir von deinen neuen Liebhabern.«

»Da gibt es nichts zu erzählen.«

»Komm schon, erzähl«, protestierte er. »Es gefällt mir, wenn wir uns über unser geheimes Liebesleben erzählen können.«

Laura nippte an ihrem Weinglas. »Ach, das ist viel zu deprimierend«, antwortete sie und erklärte ihm, wie sie sich immer in kluge, witzige Männer verliebte, und dann stellte sich heraus, dass sie in Wirklichkeit unverbesserliche Narzissten waren. Wie die Männer sie umgarnten, bis sie ihnen ihre Aufmerksamkeit, ihre Intelligenz, ihr Walnuss-Risotto und ihr Vertrauen opferte. Ihnen praktisch alles von sich gab. Wie sie ihnen als Spiegel diente, der ihren Glanz reflektierte. Und alles war sehr intensiv, aufregend und lustig, bis eines Tages der

Glanz ein wenig verblich und sie sahen, wie sie wirklich war. Sahen, dass auch sie Ansprüche hatte, dass auch sie kompliziert war, aus Fleisch und Blut, dass sie Schwächen hatte.

»Es ist nichts Schlimmes, ein Narzisst zu sein«, antwortete er. »Ich bin selbst einer. Es ist gut, wenn man sich selbst liebt.«

Laura hoffte, es sei bloß ein sprachliches Missverständnis. Der Gedanke, dass dieser wunderbare Mann ebenfalls narzisstisch sein könnte, gefiel ihr ganz und gar nicht, aber jetzt flog es ihr als vage Möglichkeit zum ersten Mal durch den Kopf.

»Aber nicht, wenn man sich so sehr liebt, dass andere ausgeschlossen werden. Damit will man doch nur seine eigene Unsicherheit verstecken«, wandte sie ein.

»Das wäre egoistisch«, antwortete Maurice. »Das ist etwas ganz anderes. Dann erzähl mir von den amerikanischen Egoisten.«

Laura erzählte ihm, wie sie auf einer Party mit einem klugen, charmanten Architekten geflirtet hatte, den sie seit Jahren oberflächlich kannte. Wie sie mit ihm getanzt hatte, wie sie sich zu einem romantischen Abendessen getroffen hatten und wie er sie dann eingeladen hatte, ein paar Tage mit ihm auf seiner Skihütte zu verbringen.

»Ah«, sagte Maurice interessiert. Das klang viel versprechend.

Auf dem Weg in die Hütte hatten sie sich angeregt unterhalten und abends zusammen gekocht und eine Flasche Wein getrunken. Dann hatte der Architekt den Kamin angezündet, eine Decke davor ausgebreitet und gefragt, ob er ihr den Rücken massieren solle.

»Hattest du denn Schmerzen?«, fragte Maurice.

»Das ist eine Form des amerikanischen Vorspiels«, erklärte sie.

»Nicht schlecht«, sagte er, biss in seine Pizza und lobte die Anchovis.

Also, erzählte Laura weiter, hatte der Typ ihr den Rücken massiert, und genau in dem Augenblick, als er sie eigentlich hätte küssen müssen, begann er von einer Frau zu erzählen, in die er sich verliebt hatte. Genau sein Typ. Dunkles Haar, ruhig, schlank, ein schmales Gesicht – ganz das Gegenteil von ihr, wie es schien. Und dann hörte er nicht mehr auf, über ihre schwierige Beziehung zu reden. Wie sie ihn ständig auf Abstand hielt, ohne ihm wirklich den Laufpass zu geben, und wie er einfach nicht von ihr loskam. Laura hatte sich aufgerichtet, sich die Decke umgelegt und völlig verdattert zugehört, während sie sich fragte, wie sie die Lage derart falsch hatte einschätzen können. Anscheinend hatte er sich überhaupt keine Gedanken darüber gemacht, wie sie die Einladung in die einsame Hütte interpretiert haben mochte. Als er mit seinem Monolog zu Ende war, starrte er abwesend ins Feuer und hing seinen Gedanken nach. Dann schien er sich plötzlich zu erinnern, dass sie auch noch da war, brachte sie zu ihrem Zimmer und sagte ihr wie ein Bruder gute Nacht.

»Unglaublich!«, stieß Maurice hervor und legte das Messer hin. Er war fast wütend. »Das würde ein Franzose niemals tun, niemals.«

»Es war meine Schuld«, unterbrach ihn Laura. »Ich hatte mir etwas eingebildet, weil ich so gern mit ihm zusammen gewesen wäre. Aber es hat meinem Ego nicht gerade gut getan, dass er sich nicht im Geringsten für mich interessierte. Ich war so blind, dass ich nicht mal gemerkt habe, dass die Situation für ihn überhaupt nicht zweideutig war.«

»Er ist ein Idiot«, erklärte Maurice. »Er wollte sich selbst etwas beweisen, nach allem, was mit der anderen Frau passiert war.« Dann griff er wieder nach dem Messer und schnitt ein Stück Pizza ab. »In Frankreich würde man einer Frau, der man gerade den Rücken massiert, bestimmt nicht erzählen, dass man in eine andere verliebt ist. Das ist unvorstellbar.«

Laura erzählte ihm mehr über ihre Vorstöße in die Single-Szene von San Francisco. Da war dieser Schönheitschirurg. Sie hätte sich mit einem Schönheitschirurgen lieber nicht einlassen sollen – obwohl er sich zunächst als HNO-Arzt ausgegeben hatte – aber sie hatte versucht, für alles offen zu sein. Auch er war charmant und klug gewesen und hatte etwas Ausgelassenes an sich. Doch eines Abends erzählte er ihr beim Essen bis ins letzte Detail, wie er ihre Nase operieren würde, damit sie besser aussah. Laura hatte sich noch nie Gedanken über ihre kleine Stupsnase gemacht – manchmal hatte sie sogar einen Sonnenbrand zwischen den Nasenlöchern –, doch jetzt fing sie an, sich ihrer zu schämen. Er schlug ihr vor, an den Seiten etwas abzuschneiden und ein Implantat in der Spitze einzusetzen …

»Genug!«, rief Maurice und zeigte auf den Teller. »Wir sind beim Essen.« Er nippte an seinem Wein. »Vergiss diesen Quacksalber. Wer noch?«

Laura dachte an all die Männer, mit denen sie ausgegangen war, wie nervös sie gewartet hatte, dass sie noch mal anriefen, welche Vorwürfe sie sich gemacht hatte, ob sie beim ersten Mal nicht zu komisch oder aufdringlich gewesen war, statt auf den Rat ihrer Freunde zu hören, sich zu entspannen und einfach so zu sein, wie sie war. Aber wenn sie das wollte, konnte sie eben nicht auf Blind Dates gehen, basta. »Ich habe posttraumatische Stress-Symptome in Bezug auf Männer«, erklärte sie. Maurice sah sie verwirrt an, sodass sie erklärte: »Sobald sich ein Mann auch nur ein bisschen für mich interessiert, habe ich Angst, dass er mich genauso verletzen wird wie Jon, deshalb reagiere ich entsprechend, und dann verlieren die Männer das Interesse an mir.«

»Du müsstest dir mal selbst zuhören, zu viel Psychologie. Kein Wunder, dass du bloß komplizierte Männer ansprichst«, sagte er.

»Das ist nun mal mein Schicksal«, seufzte Laura resigniert.

»Und was ist mit mir? Ich bin nicht kompliziert.«

»Bei dir ist es etwas anderes. Du stellst ja keine Gefahr dar. Meine Therapeutin meint, du bist *un fantasma*.«

»*Un fantasma*?«, wiederholte er verständnislos. »So habe ich mich noch nie gesehen.«

Laura verstand seine Verwirrung nicht und aß weiter, bis ihr plötzlich klar wurde, was sie gesagt hatte. »Ich meinte nicht, dass du ein Gespenst bist. Ich meinte eine Phantasie, *una fantasìa*.«

»Das ist schon besser. Damit kann ich leben.« Die Vorstellung schien ihm zu gefallen. »Sprichst du denn mit deiner Therapeutin über mich?«

»Selbstverständlich.«

»Und gibt sie dir Ratschläge?«

Laura nickte. »Klar.«

»Ihr Amerikaner mit euren Therapeuten! Redet über eure Liebhaber, wie auf einer Teegesellschaft.« Er winkte dem Kellner und führte eine imaginäre Tasse zum Mund, um Espresso zu bestellen.

»Nur vorübergehend. Es hat mir geholfen, als Jon mich verließ. Sonst hätte ich mich auch noch schuldig gefühlt für das Ganze. So fühle ich mich nur schuldig, weil ich mich mit dem falschen Typen eingelassen habe.«

Er brummte. »Na schön, aber jetzt brauchst du keinen Therapeuten mehr, *cara*. Spar dir das Geld, gib es lieber für Reisen und gutes Essen aus.« Er nippte an seinem Espresso und sah Laura mit seinen erschöpften blauen Augen an. »Es ist ganz einfach. Du bist noch ein Baby. Du brauchst einen älteren Mann, der weiß, wie man mit dir umgehen muss, der sich um dich kümmert und gern Sex mit dir hat.« Er machte eine wegwerfende Bewegung mit der Hand. »Du brauchst jemanden wie mich in San Francisco.«

»Vielleicht«, gestand Laura. »Aber er sollte lieber nicht verheiratet sein.« Und auch nicht so eitel, dachte sie bei sich.

Er zuckte die Achseln. »Vielleicht.«

Nach dem Abendessen gingen sie zu Fuß zur Piazza del Duomo und genehmigten sich einen Grappa auf der Terrasse einer Bar. Plötzlich kam Wind auf, und es goss in Strömen. Sie ließen ihre Drinks stehen, patschten durch die Straßen und suchten Zuflucht in einer leeren Markthalle. Laura sah, wie er sich an eine steinerne Säule lehnte, und sagte, er sehe sehr sexy aus von weitem. Er antwortete, sie solle öfter einen Grappa trinken. Dann kam er auf sie zu und trocknete ihr mit seinem Halstuch das Gesicht ab. Und dann knutschten sie wie zwei Teenager in der leeren Markthalle, umgeben von Salatblättern, während der Regen auf das Dach pladderte.

Am nächsten Morgen wachte Laura an ihn gekuschelt auf und glaubte einen Augenblick, es sei Jon. Dann wurde ihr bewusst, wo sie war, und sie ließ sich wieder in die Kissen zurückfallen. Sie war mit Maurice in Italien. Es kam ihr vor wie ein Traum.

Sie fragte sich, was sie an so einem grauen Tag in Mailand wohl anstellen konnten, aber eigentlich war es ihr vollkommen egal. Maurice wachte auf und bestellte als Erstes Milchkaffee. Sie saßen nackt im Bett, mit dem Frühstückstablett auf dem Schoß, und freuten sich über die verbotenen Krümel auf der Decke. Sie fragte nach den Plänen für den heutigen Tag. Was es in Mailand zu sehen gebe, ob er die Museen kenne. Maurice trank seinen Kaffee, und als er endlich wach genug war, schlug er vor, auf eine Insel zu fahren, schließlich seien sie Inselspezialisten. Er zog seine grünen

Jeans und seine gemusterte Weste an, steckte eine Packung Zigaretten in die Tasche und schlang sich den ägyptischen Schal um den Hals. Mehr brauchte er nicht. Auch Laura machte sich fertig, und dann gingen sie zum Bahnhof und stiegen in einen Zug. Sie hatte keine Ahnung, wohin die Reise ging. Sie blickte aus dem Fenster auf die Gebäude, die langsam in hässliche Industrieanlagen und schließlich in offenes Land übergingen.

Eine Stunde später erreichten sie Stresa, eine wunderschöne kleine Stadt am Rand des Lago Maggiore. Sie schlenderten die steilen Straßen hinunter zu einer breiten, von großzügigen Villen gesäumten Uferpromenade. Überall blühten Blumen – Azaleen, Rhododendron, Rosen. Maurice zeigte auf eine zerfallene Villa hinter einer hohen Steinmauer.

»Kannst du dir vorstellen, dass viele solcher Villen leer stehen?«, fragte er. »Ich wäre froh, hier wohnen zu können.« Sie gingen zum Ufer des Sees, der von hohen Granitfelsen und grünen Tälern umgeben war, und nahmen ein Wassertaxi nach Isola Bella. Zur schönen Insel.

Auf den ersten Blick schien sie bloß aus billigen Restaurants und Touristenbuden zu bestehen, in denen dieselben mit Botticellis *Venus* bedruckten Aschenbecher verkauft wurden wie überall in Italien. Doch dann betraten sie den Palazzo Borromeo, den Zufluchtsort des Conte Vitaliano Borromeo aus dem Jahr 1670, und plötzlich befanden sie sich in einer anderen Welt. Das weitläufige Schloss war auf einige Klippen über dem See gebaut; sie besichtigten einen prächtig ausgestatteten Saal in seinem verblassten Glanz nach dem anderen, bewunderten den großen Ballsaal, das Himmelbett, in dem Napoleon übernachtet hatte (zwei Mal hinter Josephines Rücken: einmal mit einer italienischen Fürstin, ein anderes Mal mit einer Opernsängerin), und eine kleine Bühne mit grausigen Marionetten, die den Kindern wahrscheinlich Angst eingejagt hatten. Maurice erklärte ihr, im Unterschied zur Renaissance habe man in einem barocken Raum immer das Gefühl, nicht fliehen zu können, man könne weder die anderen Zimmer noch das Gebäude als solches sehen. Laura fand es ziemlich praktisch, eine Affäre mit einem Professor der Kunstgeschichte zu haben.

Sie kamen an Zimmern voller Ritterrüstungen vorbei, bevor sie die steile Wendeltreppe hinabstiegen, die zu den Grotten darunter führte. »Unglaublich« sagte Maurice, und auch Laura hatte so etwas noch nie gesehen. Alle Wände und Decken der kühlen Gewölbe waren mit Mosaikbildern aus Kieselsteinchen verziert, Meerlandschaften mit wirbelnden Muscheln, Seesternen, Wassernixen. Ein Raum nach dem anderen voller phantastischer Bilder. Als sie zu einer Frauenstatue aus glattem weißem Marmor kamen, die auf dem Bauch schlief, so dass man die verführerische Kurve des Rückens sah, erklärte Maurice: »Unverschämt schön.«

Die Grotten führten in einen Garten im klassischen italienischen Stil mit einer Vielfalt von exotischen Bäumen, Pflanzen und Blumen. Große Terrakottatöpfe mit Zitronenbäumen und Geranien standen auf den Klippen vor dem schimmernden tiefblauen Wasser im Hintergrund. Weiße Pfauen schlugen ihr spektakuläres Rad, wenn sie auf ein Weibchen trafen, das auch nur das leiseste Interesse zeigte. Zarte pastellfarbene Wasserlilien schwammen in einem schimmernden Bassin. Statuen von Göttern und mythischen Bestien schauten auf den See hinaus und schreckten potentielle Angreifer ab oder hielten Wache auf noch höher gelegenen rosenüberwucherten Terrassen. Gemeinsam erforschten Laura und Maurice die Gärten und schlenderten die gewundenen Pfade entlang, eins mit sich und der vollkommenen Stille.

Als die Sonne durch die Wolken brach, setzte Maurice sich auf einen verschnörkelten Eisenstuhl mitten auf dem Rasen. »Stell dir das bei Nacht vor, auf einer Party, überall Kerzen, da drüben das Büfett und da das Orchester«, schwärmte er. »Du und ich, wir sind ein paar Jahrhunderte zu spät geboren.« Laura stellte sich vor, wie er im *Dekameron* Geschichten erzählte und zwischen den einzelnen Sitzungen gelegentlich in den Gewölben oder einer entlegenen Ecke des Gartens verschwand.

Nur widerwillig verließen sie die Gärten des Schlosses und ihre Welt der Phantasie, während sie sich in die Schlange einreihten, die auf die Fähre zur nächsten Insel wartete. Da hörte Laura, wie jemand ihren Namen rief. Sie drehte sich um und entdeckte eine Frau, die ihr bekannt vorkam, die sie aber nicht einordnen konnte. Dann fiel es ihr wieder ein. Sie war eine Studentin gewesen, mit der sie vor sechs Jahren einmal zusammengewohnt hatte. Sie war hier tatsächlich dem einzigen Menschen über den Weg gelaufen, den sie in der Schweiz überhaupt kannte. Laura war so überrascht, dass sie nicht mehr auf den Namen des Professors kam, als sie die beiden miteinander bekannt machen wollte. Sie wechselten ein paar Worte, doch dann erinnerte Laura sich wieder, dass sie diese Frau eigentlich nie gemocht hatte. Auch wenn es ein außergewöhnlicher Zufall war, sie hier zu treffen, so hoffte sie doch insgeheim, dass sie sich woandershin setzen würde. Schließlich hatte sie nur diesen einen Tag mit Maurice und wollte nicht eine Minute vergeuden. Zum Glück rief der Freund der Schweizerin ihr wenig später zu, sie solle an ihren Platz zurückkommen. Daraufhin warf sie ihnen eine Kusshand zu und verschwand. Maurice hatte alles beobachtet. Laura erzählte ihm, dass es tatsächlich ein komischer Zufall war, sie aber nicht richtig befreundet gewesen waren.

»Das habe ich gleich gemerkt«, antwortete er. »Jetzt habe ich etwas Neues über dich gelernt. Du kannst ganz schön abweisend sein.«

»Aber nicht unhöflich, hoffe ich«, entgegnete Laura.

»Nein, nein«, antwortete er. »Es ist nur schön zu sehen, wie nett du zu mir bist und wie kalt zu anderen. Das macht alles noch schöner für mich.«

Sie kamen zur nächsten Insel – Isola Madre –, und schlenderten die Pfade entlang, die sich durch die üppigen Wälder und weiten blumenübersäten Wiesen voller exotischer Vögel schlängelten. Er entdeckte ein paar Papageien und erzählte ihr die Geschichte von einem kleinen italienischen Mädchen, das bei seinem Anblick geschrien hatte, er hätte eine Nase wie ein *papagallo*. Es war wunderbar, wie er über sich selbst lachen konnte, vor allem angesichts der Tatsache, dass das Mädchen Recht gehabt hatte.

Maurice fand eine Bank, setzte sich und zündete eine Zigarre an. Eine Weile saßen sie still nebeneinander und beobachteten den Garten, die Vögel und das Wasser im Hintergrund. »Wir haben heute so viele schöne Dinge gesehen«, sagte er dann zufrieden.

»Erstaunlich«, nickte Laura. Der Tag war genauso bezaubernd gewesen wie jener auf Ischia, wenn auch ganz anders.

Auf der Rückfahrt kuschelte er sich an sie und streichelte zärtlich ihren Arm. Laura musste an die amerikanischen Männer denken, die so unvermittelt zum Sex übergehen konnten, doch wenn sie einen einfach nur berührten, hatten sie immer gleich Angst, man wolle sie heiraten. Offensichtlich verwechselten sie das Bedürfnis einer Frau nach Zärtlichkeit mit einem Angriff auf ihre Freiheit. Es war schön, so gestreichelt zu werden, auf eine leichte vertrauliche Art, die weder von Besitzdenken noch Erwartungen getrübt ist.

Es war spät geworden. Als sie ins Hotel zurückkehrten, waren sie hungrig, aber gierig nach Sex. Er umfasste ihren Po und sagte: »Ich liebe deinen Körper, ich liebe alles an dir«, zupfte an ihrem Höschen und ließ es wieder los. »Du bist so sexy«, flüsterte er. Sie alberten herum und konnten nicht genug voneinander bekommen. Er liebkoste ihre Brustwarzen und lutschte daran, bis sie nicht mehr wusste, wo ihr der Kopf stand vor lauter Lust, und sie nicht hätte sagen können, wann ein Orgasmus endete und ein neuer begann. Die Wellen der Lust wurden immer größer, brachen über sie herein, wirbelten sie davon, und als sie endlich ans Ufer zurückfand und wieder sprechen konnte, sagte sie, in freier Übersetzung eines Satzes von ihm, er habe sie so oft umgebracht, dass sie jetzt mausetot sei.

Halb verhungert verließen sie das Hotel, wanderten durch das alte jüdische Viertel und gingen an mehreren hell erleuchteten Restaurants vorbei, bis sie eine düstere *trattoria* in einer Seitengasse fanden. Sie hatten immer Glück mit ihren Restaurants gehabt. Beide bestellten *risotto milanese* mit dem herrlich aromatischen Geschmack nach Safran. Laura hatte außerdem den leisen Verdacht, dass es so gut schmeckte, weil es mit Kalbsbrühe zubereitet wurde, scherte sich aber nicht darum, obwohl sie eigentlich Vegetarierin war. Vielleicht sollte sie das vegetarische Essen allmählich ganz aufgeben, dachte sie. Dann bestellte er Kalbfleisch mit *porcini*, und sie probierte einen der dunklen erdigen Pilze. Während sie ihn genießerisch auf der Zunge zergehen ließ, warf sie einen Blick über den Tisch und fragte sich, ob sie jemals wieder die Gelegenheit haben würde, so zu essen, mit Maurice an ihrer Seite.

Der Gedanke an die nahe Abreise stimmte Laura traurig. Er würde in aller Frühe den Zug nehmen und sie nach Bologna, Verona und Florenz weiterfahren, um ihre Freunde zu besuchen. Wieder wäre es bloß ein Schnappschuss vom Paradies, den sie später in ihrer Schreibtischschublade verstecken würde.

Offenbar spürte er, was ihr durch den Kopf ging. »Was hast du eigentlich im September vor?«

Laura hatte den September völlig vergessen, und plötzlich lief es ihr vor lauter Aufregung kalt den Rücken hinunter. Aber sie nahm sich zusammen und antwortete ruhig, dass sie noch keine Pläne gemacht habe.

»Weißt du, dass ich noch nie in Kalifornien gewesen bin?«, fragte er. »Ich glaube, dass mir San Francisco gefallen würde.«

Laura sagte nichts. Auf dem Weg ins Hotel versuchte sie, es zu verdauen. Sie war nervös und hatte Angst. Sie konnte sich nicht vorstellen, was sie in ihrer Welt mit dem Kunstprofessor aus Paris anfangen sollte.

»Vielleicht solltest du mich eines Tages mal besuchen«, antwortete sie schließlich.

»Eine Einladung!«, rief er aus. Wahrscheinlich würde er im September Zeit haben. Mehr wollte er nicht verraten.

Am Morgen nahmen sie in aller Frühe verschiedene Züge. Maurice küsste sie zum Abschied, aber dieses Mal war es nicht so bittersüß wie beim ersten Mal. Es schien, als würden sie sich wiedersehen, aber vielleicht taten sie auch nur so.

5

San Francisco

Es wurde ein langer und grauer Sommer für Laura. Jedes Mal, wenn sie den dichten Nebel, der ihre unmittelbare Welt umgab, durchbrach, stellte sie überrascht fest, wie heiß die Sonne brannte. Dann fragte sie sich, was sie bloß in dieser Stadt machte, die mitten im August aussah, als sei es Februar. Warum bezahlte sie einen so hohen Preis dafür, in San Francisco zu leben?

Als sie vor Jahren ihr Collegestudium abschloss, hatte sie aus einer Laune heraus beschlossen, nach San Francisco zu ziehen, weil es in dieser Stadt von ungewöhnlichen Menschen zu wimmeln schien. Der Mythos dieser Stadt hatte sie fasziniert, ihr Charme, der an die alte Welt erinnerte, ihre Tradition, die amüsierte Toleranz, mit der sie alle möglichen Außenseiter aufnahm. Sie hatte geglaubt, sich in San Francisco niederlassen zu können, ohne das Gefühl aufgeben zu müssen, unterwegs zu sein. Sie wollte durch vertraute Straßen gehen und trotzdem immer wieder neue Dinge entdecken. So war sie mit einem geliehenen VW-Bus Richtung Westen aufgebrochen, und als sie über die Golden Gate Bridge fuhr und die herrliche Aussicht bewunderte, hatte sie das euphorische Gefühl, endlich gefunden zu haben, was sie die ganze Zeit gesucht hatte. Sie war zu Hause angekommen.

Obwohl hier 750 000 Menschen auf einem sieben Quadratmeilen großen Raum zusammengedrängt lebten, vermittelte San Francisco das, was die Italiener *una città a dimensione d'uomo* nennen. Eine den menschlichen Bedürfnissen angepasste Stadt, wo man seine Brötchen in der Bäckerei um die Ecke und sein Gemüse im Laden nebenan kauft und an einem Nachmittag zu Fuß von der Stadt bis zum Strand wandern kann. In San Francisco gibt es wie in einer Kleinstadt immer einen Platz für Spinner, die man genauso selbstverständlich akzeptiert wie die lächerlichen steilen Hügel, auf denen die Häuser gebaut sind. Hier hatte man schon immer mit wenig Geld improvisieren, experimentieren und träumen können und andere Menschen gefunden, die genauso wie man selbst überzeugt waren, von ihrer Schriftstellerei, ihrer Kunst oder der Politik leben und ihren Leidenschaften nachgehen zu können, ohne sich über stetig wachsende Grundstückspreise den Kopf zerbrechen zu müssen. Zumindest war es bisher immer so gewesen.

In den letzten Jahren jedoch hatte Laura das Gefühl, als verwandelte sich ihre Liebesaffäre mit der Stadt in eine unglückliche Ehe. Sie wohnte in Haight-Ashbury, wo man früher herrliche Altbauwohnungen mit hohen Decken für relativ wenig Geld hatte mieten können. Jetzt aber standen die einstigen Blumenkinder auf der Straße und mussten sich damit abfinden, dass ihr Leben zu einem schlechten Trip entgleist war. Alle anderen fürchteten ständig, eines Tages vor die Tür gesetzt zu werden. Laura hatte beobachtet, wie sich der Charakter der Stadt allmählich veränderte. Erst hatten milchbärtige Internetunternehmer und Anwälte die Künstler, Träumer und Einwanderer immer weiter abgedrängt. Dann waren die Computerspezialisten in Scharen in die Stadt eingefallen. Sie kamen nicht wegen San Francisco oder seines Mythos, sondern weil es ein malerischer Ort zum Leben war und bloß eine Stunde vom Silicon Valley entfernt. Die Mieten machten Quantensprünge, und nun konnte sich keiner mehr wie noch vor fünfzehn Jahren leisten, nach San Francisco zu ziehen, wenn er nicht über ein dickes Konto oder ein ordentliches Aktienpaket verfügte.

Nach ihrer Scheidung wirkte die Stadt, die in Lauras Augen immer voller Glanz gewesen war, plötzlich stumpf. Die Romantik von San Francisco war verblasst, so wie Laura manchmal das Gefühl hatte, alle Jugend und Attraktivität seien aus ihrem Gesicht verschwunden. Jetzt kam sie sich unsichtbar vor, wenn sie durch die Straßen ging. Sie konnte sich nicht mehr so einfach mit Freunden verabreden wie früher. Sie war nicht alt, aber alle anderen um sie herum schienen jünger, reicher, attraktiver zu sein und hatten offenbar immer mehr Freunde, mit denen sie per Handy ständig in Kontakt sein mussten. Sie hatte sich schon gefreut, nach ihrer Scheidung wenigstens San Francisco behalten zu können – ihr Mann war mit seiner neuen Freundin in einen Vorort gezogen –, aber irgendwann war sie zu der Erkenntnis gelangt, vor allem an feuchten kalten Sommertagen, dass sie vielleicht doch nicht das große Los gezogen hatte. Sie dachte darüber nach, ob es nicht besser wäre, San Francisco den Rücken zu kehren und sich ein ganz neues Zuhause zu suchen.

Dann kam eines Tages eine Postkarte von Maurice aus Paris, auf der ein silbern schimmerndes Propellerflugzeug zu sehen war. Nur gelegentlich hatte sie an ihn gedacht und seine Postkarten betrachtet, ihn ansonsten jedoch aus ihrem Leben verbannt. Er war eine Phantasie, und sie musste realistisch sein, musste ihr Leben in Ordnung bringen. Etliche Monate waren vergangen, seit sie das letzte Mal von ihm gehört hatte. Mittlerweile war sie zu dem Schluss gekommen, dass er wahrscheinlich eine andere gefunden hatte, mit der er die Ferien verbringen würde. Zwar hatte er damals gesagt, er hätte Lust, sie im September in San Francisco zu besuchen, aber daran wollte sie nicht mehr so recht glauben.

Jetzt schrieb er auf Englisch, er sei »sehr aufgeregt zu kommen« und habe einen Flug nach San Francisco reserviert, für zwölf Tage. Während dieser Zeit, so fuhr er fort, werde er sich völlig ihrer Obhut anvertrauen und es ganz ihr überlassen, ihre gemeinsame Reise zu planen, sie kenne ja seine Vorlieben: verträumte Hotels, große Betten und Überraschungen aller Art.

Laura ließ die Karte zu Boden fallen. Es war unmöglich. Wie sollte sie sich fast zwei Wochen lang mit einem Mann, mit dem sie nur ein paar Tage in der Phantasiewelt verträumter Inseln und alter Hotels am Mittelmeer verbracht hatte, auf eigenem Terrain treffen? Ihre schöne Romanze würde ein jähes Ende nehmen. Er würde sie und ihre kleine Welt bald satt haben. Die Nase würde er rümpfen, sobald er ihre schäbige Wohnung zu Gesicht bekam. Er würde über die Bilder, die sie aufgehängt hatte, spotten und finden, dass sie viel zu viele Schuhe unter dem Bett versteckt hatte. Er wäre entsetzt, wie oft sie im Lauf eines Tages ihren Anrufbeantworter abhörte oder ihre E-Mails checkte. Sollte er nach den paar Tagen in Italien den Eindruck gewonnen haben, sie sei eine anregende, belesene Frau von Welt, so würde er sie bald durchschaut haben und zu dem Schluss kommen: noch so eine hässliche Amerikanerin. Und dann würde sie ihn nie wieder sehen.

Tagelang ignorierte sie die Postkarte. Schließlich fing sie sich wieder, als sie sich bei einer ihrer üblichen Runden durch die Stadt vorstellte, wie überrascht er vom Anblick der steilen Hügel wäre; die alten viktorianischen Häuserreihen würden ihn bezaubern, und wahrscheinlich hatte er noch nie einen Redwoodbaum gesehen. Sie entdeckte eine Postkarte, auf der ein Pärchen in einem Cabrio der Fünfzigerjahre am Strand entlangfuhr, und antwortete, es sei eine »großartige Idee zu kommen«. Die schleppte sie dann so lange mit sich herum, bis sie Eselsohren hatte, und warf sie schließlich in den Briefkasten. Als Nächstes schickte er ihr ein Foto von der Golden Gate Bridge, die im Nebel verschwand, und Laura wurde klar, dass er es wirklich ernst meinte mit seinem Plan, sie zu besuchen. Er war nur einmal drei Tage in den Vereinigten Staaten gewesen, in New York, und das vor fünfzehn Jahren. Jetzt lag es einzig und allein in ihren Händen, ihm diesen einmaligen Besuch in Kalifornien so schön wie möglich zu machen.

Tja, dachte sie, und kramte ein paar Landkarten aus, der Mann hat wirklich Glück. Sie studierte die Karten und stellte ein perfektes Programm für zwölf Tage Kalifornien zusammen. Ihrem Kalifornien. Dann schickte sie ihm eine weitere Postkarte und versprach ihm auch noch eine Insel als Zugabe.

Schließlich kam der Tag seiner Ankunft. Sie verbrachte den ganzen Vormittag damit, sämtliche Bilder und Fotos in ihrer Wohnung abzunehmen und neu zu verteilen. Sie fragte sich, ob die Familienfotos nicht zu sentimental waren und das Aquarell zu schlecht, und am Schluss hängte sie alles wieder genauso auf wie vorher. Sie zog sich ein Dutzend Mal um und probierte verschiedene Kombinationen, bis sie zu dem Schluss kam, dass sie in allen gleich dämlich aussah. Da gab sie es auf und zog ihre abgetragene Lieblingsjeans an und dazu die Cowboystiefel. Vermutlich war es besser, wenn er von vornherein sah, dass sie gar nicht erst versuchte, eine europäische Intellektuelle oder französische Schönheit zu imitieren. Sie war eine große, sportliche, blonde Amerikanerin.

Laura wartete im internationalen Terminal. Passagiere schoben Gepäckwagen durch die Halle und wurden von ihren Angehörigen mit offenen Armen in Empfang genommen. Müde Flitterwöchner erhaschten einen ersten Blick auf diese in aller Welt für ihre Romantik bekannte Stadt.

Schließlich entdeckte sie die vertraute Jeansjacke, den ägyptischen Schal, das silberne Armband und die kastanienbraunen Locken. Maurice umarmte sie, und Laura konnte es kaum fassen: Sie war tatsächlich hier am Flughafen, um einen Mann abzuholen, den sie vor einem Jahr beim Frühstück in einem italienischen Hotel kennen gelernt hatte, einen Mann, mit dem sie nicht mehr als sechs Tage verbracht hatte.

»*Hi*«, sagte Laura auf Englisch. Sie war so aufgeregt, dass sie zunächst ihr Italienisch völlig vergessen zu haben schien. Kein einziges Wort brachte sie heraus. So lächelte sie bloß verlegen, führte ihn durch die Menschenmenge zu den Aufzügen und weiter zum Parkplatz, in der Hoffnung, dass sie in den nächsten zwölf Tagen wenigstens imstande wären, miteinander zu sprechen.

»Dreizehn Stunden«, sagte er, als sie endlich am Parkplatz ankamen und vor dem Wagen standen. »Darf ich hier schon rauchen?«

»Tut mir Leid«, entschuldigte sie sich. »Kalifornien ist ein rauchfreier Staat.« Eine Sekunde flog Panik über sein Gesicht, ehe ihm bewusst wurde, dass sie sich über ihn lustig machte. Beide entspannten sich ein wenig, als er sich die Zigarette anzündete.

Laura warf seine alte Ledertasche auf den Rücksitz des Wagens und konzentrierte sich auf die Straße. Sie hatte Angst, ihn anzusehen. Sie nahmen die Autobahn durch das Industriegebiet, vorbei an Internet-Reklametafeln und kahlen braunen Hügeln. Die Hässlichkeit der Landschaft überraschte ihn, und Laura, die ihr Italienisch allmählich wiederfand, erinnerte ihn daran, dass auch in Paris die Fahrt zum Flughafen nicht gerade schön ist. Schließlich nahm sie die Ausfahrt und bog in die hügelige Dolores Street ab, einen breiten, von Palmen und viktorianischen Häusern gesäumten Boulevard. Er wurde immer aufgeregter. Laura quälte sich einen besonders steilen Hügel auf dem Weg nach Haight-Ashbury hinauf, hielt mit angezogener Handbremse vor einer Ampel, um nicht rückwärts wieder hinunterzurollen, und fuhr wieder an, während er sich am Sitz festklammerte. Mit einem Mal lag die ganze Stadt vor ihnen, von den mit Häusern bedeckten Hügeln bis hin zu den Spielzeugblocks und dreieckigen Hochhäusern unten in der City. Er war überwältigt. Immer wieder sagte er: »Ich kann nicht glauben, dass ich wirklich hier bin.«

Laura parkte den Wagen ein paar Häuserblocks von ihrer Straße entfernt und warnte ihn schon mal vor. In ihrer Wohnung sehe es chaotisch aus. Fasziniert betrachtete er die alten viktorianischen Häuserfassaden, staunte über die lange Schlange von Obdachlosen, die vor einer Armenküche auf ihr Mittagessen warteten, und interessierte sich für alles Mögliche, das sie selbst Tag für Tag sah und das ihr deshalb gar nicht mehr auffiel. Sie schloss die Haustür auf und führte ihn die Treppe zu ihrer Wohnung hinauf.

Das Haus stammte aus der Zeit der Jahrhundertwende. Er betrachtete die hohen Decken, die Holzböden, die handgeschnitzten Vertäfelungen, warf einen Blick in die fröhliche Küche, nahm die bunt durcheinander gewürfelten Möbel und die in der ganzen Wohnung verstreuten Bücher in Augenschein und fand alles bezaubernd. Als er die Wäscheleine entdeckte, die vom Wohnzimmerfenster zu einem Baum im Garten führte, sagte er: »Wie in Italien.« Und während Laura ihm noch erklärte, dass sie keinen Wäschetrockner habe, ging er ins Schlafzimmer und ließ sich auf das Bett fallen.

»*Monumentale*«, rief er und klopfte auf die Matratze. Laura wollte ihm erzählen, wie wichtig und symbolisch es gewesen war, sich nach der Scheidung ein ordentliches Bett zuzulegen, und dass sie wie eine Prinzessin auf der Erbse sämtliche Matratzen durchprobiert hatte, doch er fing einfach an, sie zu küssen. Erstaunlich, wie nach einem kurzen Augenblick des Zögerns, in dem man sich noch einander fremd fühlt, Lichtjahre voneinander entfernt, die Intimität mit einem Schlag zurückkehren kann und man sich plötzlich völlig wohl miteinander fühlt, einfach die Hand ausstreckt und einander berührt.

Maurice war zu aufgedreht, um schlafen zu können, deshalb machte Laura einen kleinen Ausflug mit ihm. Sie schlenderten über die schmutzige Haight Street mit ihren unzähligen Tätowierungssalons, Secondhandshops, mexikanischen Restaurants und Teeny-Boutiquen. Maurice blieb überall fasziniert stehen. Laura hatte nach all den Jahren die Haight Street längst satt, aber an diesem Tag hatte sie das Gefühl, an einem Straßenfest teilzunehmen. Sie erzählte ihm Anekdoten über die Rockstars, die in den Sechzigerjahren dieses Viertel bekannt gemacht hatten – die Greatful Dead hatten bei ihr um die Ecke gewohnt, Jimi Hendrix in dem roten Haus da, und Janis Joplin vielleicht sogar in dem, wo sie selbst wohnte – aber das sagten hier alle. Sie erzählte ihm, dass es früher richtige Sofas im Kino gegeben hatte und wie schön sie es fand, dass sie nach so langer Zeit die Händler im Gemüsemarkt, im Buchladen, in der Post und dem Haushaltswarenladen persönlich kannte. Trotz seines falschen Sechzigerjahre-Appeals für die Touristen, trotz der allgegenwärtigen Renovierungsvorhaben (selbst das heruntergekommenste Gebäude in der Nachbarschaft war mindestens eine Million Dollar wert), trotz all der Tante-Emma-Läden, die hatten schließen müssen, war es immer noch ein richtiges Viertel. In der Nähe des Parks bot ihnen ein hagerer Typ, der eine mexikanische Weste und einen Bart trug, mit flüsternder Stimme Gras und was zu schniefen an. Als Laura Maurice erklärte, was gemeint war, lachte er darüber, dass er auf der berühmten Haight Street der Hippies spazieren ging und ein Dealer tatsächlich versucht hatte, ihm Drogen anzudrehen.

Sie überquerten die Straße zum Golden Gate Park, der halb so groß ist wie die Stadt selbst. Ein buntes Juwel; heute würde man so eine Anlage gar nicht mehr planen können. In der Unterführung neben dem Haupteingang zum Park war vor Jahren jemand auf die Idee gekommen, Stalaktiten an die Decke zu kleben. Als sie wieder ins Licht herauskamen, entdeckten sie auf einem nahe gelegenen Hügel ein paar Männer, die auf afrikanischen Trommeln spielten, und tanzende barfüßige

Frauen in indianischen Röcken; Typen in langen, viel zu weiten Shorts warfen Frisbees, und überall lagen Menschen mit freiem Oberkörper auf dem Rasen und genossen die letzten warmen Sonnenstrahlen, ehe es wieder abkühlte.

»So habe ich mir San Francisco immer vorgestellt«, sagte Maurice, und auch Laura hatte es sich so ausgemalt, bevor sie hierher gezogen war. Sie gingen zur Blumenhalle, die seit einem schweren Sturm vor Jahren geschlossen war. Maurice blieb der Atem weg, als er die zerbrechliche Schönheit dieses Glaspalastes sah, der von Palmen und gepflegten Blumenbeeten umgeben war. Laura führte ihn zu einem nahe gelegenem Platz, wo die Dahlien bereits in voller Blüte standen, und zeigte auf die Felsen, die jemand als Miniaturmodell des Grand Canyon nachgebaut hatte. Er konnte kaum glauben, wie groß und menschenleer der Park war, dabei hatten sie nicht mal einen Bruchteil davon gesehen. Es war lange her, dass Laura den Park mit offenen Augen betrachtet hatte, statt wie immer der Fitness wegen blind mit dem Fahrrad hindurchzurasen.

Die Sonne senkte sich herab. Sie gingen langsam wieder nach Hause zurück und machten unterwegs noch einen kleinen Schlenker durch Cole Valley, das zwar nicht weit entfernt liegt, aber eine saubere und schicke, ganz andere Welt ist. Maurice staunte über das europäische Ambiente, Käsegeschäfte, Restaurants, die mit hellem, glattem Holz eingerichtet waren, kleine Bars und Cafés. Da er Hunger hatte, gingen sie in ihr Lieblingsrestaurant, eine einfache Sushi-Bar in einer Seitenstraße mit Plastikstühlen und alten japanischen Kalendern an der Wand. Laura bestellte eine abenteuerliche Mischung Sushis, froh darüber, ihm etwas bieten zu können, für das er in Paris ein Vermögen hätte hinblättern müssen. Er genoss jeden Bissen und lobte den frischen Fisch. Der Chefkoch persönlich kam an ihren Tisch und beglückwünschte sie zu ihrem Geschmack. Das nächste Mal, versprach er, werde er ihnen eine Spezialität des Hauses servieren, Fischleber. Es war perfekt: Sie war schon so oft hier gewesen, und der Chefkoch hatte genau den Augenblick abgepasst, als sie mit einem Pariser Snob erschienen war, um sie für ihren feinen Gaumen zu loben. Auf dem Rückweg erklärte er, dass er sich schon ganz zu Hause fühle. Später zündete er sich in ihrer Küche einen Zigarrillo an, was sich sonst nie jemand traute, und blickte auf die Lichter der Kirche, die in der Ferne schimmerten.

Als Laura am nächsten Morgen aufwachte, war sie zunächst verwundert, als sie den Mann in ihrem Bett entdeckte. Doch dann erinnerte sie sich. Sie stand auf, zog die Vorhänge der Erkerfenster auf und warf einen Blick auf die großen, verborgenen Gärten der Nachbarschaft. Als er wach wurde, brachte sie ihm Kaffee ans Bett. Er nippte vorsichtig an seinem ersten amerikanischen Kaffee und stellte überrascht fest, wie gut er war. »Natürlich ist er gut. Du bist in San Francisco«, antwortete sie.

Später machten sie einen Ausflug zu ihrem Büro, das sie sich mit anderen Schriftstellern und Journalisten teilte.

Laura konnte es kaum abwarten, ihnen den Professor aus Paris vorzustellen, obwohl sie ihn längst kannten, so viel hatte sie schon von ihm erzählt. Sie wussten von ihrer Scheidung und den Enttäuschungen der letzten anderthalb Jahre, und sie wussten auch, dass er der einzige Mann war, der ihr während dieser Zeit etwas Glück hatte schenken können.

Trotzdem hatte sie ein unbehagliches Gefühl. Wie würden sich Traumwelt und Realität vertragen, fragte sie sich. Sie machte sich Sorgen, was die Leute von ihrem Verhältnis mit einem verheirateten Franzosen halten würden. Einige ihrer Freunde waren überrascht und ablehnend gewesen. Eine Freundin hatte sogar gesagt, es sei blödsinnig, sich mit einem verheirateten Mann einzulassen, weil er praktisch nicht zu haben war und eigentlich bloß dafür sorgte, dass sie keine anderen Typen kennen lernte. Eine andere hatte ihr vorgeworfen, sie sei nicht besser als die Schlampe, mit der ihr eigener Mann durchgebrannt war. Die ihn ihr weggeangelt hatte, obwohl sie genau wusste, dass er frisch verheiratet war. Letztendlich hatte sie damit verhindert, dass sie ihre Probleme bewältigten.

Doch Laura wusste, dass Welten zwischen ihnen lagen, dass sie keine Bedrohung für Maurice und seine Frau darstellte, weil sie Franzosen waren und eine Vereinbarung hatten. Maurice würde seine Frau niemals verlassen, um übermorgen zu einer Amerikanerin nach Kalifornien zu ziehen.

Sie aßen mit zwei Kolleginnen in einem thailändischen Restaurant zu Mittag. Zwar konnten sie sich nur bruchstückhaft auf Französisch, Englisch und Italienisch unterhalten, doch kam Maurice zu dem Schluss, dass alle Frauen in San Francisco intelligent waren, gern reisten und vor allem gern lachten. Ihre Freundinnen machten ihm Komplimente. Er sei charmant und sexy, etwas, das er sich genüsslich wiederholen ließ.

Anschließend fuhren sie zum Mount Tamalpais, der großen schlafenden Frau, die über Marin County wacht. Laura parkte den Wagen an dem Pfad, der zu einem geheimen Eingang in den Muir-Wald führt. Hier kann man unter riesigen Bäumen abwärts steigen, ohne je einem Touristen zu begegnen. Trotzdem stießen an einem Ausguckposten auf einen Dänen, der bedauerte, dass man nichts sehen konnte. Als Laura die Achseln zuckte und es Maurice übersetzte, breitete dieser die Arme aus, zeigte auf den Nebel, der vom Meer heranrollte und sich über die Flanken des Berges breitete, und rief: »Es ist doch alles da.«

Schweigend wanderten sie den düsteren Pfad entlang und betrachteten die prähistorischen Farne und weichen Nadeln zu ihren Füßen. Schließlich erzählte Laura Maurice, was sie seit seiner Ankunft bedrückte. Sie hatte Angst, dass er sie nach zwölf Tagen satt haben würde.

»Das ist möglich«, antwortete er, »aber dasselbe kann dir nach zwölf Tagen auch passieren.« Er nahm ihre Hand und beruhigte sie. Sie sei sehr süß, und er sei gern mit ihr zusammen. Sie antwortete auf Italienisch, er könne jederzeit eigenen Raum beanspruchen, wenn er das brauche. Er nickte ernst und versuchte gleichzeitig, ein Lachen zu unterdrücken. Laura verstand nicht, was so komisch daran war. Er fände es seltsam, wie eine Kalifornierin über Raum redete, erklärte er. Sie schlug ihm vor, er solle sich mal vorstellen, wie es wäre, wenn er sich auf einem kalifornischen Bergpfad verirrte, und er umfasste ihren Arm etwas fester.

Sie stiegen die Schlucht hinab zu einem Bach, bis sie sich auf einer Höhe mit den Wipfeln der hohen Redwoodbäume befanden, die noch viel tiefer unten verwurzelt waren. Unterwegs brach die Sonne durch die großen weichen Zweige und tanzte auf dem Waldboden. Sie nahmen einen Pfad, der sich um riesige Baumstümpfe und Gruppen von Redwoodbäumen schlängelte. Sie waren so hoch wie eine Kathedrale. Maurice war beeindruckt. »In Europa gibt es nichts, das damit zu vergleichen wäre.« Später kletterten sie den Pfad wieder hinauf und setzten sich auf die Terrasse einer gemütlichen Berghütte, wo sie etwas tranken und San Francisco zwischen den fernen Hügeln wie ein Juwel aufblitzen sahen.

»Wunderbar«, sagte Maurice und legte seine Füße auf die Brüstung aus Redwoodholz. »Einfach herrlich.«

Laura erinnerte sich, wie sie mit ihm auf einer anderen Terrasse gesessen und auf das Mittelmeer geblickt hatte, und plötzlich hatte sie dasselbe Glücksgefühl wie damals. Es war ein kurzer Augenblick der Vollkommenheit.

Am nächsten Morgen fuhren sie über die kurvenreiche Straße zum Stinson Beach. Hier sah Maurice zum ersten Mal den Pazifik. »Er heißt zwar Pazifik, aber er scheint mir alles andere als friedlich im Vergleich zum Mittelmeer. Außerdem ist das Wasser eisig!«

Sie liefen barfuß durch den Sand, bis sie zu ein paar Felsen gelangten. Sie kletterten hinauf, legten sich in die Morgensonne und beobachteten, wie sich die Wellen unten am Strand brachen. Maurice sah sich um. Er wollte sich vergewissern, dass keiner sie beobachtete, wenn sie sich hier oben liebten. Die Vorstellung reizte Laura, doch dann fiel ihr plötzlich ein, wie Jon sie einmal am gleichen Strand verführt hatte. Damals war er noch voller Leidenschaft gewesen. Laura fragte sich, ob sie in San Francisco jemals wieder frei, unbeschwert und sexy sein könnte, statt wie im Augenblick das Gefühl zu haben, ständig von alten Erinnerungen heimgesucht zu werden.

Schließlich kehrten sie auf der zerklüfteten Küstenstraße wieder nach San Francisco zurück. Die Landschaft erinnerte Maurice an Spanien. Sie fuhren über die Golden Gate Bridge, deren orangefarbene Träger sich gegen das Blau des Himmels abhoben. Es war ein wunderbar klarer Tag, und sie konnten von Mount Diablo im Osten über die Segelschiffe in der Bucht und die schnurgeraden, vertikalen Streifen der Straßen an den Flanken von San Francisco bis zu den Farallon-Inseln draußen im Ozean sehen. Sie überquerten die Brücke und fuhren zum Palace of Fine Arts, der 1915 für die Panama-Pacific International Exposition gebaut worden war. Laura liebte diesen Rundbau im romanischen Stil, weil er von riesigen weiblichen Statuen aus Terrakotta umgeben war, die unbekümmert der Welt ihren Hintern zeigten und so die Sucht der Menschen, Denkmäler zu errichten, verspotteten.

Anschließend fuhr Laura quer durch die Stadt und bog in die Lombard Street ein, die kurvenreichste Straße der Welt. Das hatte sie noch nie gemacht. Als Maurice sich über die vielen Haarnadelkurven wunderte, tat sie so, als sei es nichts als eine ganz gewöhnliche Straße in San Francisco, und fuhr dann weiter nach North Beach, zum italienischen Viertel von San Francisco.

»Alles ist so unwirklich«, sagte Maurice, dem keine Einzelheit entging. »Eine richtige Puppenstadt.«

Anschließend erklärte er mit seinem neuen kalifornischen Vokabular, er wolle jetzt seinen »eigenen Raum« in Anspruch nehmen und die Stadt eine Weile allein erforschen. Es machte Laura zwar nervös, ihn allein losziehen zu lassen, aber schließlich hatte er die ganze Welt bereist, also würde er schon herausfinden, wie er bis vier Uhr wieder am Museum of Modern Art sein könnte. Sie fuhr derweil ins Büro.

Als sie ihn später am Museum wiedertraf, hatte er bereits die ganze Stadt gesehen. Er war in Chinatown gewesen, das Geschäftsviertel hatte ihm nicht gefallen, weil es keinen Charme besaß, und die Schaufenster waren ihm zu langweilig. Jetzt schlenderte er durch das Museum und ließ eine knappe lehrmeisterhafte Bemerkung nach der anderen los: Die frühen Werke von Calder seien interessant, man sehe sie selten, der Matisse wunderbar, Clyfford Still gefalle ihm nicht besonders und auch für den kalifornischen Hyperrealismus könne er sich nicht so recht begeistern. Dann blieb er vor einem Glaswürfel stehen und erklärte, darüber könne er einen dreistündigen Vortrag halten. Laura wollte wissen, was er denn sagen würde, und er wurde ganz aufgeregt.

»Dieser Stuhl«, begann er und zeigte auf einen schlichten Stuhl aus Metall und Leder, der mitten im Raum stand. »Dieser Stuhl wäre ohne diesen Würfel gar nicht möglich gewesen.« Dann zeigte er auf eine Frau in Schwarz. »Calvin Klein wäre nicht möglich gewesen ohne diesen Würfel, ohne den Minimalismus.« Er sprach davon, dass der Gegenstand bloß das ist, was er ist, das, was man sieht, nichts weiter als ein positiver oder negativer Raum. Laura musste grinsen über seine Ausführungen und die fast jungenhafte Begeisterung, mit der er sich über die Kunst ausließ.

Sie fuhren wieder nach Hause, wo Laura das tat, was sie seit ihrer Scheidung am meisten vermisst hatte: Sie kitzelte seine Sinne mit einem herrlichen Essen. Es gab frischen Mozzarella, Sommertomaten mit Basilikum und Olivenöl; ein schönes knuspriges Sauerteigbrot, *pasta orecchiete* mit Blumenkohl, Anchovis, gerösteten Pinienkernen, in Weißwein eingelegten Rosinen und bestreut mit *parmigiano-reggiano*; dazu grünen Salat mit Olivenöl, Schalotten und Limonen. Genüsslich gab er sich dem Essen und Trinken hin und nahm sogar einen Nachschlag. Danach brachte Laura ihm einen Espresso mit einem hochprozentigen Brandy aus Ukiah und behauptete, er sei besser als die meisten französischen Cognacs. Er musste ihr Recht geben. Zum Abschluss rauchte er einen

Zigarrillo, und Laura zündete sich eine der Gitanes an, die er ihr zu Weihnachten geschickt hatte. Satt und zufrieden widmeten sie sich anschließend dem Nachtisch.

Die nächsten beiden Tage spielten sie Fremde und erkundeten San Francisco wie Touristen. Als Laura etwas in der feudalen Fillmore Street zu erledigen hatte, war Maurice hingerissen von diesem vornehmen Viertel mit seinen vielen Geschäften und ansprechenden Schaufensterdekorationen. Aber eigentlich war ihr Kunstprofessor doch nicht der Bohemien, als der er sich ausgab. Laura ging mit ihm zum Hafen, um dort eine Fähre zu nehmen, und beobachtete belustigt, wie er im Korb eines Souvenirladens wühlte und nach T-Shirts suchte, die er seinen Kindern mitbringen konnte.

Sie besuchten eine Freundin auf den Filbert Steps, einer steilen Gartentreppe, die zu beiden Seiten von ungewöhnlichen Holzhäusern gesäumt ist. Dort nahmen sie einen Drink und sahen zu, wie sich der Himmel mit der Bay Bridge im Hintergrund rosa färbte. Plötzlich flog ein Schwarm von hellgrünen Papageien über sie hinweg, eins der vielen täglichen kleinen Wunder von San Francisco. Sie brachen auf, denn sie wollten den Coit Tower besteigen, solange es noch hell war. Mit einem Mal wurde Laura bewusst, dass sie in all den Jahren nicht ein einziges Mal hergekommen war, um den Sonnenuntergang zu beobachten. Sie erzählte ihm die Geschichte von Lily Coit, die das dreistöckige Feuerwehrgebäude gebaut hatte, um den Feuerwehrleuten ein Denkmal zu setzen. Es war ein selten schöner Abend; man konnte von den Hügeln am North Beach bis nach Mount Tamalpais und Tiburon sehen. Trotz all der Zeit, die sie hier lebte, konnte sie es selbst kaum glauben, dass all dies praktisch vor ihrer Haustür lag.

Sie schlenderten zu Fuß zu einer angesagten Bar am North Beach, um die Leute zu beobachten, unterhielten sich darüber, ob die Pärchen zusammenpassten, was für Kleidung sie trugen, und machten boshafte Bemerkungen auf Italienisch. Dann gingen sie auf die andere Straßenseite und aßen in einem von Lauras Lieblingsrestaurants, einer kleinen unscheinbaren *osteria*, wo das Essen genauso schmeckte wie in der Toskana. Hierher verirrten sich nur selten Touristen. Anschließend genehmigten sie sich einen späten Drink im Vesuvio's, einer charmanten Bar, deren Wände mit Gedichten und Kunst tapeziert waren. Hier gab es einen Kronleuchter aus viktorianischer Zeit, der seit dem jüngsten Erdbeben mit Kerzen erleuchtet wurde. Sie besuchten sämtliche Orte, wo sie sonntags immer mit Jon umhergestreift war, als wollte sie sich diese Gegend, die sie seitdem gemieden hatte, wieder zurückerobern, und sah mit Freuden, dass der romantische Zauber von North Beach ihre Ehe überlebt hatte.

Am nächsten Morgen zeigte sie Maurice das Castro, den Stadtteil der Schwulen. Eine fröhliche Regenbogenfahne flatterte am Anfang der Hauptstraße. Maurice war fasziniert, wie unbeschwert die schwulen Paare Hand in Hand durch die Straßen schlenderten. Laura erzählte ihm, dass es im Castro längst nicht mehr so lebendig zuging wie in den Achtzigern, bevor Aids es in eine Art Geisterstadt verwandelt hatte. Jetzt aber schien es allmählich wieder aufwärts zu gehen. Sie kamen auch am prachtvoll vergoldeten Castro Theatre vorbei, wo jede Aufführung mit der Mighty Wurlitzer beginnt. Der Organist spielt die Musik zum Film und endet mit dem Song *San Francisco, Open Your Golden Gate*, und die Zuschauer singen mit, johlen und klatschen.

Als sie in ein Café gingen, um Kaffee zu trinken, fragte er, wie man in Amerika einen Espresso bestellt. »*An espresso, please*«, erklärte Laura, und er übte es ein paar Mal. Als sie beide ihre Bestellung aufgegeben hatten, stutzte er.

»Was hast du bestellt?«, fragte er.

»Kaffee«, antwortete Laura.

»Nein«, entgegnete er. »Du hast was anderes gesagt.«

»Halb koffeinfrei«, sagte sie. »Fettarme, extra heiße Milch, kein Schaum.«

»Soll das ein Witz sein? So kompliziert? Das ist doch eine Tortur für die armen Teufel, die in der Bar arbeiten. Wieso bestellst du nicht ganz gewöhnlichen Kaffee?«

Laura zuckte die Achseln. »Das ist hier nun mal so«, erklärte sie.

Am Nachmittag hatte sie ein paar Freunde zu sich eingeladen, um ihnen Maurice vorzustellen. Sie saßen in ihrem verwilderten Garten und tranken Wein. Einer wollte nett sein und sagte, dass der Garten im Sommer viel besser aussähe, was ganz und gar nicht stimmte. Maurice war beeindruckt.

Offenbar waren die Amerikaner ganz andere Leute, als er befürchtet hatte. Einem ihrer Freunde, einem Journalisten um die Sechzig, machte er Komplimente, weil sein Französisch perfekt und völlig akzentfrei war. Einer fünfzigjährigen zierlichen Graphikdesignerin, die Italienisch sprach und einen ausgeprägten Sinn für Ästhetik hatte, erklärte er, sie könnte in jeder Großstadt der Welt zu Hause sein. Leicht verwirrt war er nur, als sie ihn mit einer befreundeten Künstlerin bekannt machte, die ein Faible für altmodische Kleider aus den Fünfzigern hatte. Laura musste ihm erklären, dass ihre Freundin nichts mit einer Frau aus dem Mittelwesten gemein hatte und diese Klamotten nur trug, um sich ein bisschen darüber lustig zu machen.

Überrascht stellte Laura fest, dass sie sich wohl fühlte – in ihrem Garten, mit ihren Freunden und mit Maurice. Hätte er in San Francisco gelebt, und hätte es auch nur das kleinste Anzeichen dafür gegeben, dass er ihr das Herz brechen könnte, hätte sie sich diesen Luxus niemals gegönnt, aus Angst vor dem unausweichlichen Schmerz. Sie war sich bewusst, dass er in einer Woche wieder abreisen würde, aber bis da war es noch lange hin. Warum sollte sie die Traurigkeit vorwegnehmen? Im Augenblick war sie wunschlos glücklich. Maurice hatte nicht nur ihr Herz erobert, sondern ihr auch die Augen geöffnet, sodass sie sich endlich wieder mit ihrer Stadt, ihrem Leben und ihren Freunden anfreunden konnte.

Als es dunkel wurde, brach ihre junge Italienisch sprechende Freundin Elena auf, doch vorher warf sie ihr noch ein Schlüsselbund zu. Als Maurice fragte, was das zu bedeuten hatte, antwortete Laura, sie gehörten zu dem Cabrio. Nach Südkalifornien könne man schließlich nur im offenen Wagen fahren, oder?

6
Los Angeles

Am nächsten Morgen fuhr Laura den Wagen vor das Haus, wo Maurice schon mit seiner Reisetasche in der Hand stand und auf sie wartete.

»Lust auf eine kleine Spritztour?«, fragte sie.

Er grinste. Der große goldfarbene Amischlitten mit den weißen Ledersitzen sah aus, als käme er direkt aus Hollywood.

Sie verstauten ihr Gepäck im Kofferraum. Maurice probierte alle Knöpfe aus und freute sich wie ein Kind. »Ich hätte nie gedacht, dass ich je mit einer Blondine in einer *macchina decapitata* durch Kalifornien kutschieren würde«, sagte er. »Es ist zu schön, um wahr zu sein.« Ein enthauptetes Auto war zwar keine allzu gute Übersetzung für ein Cabrio, aber es traf den Nagel auf den Kopf. Allmählich gewöhnte sie sich an sein Italienisch, das nicht gerade makellos war. Doch sie vermischten es immer mehr mit Französisch und Englisch und entwickelten so ihre eigene Sprache.

»*Road trip*«, rief Laura und schob eine CD von Van Morrison in den Player.

»Wo fahren wir hin?«, wollte er wissen.

»Nach Los Angeles«, antwortete Laura. »Inklusive Überraschung.« Sie hatte sich ausgedacht, dass sie die Küstenstraße entlang, an Big Sur vorbei fahren, in L. A. ein paar Museen ansehen und anschließend am Strand übernachten würden. Das passende Hotel war schon seit Wochen gebucht.

»Und was ist mit Yosemite?«, fragte Maurice eifrig. »Das würde ich mir gern ansehen. Ich habe gehört, dass es einmalig sein soll. Lass uns doch zuerst nach Yosemite fahren.«

Laura überlegte. Sie wollte ihm die Reise so schön wie möglich machen, aber Yosemite war ein ziemlich weiter Umweg von Los Angeles, der Stadt, die ihn am meisten interessierte, wie er ihr vorher gesagt hatte. Obendrein konnte er nicht fahren. Er hatte einmal versucht, den Führerschein zu machen, das war jetzt ungefähr dreißig Jahre her, doch da war ihm alles vorgekommen wie in einem Film, sodass er völlig vergessen hatte, dass er einen Wagen lenkte. Zum Glück hatte er seitdem nie wieder am Steuer gesessen.

»Yosemite liegt ganz schön weit ab vom Schuss«, wandte sie ein.

»Aber ich weiß nicht, ob ich jemals wieder nach Kalifornien kommen werde«, sagte er ein wenig nervös. »Ich kann doch nicht nach Kalifornien fahren und Yosemite auslassen, oder?«

Es war Laura nicht entgangen, dass auch ein Professor seine kleinen Fehler hatte, vor allem aber, dass er kein allzu sportlicher Typ war. Zwar ging er viel zu Fuß, aber nur deshalb, weil er keinen Wagen hatte. Niemals hätte er aus reiner Lust am Wandern einen Fußmarsch in Erwägung gezogen. Mit ihm nach Yosemite zu fahren würde bedeuten, den ganzen Tag im Auto zu verbringen, zusammen mit zehntausend anderen Touristen. Das wäre so ähnlich wie in den Uffizien, wo man sich mit den Ellbogen einen Blick auf die Bilder erkämpfen musste.

»Kalifornien«, gab sie zu bedenken, denn sie wollte ihn nicht enttäuschen, »ist so groß wie Italien.« Laura hatte keine Ahnung, ob das stimmte, aber es klang gut. »Es ist so, als wollten wir von Mailand nach Rom fahren und würden einen Umweg über Venedig machen.«

Maurice dachte darüber nach. »Und was ist, wenn wir nur nach Venedig fahren?«, fragte er. Laura hatte den falschen Vergleich gezogen. Maurice war wie Woody Allen, dessen Filme er über alles liebte, der festen Meinung, Paris und Venedig seien die einzigen Orte in Europa, in denen es sich leben ließ, gefolgt allerhöchstens noch von Barcelona. San Francisco fand er zwar auf altmodische Art bezaubernd, aber viel zu weit entfernt vom Nabel der Welt, und das war natürlich Paris.

»Mein lieber Professor«, sagte Laura sanft. »Du hast doch geschrieben, du überlässt mir die Planung.«

»*Va bene*«, antwortete er und verzichtete überraschend schnell auf sein Venedig. Er rutschte tiefer in den Ledersitz, setzte die Sonnenbrille auf, wickelte sich den Schal fester um den Hals und warf einen Blick in den Spiegel. »Ein *Road Trip*«, wiederholte er. »Wie Humbert Humbert in *Lolita*.«

»Du hast Glück, dass ich nicht Lolita bin. Die wäre viel zu jung gewesen, um zu fahren.«

»Ich habe ein Riesenglück, dass ich dich gefunden habe, *signorina*«, sagte er.

Sie fuhren mit offenem Verdeck durch die Außenbezirke von San Francisco, bis der kühle Nebel, der vom Meer kam, sie zwang, es zu schließen. Sie ließen die Stadt hinter sich und fuhren durch eine malerische Landschaft. Maurice war von den Hügeln, der Weite, den Eichenwäldern und Weizenfeldern hingerissen. Laura zeigte in die Ferne. Dort lag Silicon Valley. Natürlich wollte er gleich hin, doch sie erklärte ihm, dass es dort nichts zu sehen gab, das auch nur im Entferntesten mit Ästhetik oder der Realität zu tun hätte. »Nur Bürogebäude, Industrieparks und Autobahnabfahrten.« Sie fuhren weiter Richtung Süden, an San José und Gilroy, der Hauptstadt des Knoblauchs, an Farmen und endlosen Feldern vorbei. Und die ganze Zeit spielte die Musik.

In der Nähe von Watsonville ging ihnen der Gesprächsstoff aus. Daraufhin brachte Maurice die Sprache auf sein Lieblingsthema, Sex. Er wollte genau wissen, mit wem Laura ausgegangen war, seit sie sich das letzte Mal getroffen hatten.

»*Raccontami tutto*«, befahl er. Erzähl mir alles.

Laura antwortete, es gäbe nichts zu erzählen. Sie war schon so lange in San Francisco, dass sie bereits alle Männer kennen gelernt hatte, in die sie sich hätte verlieben können. Sie war überall gewesen, wo sie interessanten Männern hätte begegnen können, auf Vernissagen, Filmfestivals, Partys, Vorträgen. Einmal hatte sie sogar so getan, als wollte sie sich ein Motorrad kaufen. Am Ende kannte sie jede Menge attraktive und charmante

Männer, und alle waren schwul. Sie hatte mit dem Gedanken gespielt, sich am Flughafen herumzutreiben, um zu sehen, ob neue, unverheiratete Männer in San Francisco landeten, aber so weit hatte sie es dann doch lieber nicht kommen lassen.

»Und was ist mit dem Internet?«, wollte Maurice wissen.

Laura zog eine Grimasse.

»Schaden kann es nicht«, erklärte er. Das hätte von ihrer Mutter sein können.

»Ich hab's schon mal ausprobiert«, gestand Laura.

»Ahhh«, rief Maurice und horchte auf. »Und?«

»Es ist mir zu oberflächlich«, erwiderte Laura. »Man wird nur nach Alter, Gewicht und Maßen bewertet. Männer in meinem Alter suchen Frauen, die jünger sind als ich. Und sie suchen unweigerlich schlanke oder ›attraktive‹ Frauen. Aber wenn sie eine Ahnung hätten, wie wenige Frauen sich selbst als schlank oder attraktiv bezeichnen, würden sie vielleicht verstehen, warum sie so wenige Angebote bekommen.«

Laura redete sich in Rage. »Ein Kerl wollte doch tatsächlich vorher ein Foto von mir sehen, weil er sich mal mit einer Frau zu einem Drink verabredet hatte, die siebzig Kilo wog, und das war ihm peinlich gewesen. Er sprach von ihr, als wäre sie ein Monstrum gewesen.«

»Es muss doch jede Menge Männer da draußen geben«, sagte Maurice.

»O ja, jede Menge Männer, die kluge, abenteuerlustige Frauen mit Humor suchen und Stunden damit verbringen, dir lange, geistreiche E-Mails zu schicken, um dich zu beeindrucken. Aber sobald du ihnen sagst, wie alt du bist oder welche Kleidergröße du hast, melden sie sich nie wieder. Die suchen keine lustigen, intelligenten und kultivierten Frauen. Sie wollen hagere blonde Kindfrauen mit großen Brüsten, die keinerlei Ansprüche stellen. Nur trauen sie sich nicht, das so offen auszusprechen.«

»*Poverina*«, sagte Maurice halb spöttisch, halb mitfühlend. »Also bist du sozusagen gar nicht ausgegangen?«

Laura konzentrierte sich auf die Straße, wechselte die Spur und schwieg eine Zeit lang.

»Ein paar Mal schon.«

Maurice drehte die Musik leiser. »Und?«

Sie erzählte ihm, am Anfang sei es toll gewesen. Sie hatte hundert Antworten auf ihre Anzeige bekommen – und das in den ersten drei Tagen!

»Wow«, rief Maurice.

»Vielleicht habe ich mich ein bisschen zu positiv dargestellt«, gestand Laura, »aber zumindest am Anfang war es Balsam für die Seele.« Nach vielen Monaten des Alleinlebens hatte sie jetzt Angebote interessierter Männer massenweise gelöscht. Rechtschreib- oder Grammatikfehler, politisch konservativ, Autobastler, »vielfältige Interessen«, romantische Spaziergänge am Strand – *delete, delete, delete*.

»Vielleicht warst du zu wählerisch?«, fragte Maurice. Sie warf ihm einen Blick zu, der besagte: Was soll das heißen, zu wählerisch?

»Vielen fällt nichts Besseres ein, als jeder Frau, egal, was sie in ihrer Anzeige geschrieben hat, zu antworten: Ich möchte deine Pussy lecken. Solche Typen kommen erst gar nicht in Frage.«

»Deine Pussy lecken?« Der Ausdruck war neu für ihn.

»*Lecca la fica*«, erklärte sie auf Italienisch. »Die Feige lutschen. Auf Englisch klingt es so, als wäre es eine Katze.«

»Sehr vulgär«, antwortete Maurice. »Auf Italienisch ist es viel schöner.«

»Ich habe dann in meiner Anzeige hinzugefügt, nur Männer, die Ski fahren, Italienisch sprechen und George Eliots richtigen Namen kennen, hätten eine Chance.«

»Schon eine einzige richtige Antwort wäre nicht schlecht«, bemerkte er.

»Mary Anne Evans«, sagte sie.

»Vielen Dank«, antwortete er, »wer weiß, wozu das mal nützlich sein kann.«

Die erste Antwort war von Marco gekommen. Marco schien ein toller Mann zu sein. Er war Italoamerikaner, lehrte Physik an der Universität, spielte Fußball, kochte gern, fuhr Ski, war vierzig, klug und sah umwerfend gut aus. Sie hatten ein paar Gläser Wein zusammen getrunken, und zum Abschied hatte er sie geküsst. Anschließend mailte er ihr, dass er sie gern wieder sehen würde.

»*Va bene*«, sagte Maurice .

Sie hatten sich in einer Bar verabredet, aber er war nicht erschienen. Da hatte Laura Angst bekommen, er könne vor ihr da gewesen und dann wieder gegangen sein, als er sah, dass sie eine Lesbenbar ausgesucht hatte.

»Eine Lesbenbar?«, fragte Maurice und machte eine typisch italienische Geste, die bedeutete, Laura müsse verrückt sein.

»Es war eine nette Bar direkt in meiner Nachbarschaft«, wandte sie ein. »Ich dachte mir, es wäre ein gutes Zeichen, wenn er das Ganze mit Humor sehen könnte.«

»Du bist schrecklich«, erklärte Maurice und beugte sich vor. »Aber könnten wir nicht diese Lesbenbar besuchen, wenn wir wieder in San Francisco sind? Ich würde liebend gern mal eine amerikanische Lesbenbar sehen.«

Laura warf ihm einen bösen Blick zu und ging nicht darauf ein. Am nächsten Tag hatte Marco ihr eine E-Mail geschickt. Er habe es nicht geschafft zu kommen, weil man ihn bei einer Straßenkontrolle mit einem Mörder verwechselt hatte, der aus dem Gefängnis von San Diego ausgebrochen war. Das konnte jedem passieren, hatte sich Laura gesagt und ihm eine neue Chance gegeben.

Maurice hob skeptisch die Brauen.

Als er auch zum zweiten Treffen nicht erschien, hatte Laura ihn abgeschrieben. Doch dann kam eine E-Mail, in der er sich entschuldigte; er habe seinen Cousin zum Flughafen bringen müssen, und dann hätten sie plötzlich spontan beschlossen, einen Abstecher nach Las Vegas zu machen. Als gäbe es am Flughafen keine Telefone. Sie hatte nicht darauf reagiert. Einen Monat später erhielt sie eine Nachricht, in der er sich erneut entschuldigte. Er käme mit Blondinen, die perfekt Italienisch sprachen, nicht zurecht, sie machten ihm Angst.

»Dein Italienisch«, wandte der Professor ein, »ist alles andere als perfekt. Und richtig blond bist du auch nicht.«

»*Mille grazie*!«, bedankte sich Laura. Sie achtete auf die Straßenschilder und bog Richtung Monterey ein. Dann erzählte sie weiter. Einmal hatte sie mit einem Computer-Millionär zu Mittag gegessen, der häufig in Italien zu tun hatte. Nicht übel, aber der Mann hatte die ganze Zeit nur von sich geredet, außer wenn er gerade ein Gespräch auf seinem Handy führte. Was für ein Langweiler. Als Nächstes hatte sie eine Radtour mit einem Flugpsychologen gemacht.

»Flugpsychologen?«

»Ja. Das sind die Typen, die untersuchen, wie viele Passagiere sie zusammen in ein Flugzeug stopfen können, bevor irgendwer ausflippt.«

Maurice verzog das Gesicht.

Sie hatte, wie gesagt, eine Radtour mit dem Kerl gemacht und dabei auch Spaß gehabt, bis klar wurde, dass er sie unbedingt schlagen wollte, als sie den Berg hinauffuhren.

»Was ist daraus geworden?«

»Als wir über die Golden Gate Bridge fuhren, fragte er, was ich eigentlich mit Marilyn Monroe gemeinsam hätte.«

»Marilyn Monroe?«, wiederholte Maurice verwirrt. »Wie kam er denn darauf?«

Laura erklärte ihm, dass sie in ihrer Anzeige einen beschönigenden Ausdruck für rundlich benutzen wollte, der weder negativ klang noch den Eindruck vermittelte, sie sei fett, die Männer aber darauf aufmerksam machte, dass sie auch nicht gerade gertenschlank war. Rubenesque hielt sie für zu dick aufgetragen, und so war sie auf Monroesque gekommen. Sie fand, das sei eine gute Bezeichnung für eine Frau, die ein paar Pölsterchen hatte, aber trotzdem sexy war. Doch hatte sie offensichtlich ganz andere Assoziationen geweckt.

»Große Brüste, eine flüsternde Stimme, lange Beine, platinblondes Haar«, zählte Maurice an seinen Fingern ab.

»Genau. Also habe ich die Anzeige verändert und geschrieben, ich hätte einige Kurven und sei vergleichbar in etwa mit Kathleen Turner zwischen *Heißblütig – Kaltblütig* und *Serial Mom – Warum lässt Mama das Morden nicht*.«

Maurice musterte sie. »Warum musst du überhaupt was über deine Figur sagen?«, wandte er ein. »Du machst dir viel zu viele Gedanken.«

»Danke«, antwortete Laura. »Wie auch immer, da stand ich nun mit meinen Stretchshorts und dem Helm und versuchte, dem fliegenden Seelendoktor das mit Marilyn Monroe zu erklären. Der Kerl hat mir einen Blick zugeworfen, als hätte ich in meiner Anzeige das Blaue vom Himmel heruntergelogen oder noch Schlimmeres. Nach dem Ausflug rief er mich an, übrigens war er selbst keine Schönheit – Glatzkopf, fliehendes Kinn und so weiter, trotz des allgegenwärtigen ›gut aussehend‹, mit dem auch er sich beschrieben hatte –, und sagte: ›Du hast mich einfach nicht scharf gemacht.‹«

»Ist das ein Ausdruck aus der Luftfahrt?«, fragte Maurice.

»Ach was«, erwiderte Laura. »Das ist der Ausdruck eines Arschlochs. Er hätte lieber gar nichts sagen sollen. ›Macht nichts‹, hab ich ihm gesagt. ›Das sollte keine Entschuldigung sein‹, antwortete er.«

»*Maleducato*«, rief Maurice. »Langsam verstehe ich, was du über amerikanische Männer sagst.«

Die Sonne brach durch den Dunst, und sie öffneten das Verdeck wieder. Jetzt fuhren sie an steilen Klippen vorbei und hatten auf der anderen Seite den Blick aufs Meer. Schließlich erreichten sie Carmel, eine Stadt an der Küste, wo Maurice seine erste mexikanische Mahlzeit genoss. Sie fuhren weiter an der Küste entlang. Die zerklüftete Landschaft ging allmählich in grüne Wiesen über, die sich bis zum ruhigen Ozean erstreckten: eine trügerisch friedliche Einfahrt nach Big Sur. Doch dann schlängelte sich die kurvenreiche Straße zu den Brücken hoch, die über gefährlich wilden Canyons hingen, und sie gerieten in eine dichte Nebelwand. Man konnte nur ein paar Meter der schmalen Straße erkennen, die bis nach Los Angeles führte.

In L. A. fuhren sie wieder mit offenem Verdeck, vorbei an hohen Palmen, den Villen von Malibu, Swimmingpools und glitzernden Stränden. Das war das Kalifornien, das Maurice aus Filmen und von Postkarten kannte und von dem er geglaubt hatte, so bunt und unwirklich könne es gar nicht sein.

»Du musst ein Foto von mir machen in dieser *macchina decapitata* vor einer Palme«, sagte er plötzlich. »Meine Freunde werden mir sonst nicht glauben.«

Sie bogen in eine Nebenstraße und fanden eine passende Palme mit dem Meer im Hintergrund. Laura parkte den Wagen direkt davor und achtete darauf, dass die Sonne auf dem Chrom reflektierte. Maurice, ganz der Kunstprofessor, wollte ihr erklären, wie er sich das Foto vorstellte.

»Pst«, sagte sie. »Ich bin der Fotograf. Du bist das Model.« Er runzelte die Stirn, warf ihr aber einen umwerfenden italienischen Playboyblick zu, als sie ihn bat, *cheese* zu sagen. Anschließend wollte er unbedingt ein Foto von der kalifornischen Blondine im Cabrio, also fuhr sich Laura durchs Haar, lehnte sich zurück und setzte ihr strahlendstes Surfer-Girl-Lächeln auf, ziemlich albern. Dann stellten sie die Kamera auf das Autoverdeck, damit sie nicht wackelte, betätigten den Selbstauslöser und liefen um den Wagen auf die andere Seite, wo sie sich aneinander festhielten, um auf der schmalen Bürgersteigkante nicht die Balance zu verlieren. Dieses Foto wurde richtig süß.

»Okay, *signorina*«, sagte Maurice, als sie wieder einstiegen. »Wohin jetzt?«

»Du entscheidest«, antwortete Laura. »In Los Angeles kenne ich mich nicht aus. Die Leute aus San Francisco und L. A. sind sich nicht grün. Das ist so ähnlich wie zwischen Rom und Mailand. Ich komme sonst nie nach Los Angeles.«

Maurice war etwas verwirrt und sah sich um. »Nun, wie wär's mit Hollywood?«

Also studierte Laura die Karte und schlängelte sich von einer Straße zur nächsten, vorbei an endlosen Häuserblocks aus niedrigen Backsteingebäuden mit grellen Reklameschildern. »Los Angeles ist ein *casino*«, rief Maurice voller Bewunderung. Wortwörtlich bedeutet *casino* so viel wie Bordell. Doch die Italiener gebrauchen den Ausdruck immer, wenn sie etwas beschreiben wollen, das groß, unruhig oder chaotisch ist.

»Genau«, pflichtete sie ihm bei. Die formlose Verkehrsamöbe, in die sie geraten waren, hatte sich entschieden, stehen zu bleiben, was die anderen Autofahrer anscheinend gar nicht bemerkten, denn alle sprachen in ihre Handys.

Endlich fanden sie, wie in der Karte beschrieben, die Ausfahrt nach Hollywood, parkten den Wagen und sahen sich ein paar heruntergekommene Dessous-Geschäfte, Videotheken für Erwachsene und schmuddlige Krämerläden an. »Das soll Hollywood sein?«, protestierte Maurice. »*È bruttisima.* Genau wie Casablanca. Klingt viel besser, als es in Wirklichkeit ist.«

Er schlug vor, lieber nach Beverly Hills weiterzufahren. Er wollte ein paar der angesagten Läden erkunden, um zu sehen, ob sie sich mit denen in Paris messen konnten. Laura zögerte. Sie war nicht gerade für einen Einkaufsbummel auf dem Rodeo Drive angezogen. Um ehrlich zu sein, besaß sie nicht mal die entsprechenden Klamotten, um hier einkaufen zu gehen. »Du kleidest dich besser als diese Leute«, beruhigte er sie. »Die haben zwar Geld, dafür aber keinen Geschmack.«

Seelenruhig betrat Maurice eine teure Boutique mit französischem Namen und sah sich um. Allein hätte sich Laura hier gar nicht hineingetraut. Die Verkäuferin hinter der Theke sah kurz auf und tat so, als wären sie Luft. Sie hatte eine makellose Figur, allerhöchstens Größe 38. »Hier wird man nicht begrüßt wie in Italien, wenn man einen Laden betritt«, flüsterte Laura Maurice zu.

»Sehr unhöflich«, sagte Maurice. Obwohl er Jeans und seine Hippieweste trug, gab er sich eine typisch französische Aura von Blasiertheit. Er warf sich den Schal um den Hals und begann, mit verschränkten Armen und auf die Seite gelegtem Kopf die Kleider in den Regalen zu inspizieren. Als er die Verkäuferin auf Französisch begrüßte und sie antwortete, zuckte er zusammen, so schlecht war ihre Aussprache, und wechselte zu Englisch.

Er sah sich im Laden um und kam zu dem Schluss, dass nichts wirklich Elegantes darunter war, dann probierte er einige Parfums aus und gab seine Kommentare dazu auf Französisch ab. Eins nach dem anderen stieß auf seine Ablehnung. Und als er endlich doch noch eins fand, das ihm gefiel, gab er einen Tropfen auf Lauras Handgelenk, schloss die Augen und sog den Duft ein.

»Nur für ältere Damen«, sagte er schließlich mit einem enttäuschten Ausdruck. Dann seufzte er, als wollte er sagen, dass es außerhalb von Paris eben keine guten Parfums gab, und flüsterte ihr zu, dass sie ein bestimmtes Parfum ausprobieren musste, wenn sie das nächste Mal nach Paris kam. Eins, das sehr sexy sei. Schließlich nickte er der Verkäuferin zu, und sie verließen den Laden wieder.

»Nicht schlecht!«, sagte Laura, als sie wieder auf der Straße standen. »Ich habe dich noch nie so sehr den Franzosen herauskehren sehen.«

»Was meinst du damit?«, fragte er und tat ganz unschuldig. »In dem Laden gab es nichts Interessantes. Und die *mademoiselle* war *antipàtica*.«

Laura hatte es imponiert, wie er mit seiner natürlichen Eleganz die Verkäuferin in ihrem Snobismus noch übertroffen hatte. »Weißt du was?«, fragte sie. »Ich finde gut, wie sparsam du mit deinen Kleidern bist.«

Er strich sich über das Hemd und wirkte gekränkt. »Es ist zwar alt«, erwiderte er, »aber bestimmt nicht so billig, wie du meinst.« Dann zupfte er an der Weste. »Mir gefallen meine Sachen.«

Laura merkte, dass sie sich falsch ausgedrückt hatte. »Mit sparsam meinte ich nicht billig«, erklärte sie. »Eher praktisch: Du packst nicht viel ein, eben nur das Nötigste. Es gefällt mir sehr, wie du dich kleidest.«

»*Grazie*.«

Maurice gab sich erleichtert, seine angekratzte Eitelkeit war wiederhergestellt. Sie fuhren nach Santa Monica zurück in das vornehme Hotel direkt am Strand, wo sie ein Zimmer gebucht hatte. Noch mehr gefiel es ihm, als er erfuhr, dass sie es umsonst bekommen hatte, weil sie sich als Reiseschriftstellerin angemeldet hatte. Man führte sie in ein luftiges Zimmer mit grün-weiß gestrichenen Fensterläden und Blick auf einen Swimmingpool und das Meer.

Maurice trat auf den kleinen Balkon und sah zu, wie die Sonne im Ozean versank. »Junge, Junge!«, sagte er und drehte sich zu Laura um. »Nicht jeder hat das Glück, seine Zeit so verbringen zu können, auf der Suche nach dem Glück. Und nicht jeder ergreift die Gelegenheit beim Schopf.«

Er umarmte sie. Dann schlüpfte er in einen flauschigen weißen Bademantel, ließ Wasser einlaufen, zündete eine Kerze und eine Zigarre an und stieg in die Wanne. Schweigend lag er eine Weile im heißen Wasser, bevor er sie einlud, ihm Gesellschaft zu leisten. Er zog kräftig an der Zigarre und stieß eine dichte Rauchwolke aus.

»Weißt du, wie ich mir vorkomme?«, fragte er schließlich. »Wie Frank Sinatra!«

Am Morgen frühstückten sie auf der Terrasse; dann zogen sie los, um die Museen zu erkunden. Das war der eigentliche Grund, warum Maurice nach L. A. gewollt hatte. Trotz seiner vielen Nachteile besitzt Los Angeles eine Reihe hochkarätiger Museen. Das L. A. County Museum war geschlossen, also fuhren sie zum Museum of Contemporary Art. Dort sahen sie sich eine Fotoausstellung von Nan Goldin an, kurze, irritierende Einblicke in das Privatleben wildfremder Menschen, dann eine Retrospektive moderner amerikanischer Kunst (wo Maurice ungeduldig über ihre vielen Fragen versprach, ihr alles zu erklären, von Giacometti bis Rauschenberg, aber erst auf dem Nachhauseweg) und machten sich auf den Weg zum Getty Museum.

Vom Zentrum fuhren sie in die kärglich bewachsenen Hügel um Santa Monica, wo sie einen herrlichen Blick auf die Stadt hatten. Sie nahmen die museumseigene Bahn und fuhren hoch, bis die ganze Stadt zu ihren Füßen lag und sie die Berge und das Meer dahinter sehen konnten. Dort gelangten sie zu einem einladenden steinernen Platz mit einem flachen Springbrunnen, der die bläulichen Rosmarinsträucher und Ceanothosbüsche bewässerte. Maurice war entzückt. Sie stiegen die steile Treppe zur Eingangshalle hinauf und betraten einen Garten mit weiteren Brunnen und einheimischen Topfpflanzen. Die Gebäude bestanden aus dicken, unverputzten Travertinblöcken aus Italien, unterbrochen von leichteren, transparenteren Teilen aus Glas und dunklem Metall. Die ganze Anlage war eine Augenweide; sie wirkte zeitlos und beständig zugleich, fast wie eine moderne Akropolis.

»Unglaublich!«, rief Maurice. »Allein diese Architektur zu sehen, ist die Reise nach Amerika wert.«

Sie spazierten durch einige Säle, staunten über das Licht und bewunderten, wie leicht man zwischen den Innen- und Außenräumen hin und her wandern konnte. Verbindungsstege verbanden die Ausstellungsräume und den Garten miteinander. Von einem Balkon aus sah man auf einen Vorsprung mit kugelförmigen Kakteen, langarmigen Saguaros, Aloe und anderen Wüstenpflanzen. Sie alle waren hier heimisch, gleichzeitig aber in einem wunderbar lebendigen Design arrangiert. Die Komposition wirkte einladend und inspirierend und war ganz das Gegenteil von vielen anderen Museen, die den Betrachter eher ermüden.

»Weißt du, wer dieses Museum entworfen hat?«, fragte Maurice.

»Richard Soundso?«

»Richard Meier«, berichtigte er sie. »Diesen Namen sollte man sich merken. Vergiss die Bilder, die hier hängen. Es sind zweitklassige Werke von erstklassigen Künstlern oder erstklassige Werke von zweitklassigen Künstlern. Aber die Architektur ist einzigartig, ein Meisterwerk. Dieses Gebäude wird noch in Jahrhunderten bestehen.«

Sie gingen durch die Säle, wobei Maurice wie üblich ein forsches Tempo anschlug. Nur selten blieb er stehen, um sich ein Bild genauer anzusehen – ein zartes wunderschönes flämisches Gemälde von Dierick Bouts, *Die Verkündigung*, und eine Madonna von Fra Bartolomeo. Laura gefiel es, wie Maurice sich je nach Interesse schnell oder gemächlich durch ein Museum bewegte. Seine Besuche wurden von persönlichen Bedürfnissen diktiert, nicht der üblichen Ehrfurcht vor der Kunst, die allen Werken die gleiche unterschiedslose Aufmerksamkeit widmet. Er selbst bestimmte die Richtung, nicht das Museum. Gelangweilt marschierte er an der französischen dekorativen Kunst mit ihrem Firlefanz vorbei, sah sich ein paar Wandteppiche an und betrat dann einen neuen Saal mit Gemälden. Hier blieb er vor plötzlich vor einem Bild stehen.

»Das ist das beste Stück, das sie haben«, erklärte er. Es war *Die Heilige Familie* von Nicolas Poussin aus dem Jahr 1651. Maurice zeigte auf das Gemälde, auf dem Jesus, Maria und Joseph zusammen mit dem Kind Johannes und seiner Mutter Elisabeth in einem ruhigen klassischen Stil abgebildet waren. »Achte auf die Geometrie des Hintergrundes, diese ausgeklügelte Komposition«, sagte er fast atemlos. »Schau dir die sanfte Schönheit der Gesichter an, diesen Ausdruck.« Dann studierte er die Kleidung der Figuren. »Einfach fabelhaft. Die Falten der Kleider sind beinahe abstrakt, ihrer Zeit weit voraus. Und die Farben.« Mehrere Minuten lang stand er da und schwieg, während er das Bild betrachtete. »Ja«, murmelte er schließlich, »ein sehr schöner Poussin. Ein Meisterwerk.«

Nach diesem Werk war es in seinen Augen überflüssig, noch weitere Bilder anzusehen, also gingen sie wieder in die Gärten. Sie schlenderten einen kühlen, von Bäumen gesäumten Sandsteinweg entlang, der über einen kleinen Bach führte. Das Wasser rauschte abwärts zu einer Terrasse, wo fuchsienrote Bougainvillea, deren Blätter in verschwenderischer Fülle herabhingen wie von Bäumen, hohe Pergolen überwuchert hatten, und stürzte dann an einer Steinmauer hinab in ein spiegelndes Bassin voller rosafarbener, roter und violetter Azaleen.

»Alles stimmt bis ins kleinste Detail«, erklärte Maurice.

Er setzte sich unter eine Pergola und rauchte eine Zigarette, während er die Schönheit dieses Ortes in sich aufnahm. Er tat allen Sinnen gut. »Du hast Glück, dass du so nah wohnst«, sagte er. »Ich werde das hier vielleicht nie wieder sehen.«

Sie konnten sich von dem Museum und seinem Garten kaum losreißen und blieben bis zur letzten Minute. Als es geschlossen wurde, fuhren sie in ihr vornehmes Hotel zurück. Sie schwammen im Pool, nahmen ein heißes Bad und aßen dann in einem nahe gelegenen asiatischen Restaurant zu Abend, wobei sie sich über all die Kunstwerke unterhielten, die sie gerade gesehen hatten. Beim Nachtisch (Maurice hatte erklärt, nach Fisch sei Nachtisch obligatorisch) nahm er ihre Hand und küsste sie.

»Weißt du«, erklärte er, »das ist nicht nur körperliche Anziehungskraft zwischen uns, sondern auch eine intellektuelle Verbindung.«

Laura war gerührt. Es war zweifellos ein romantischer Augenblick, aber insgeheim fand sie, dass Maurice verdammt lang gebraucht hatte, um zu dieser Erkenntnis zu gelangen. Sie streckte die Hand aus und fuhr ihm über die Wange, dann gab sie ihm einen Kuss auf die andere.

Am Morgen nach dem Aufwachen liebten sie sich im warmen Schein der Sonne, die durch die Ritzen der Fensterläden fiel. Später genehmigten sie sich im Hotelrestaurant ein Frühstück, das so teuer war wie eine Übernachtung in einem billigen Hotel, und packten anschließend ihre Sachen. Als sie endlich im Wagen saßen, fragte Maurice, wohin es jetzt ging.

»Überraschung«, antwortete Laura.

»Du steckst voller Überraschungen«, sagte er. »Jeden Tag eine neue, und eine besser als die andere.« Er rückte seinen Spiegel zurecht und lehnte sich zurück. Eine Weile fuhren sie Richtung Süden und nahmen dann die Abfahrt in eine Gegend voller Reihenhäuser und Einkaufszentren in der Nähe des Strandes.

»Wohin fahren wir denn?«, fragte er verwirrt.

»Du musst dich schon gedulden, mein Lieber«, antwortete sie.

Sie parkten auf einem riesigen Parkplatz, der von Lagerhäusern umgeben war. »So, da wären wir«, erklärte Laura.

»Wo denn?«, fragte er und sah sich um. Es war eine gottverlassene Gegend.

»An der Fähre. Wir sind auf Inseln spezialisiert, und ich habe dir eine Insel versprochen.«

Maurice strahlte. »Eine Insel!«, rief er. »Hätte ich fast vergessen! Das Tüpfelchen auf dem i.«

Sie kauften die Fahrkarten und gingen an Bord einer Fähre, die sie zu einer Insel, etwa eine Stunde entfernt, bringen würde. Als sie ausliefen, betrachtete Maurice den Hafen und erklärte: »Das Komische an Kalifornien ist, dass ihr diese enormen Küsten habt, aber eigentlich keine richtige Meereskultur.«

»Was meinst du?«, entgegnete Laura. »Wir haben eine Strandkultur, eine Surferkultur, eine Jachtkultur ...«

»Das ist nicht dasselbe«, erwiderte er. »Hier vergnügt man sich am Meer, aber eigentlich ist es nur eine Nebensache. Die Kultur hier hat sich nicht aus dem Meer entwickelt, vom Fischen, vom Handel. Das schlägt sich sogar in der *cuisine* nieder.«

Dem konnte sie nur zustimmen. Kalifornien hatte seine Entwicklung dem Gold zu verdanken, nicht seinen Makrelen. Danach war Hollywood gekommen, die Landwirtschaft, die Luftfahrtindustrie und jetzt das Internet. Niemand hatte dem Meer große Aufmerksamkeit geschenkt. Jedenfalls war es ganz anders als in Neuengland, wo alle Leute herumliefen, als seien sie gerade aus einem Boot gestiegen.

»Komisch«, murmelte Maurice und ging zum Bug, um die Sonne und den Wind im Gesicht zu spüren.

Das Meer war ruhig, einige wenige Segelboote glitten durch das Wasser. Schließlich kam die Insel in Sichtweite, runde raue Hügel, die sich aus dem Blau des Meeres erhoben. Maurice kniff die Augen zusammen und blinzelte in die Sonne. »Ich sehe gar keine Gebäude«, sagte er. »Wo sind denn die Hotels?«

»Das ist ein Naturschutzgebiet«, antwortete Laura. »Es gibt nur ein Hotel auf der Insel, ein ganz schlichtes Haus, und sonst bloß Campingplätze.« Laura war noch nie da gewesen und wusste nicht, was sie erwartete.

»Wollen wir denn etwa zelten?«, fragte Maurice beunruhigt.

»Keine Sorge«, beschwichtigte Laura. »Ich habe uns ein Zimmer reserviert.«

Jetzt konnten sie geheimnisvolle Buchten erkennen, weiche, sandige Strände, eine wilde, trockene Vegetation und eine Hand voll Boote im Jachthafen. Es sah genauso aus wie eine Insel im Mittelmeer.

»Unglaublich!«, sagte Maurice erstaunt. »Wir sind eine knappe Stunde von Los Angeles entfernt, und man könnte denken, wir sind in Griechenland. Wie ist das möglich?« Er drehte sich ihr zu. »Jetzt kann ich nie wieder nach Kalifornien zurückkommen, denn es gibt nichts, was das hier überbietet.« Er nahm ihre Hand und drückte sie.

Sie gingen von Bord. Eine schweigsame Frau, die aussah wie eine ehemalige Pfadfinderin, holte sie ab und fuhr sie im Jeep zu einer schlichten schönen Hütte auf dem Gipfel eines Berges. Laura hatte ein Zimmer mit Balkon gebucht, von wo man beide Seiten der Insel und die schmale Landzunge sehen konnte. Maurice suchte sich ein sonniges

Plätzchen auf dem Balkon. »Das Hotel in Los Angeles war schön und luxuriös, aber das hier ist …«, er zündete sich eine Zigarette an, »… etwas Handfestes, hier kann man sich wirklich entspannen und wohl fühlen. Wer hätte gedacht, dass es in den Vereinigten Staaten so etwas gibt?«

Er rauchte, und sie beobachteten, wie die Boote im Hafen langsam ein- und ausliefen. Er stammte vom Mittelmeer, und jetzt war er wieder auf einer Insel, in seinem Element. »Weißt du was?«, sagte er. »Wenn ich wirklich abschalten will, muss ich aus meinem Land raus und sogar aus meiner Sprache. Auf Französisch kann ich mich einfach nicht entspannen.«

»Warum nicht?«, wollte Laura wissen.

Er zuckte die Achseln und versuchte, es ihr zu erklären. »Wenn ich Französisch spreche, kann ich genauso gut in Frankreich bleiben. Ich habe eine ständige Unruhe in mir. Manchmal muss ich einfach alles hinter mir lassen.«

Laura fragte, ob sie sich auch veränderte, wenn sie Italienisch sprach.

»Du bist weicher«, bemerkte er. »Wenn du Englisch sprichst, wirkst du viel distanzierter.«

»Schon möglich«, antwortete Laura. »Vielleicht können wir uns deshalb so gut miteinander entspannen, weil wir verschiedene Muttersprachen haben.« Und es half auch, dass beide nicht perfekt Italienisch sprachen. All die kniffligen Verhandlungen und Machtspielchen, die normalerweise zu einer Beziehung gehören, mussten vereinfacht ausgedrückt werden; beide gaben nach, keiner nahm etwas zu ernst. Sie beherrschten diese Sprache nicht gut genug, um subtil zu sein, irgendwelche Erwartungen oder Enttäuschungen durchschimmern zu lassen. Bemerkungen, die ebenso liebevoll wie boshaft gemeint sein konnten und dabei so viel Freiraum zwischen den Zeilen ließen, dass man immer behaupten konnte, man habe gar nichts Böses sagen wollen und der andere sei nur paranoide waren zwischen ihnen unmöglich. Sie konnten nur nett zueinander sein, sich nur auf die Gegenwart konzentrieren.

»Hmm«, brummte er, schob ihre Bluse hoch und legte seine Finger auf ihre Haut. »*Molto rilassante.*« Sehr entspannt.

Am nächsten Tag machten sie sich nach dem Frühstück sofort daran, die Insel zu erkunden. Es war herrlich, kein Wölkchen trübte den Himmel, und es ging eine leichte, warme Brise. Als Erstes betraten sie ein Lebensmittelgeschäft am Hafen.

»Wir brauchen Proviant und Wasser«, erklärte Laura, die ebenfalls etwas von einer Pfadfinderin hatte, sich allerdings hütete, Maurice zu ermahnen, Sonnenbrille und Hut einzupacken.

»Wasser vielleicht«, antwortete Maurice. »Wir können irgendwo zu Mittag essen, wenn es so weit ist.« Beim Anblick der fertig verpackten Sandwiches im Laden verzog er das Gesicht.

»Vielleicht bekommen wir unterwegs Hunger«, wandte Laura ein und griff nach einer Packung Cracker. Er warf ihr einen Blick zu, der besagte, ihr Amerikaner müsst ständig euer Junkfood haben, wir Franzosen warten lieber auf eine anständige Mahlzeit. Laura stellte die Packung wieder ins Regal zurück, kaufte nur eine kleine Flasche Wasser und verließ den Laden.

Die Straße führte an der steilen Küste um die Insel herum. Wieder wollte Maurice wissen, wohin sie gingen.

»Keine Ahnung«, antwortete sie. »Ich dachte mir, wir könnten einfach drauflos wandern.«

»Wandern?«, rief Maurice. »Das klingt so deutsch …«

»Na schön, dann machen wir eben einen Spaziergang.«

Sie folgten einer Straßenbiegung und stiegen immer höher über den Ozean.

»Einfach so spazieren zu gehen, immer die Straße entlang, ist nicht besonders aufregend«, bemerkte Maurice nach fünf Minuten. »Es sei denn, wir finden einen kleinen Strand, wo wir schwimmen können.«

»Dann suchen wir uns am besten einen solchen kleinen Strand«, sagte sie.

»*Va bene*«, antwortete er zufrieden.

Eine Zeit lang sagte sie nichts, bis Maurice erneut davon sprach, wie unfassbar es immer noch für ihn war, bei ihr in Kalifornien zu sein. Nach Ischia hatte es so ausgesehen, als würden sie sich niemals wieder sehen.

»Hast du das gedacht? Dass wir uns nicht mehr sehen würden? Dass du mir nicht schreiben könntest und ich dich irgendwo treffen wollte?«, fragte Laura.

»Nun ja, du wohnst am anderen Ende der Welt«, gab er zu, während er seine Worte sehr vorsichtig wählte. »Du hättest einen anderen Mann kennen lernen und mich vergessen können. Und ich, ich hatte andere Verpflichtungen.«

»Deine Familie.«

»Ja, die Familie, aber ...« Er trat gegen einen Kieselstein. »Um ein Haar hätte ich dich im Mai in Mailand gar nicht treffen können.«

»Wirklich? Warum denn?«

»Weil ich schon was anderes vorhatte.«

»Ah, eine andere Frau.«

Er grinste halb frech, halb verlegen. »Sie hatte braunes Haar.«

Laura nickte. Sie wusste nicht so recht, ob sie sich auf ein Gespräch über diese braunhaarige Unbekannte einlassen sollte.

»Ich war sehr überrascht, als ich dich in Ischia kennen lernte«, erklärte er. »Ich hatte da gerade eine andere kleine Affäre. Du hast meine Pläne durcheinander gebracht. Und danach musste ich mich entscheiden, mit wem ich meine nächsten Ferien verbringen wollte: blond oder braun.«

Laura fand es nicht gerade lustig, plötzlich auf ihre Haarfarbe reduziert zu werden. »Was ist aus deiner braunhaarigen Freundin denn geworden?«

Maurice erzählte, sie sei eine spanische Akademikerin gewesen, Professorin für Vergleichende Literaturwissenschaft. Sehr intellektuell. Eine Zeit lang hatten sie sich hin und wieder getroffen. Sie waren auf Ischia miteinander verabredet gewesen, doch sie hatte in letzter Minute abgesagt, weil ihr etwas dazwischengekommen war. Danach hatte er ein schwieriges Jahr durchgemacht, war sehr deprimiert gewesen, und als sie sich wieder sahen, hatte sie ihn nicht mehr aufmuntern können, im

Gegenteil, alles war eher schwierig geworden. Das Ende war nicht schön gewesen, und so hatte er beschlossen, sich stattdessen mit ihr in Mailand zu treffen.

Laura wurde bewusst, dass so was wohl dazugehört, wenn man eine Affäre mit einem verheirateten Mann hat. Eifersucht war hier nicht angebracht. Außerdem hatte er die dunkelhaarige Spanierin vor ihr kennen gelernt. Sie beide führten ein verborgenes Phantasieleben, und sie hatte kein Recht, irgendetwas zu erwarten. Das musste sie sich immer wieder klar machen.

»Da habe ich aber Glück gehabt. Wenn euer letztes Treffen also kein Fiasko gewesen wäre, hätte ich dich vielleicht nie wieder gesehen«, sagte Laura mit Unbehagen in der Stimme.

»Möglich«, räumte Maurice ein. Dann warf er ihr einen Blick zu und merkte, wie aufgewühlt sie war. »Ich bin derjenige, der Glück hat, *cara*, vor allem, weil ich dich inzwischen viel besser kenne. Als ich dich auf Ischia zum ersten Mal sah, war mir nicht klar, dass du so *spiritosa*, so geistreich, bist.«

»Bloß eine dumme amerikanische Frau«, erwiderte Laura. »Oberflächlich, konsumgeil und McDonald`s-Fan …«

»Hör auf damit!«, unterbrach er sie ernst. »Ich wollte nur sagen, dass ich mich wirklich freue, dich wieder zu sehen. Dass ich glücklich mit dir bin. Dass ich viel lieber mit dir zusammen bin als mit einer neurotischen Spanierin.« Er blieb stehen und nahm ihre Hand. »Du hast mir unglaublich viel Kraft gegeben. Diese Reise werde ich nie vergessen.«

Sie setzten ihre Wanderung fort. Hinter jeder Biegung lag eine steile Klippe und dahinter eine unberührte, einsame Bucht mit einem kleinen Strand. Aber man konnte nicht hinabsteigen. »Vielleicht bei der Nächsten«, sagte Laura. Sie erreichten die nächste Biegung und die übernächste. Jede Bucht war verlockend, aber unerreichbar. Endlich gelangten sie zu einem Strand, zu dem es nicht so steil hinunterging. Unter Umständen konnten sie es schaffen, aber Maurice hatte seine Zweifel. Es sah gefährlich aus. Kein Pfad führte hinab, und der Hang war steil und bröckelig. Doch der Strand war wirklich verführerisch.

Sie begannen abwärts zu klettern und hielten sich am Gestrüpp fest, während sie über Felsen kletterten und den Hang hinabrutschten.

»Vielleicht sind wir die ersten Menschen, die diesen Strand betreten«, sagte Laura.

Maurice hielt sich an einem Strauch fest und warf ihr einen Blick zu. »Meinst du, dass wir es auch wieder zurückschaffen, wenn wir erst einmal da unten sind?«

»Zur Not können wir schwimmen.«

Auf allen vieren kletterten sie an einem Felsen hinunter und sprangen dann das letzte Stück auf den Strand.

»Wir haben es geschafft!«, rief Laura aufgeregt. Maurice umarmte sie und wirbelte sie im Kreis durch den weichen Sand.

»Herrlich!«, sagte er. Er suchte eine gemütliche Stelle, wo er sich an einen Felsen lehnen konnte, breitete sein Handtuch aus und winkte Laura zu sich. Sie zog sich bis auf die Unterwäsche aus. Dann schloss sie die Augen.

»Glaub bloß nicht, dass dich niemand sehen kann, nur weil du die Augen zumachst«, warnte Maurice im Spaß und legte eine Hand auf ihren warmen Bauch. Sie fingen an, Liebe zu machen, und irgendwann flog Laura der Gedanke durch den Kopf, dass dies der Höhepunkt der Reise war, an einem einsamen Strand in der Sonne zu liegen, sich zu lieben und im Meer zu baden. Danach mussten sie wieder aufbrechen, zuerst zur Fähre, dann nach L. A., nach San Francisco und schließlich nach Paris. Ende der Reise. Ende der Geschichte.

Sie hörte auf zu denken und liebte ihn voller Lust, bis sie gleichzeitig zum Höhepunkt gelangten. Anschließend lagen sie zitternd nebeneinander und staunten, wie intensiv es gewesen war.

Eine Weile blieben sie wie betäubt im warmen Sand liegen, dann sprangen sie gleichzeitig auf und liefen ins Meer. Nach dem Sex war das Wasser herrlich anregend und erfrischend. Sie ließen sich von der Strömung treiben, sahen einander nur an und schwiegen. Die Zeit schien stehen geblieben zu sein.

Doch irgendwann wurde ihm kalt, und er kehrte zurück an den Strand. Laura dagegen schwamm immer weiter hinaus. Er rief ihr zu, sie solle vorsichtig sein, und gestikulierte wild. Ein großer bärtiger Seelöwe hielt am Ende der Bucht Wache. Zu seiner Linken lag ein Weibchen mit einem Heuler auf einem Felsen. Jetzt setzte sich das Männchen in Bewegung und schwamm auf sie zu.

»Laura!«, rief Maurice. »Komm jetzt zurück.«

»Seelöwen sind harmlos«, rief sie zurück und fragte sich gleichzeitig, ob das stimmte. »Sie sind nur neugierig.« Der Seelöwe kam auf sie zu und schlug eine Menge Luftblasen. Offenbar meinte er es ernst. Laura schwamm so schnell sie konnte zum Strand zurück, wo sie in Sicherheit war.

Maurice reichte ihr ein Handtuch, offensichtlich erleichtert. »Schwimm nicht immer so weit raus«, schimpfte er. »Ich will nicht, dass dir was passiert.«

Als sie sich angezogen hatten, stellten sie fest, dass sie Hunger hatten. Der Spaziergang, das Klettern, das Schwimmen, der Sex – beide starben vor Hunger. »Du hast nicht zufällig die Kekse doch gekauft, oder?«, fragte Maurice. Laura schüttelte den Kopf. »Und Wasser haben wir auch keins mehr!«

Sie kletterten den Hang wieder hinauf. Der Aufstieg war leichter als der Abstieg, aber trotzdem mühsam genug. Schließlich kamen sie oben an und klopften sich die Blätter und Zweige von den Kleidern. Sie wären getrampt, aber es fuhren so gut wie gar keine Autos auf der Insel, sodass ihnen nichts anderes übrig blieb, als zu Fuß zurückzumarschieren. Der Rückweg kam ihnen viel länger vor als der Hinweg.

Maurice überlegte eine Weile und sagte dann: »Vielleicht hattest du Recht. Wir hätten diese Kekse doch kaufen sollen.« Er hatte sich tatsächlich dazu durchgerungen, das französische Protokoll zu erweitern. Hin und wieder könnte es eben doch zulässig sein, etwas zu essen mitzunehmen, beispielsweise auf einer wilden Insel, wo es so unzivilisiert zuging, dass es weder richtige Restaurants noch Proviant für ein Picknick gab.

Zwei Stunden später fielen sie halb verhungert und verdurstet in das Lebensmittelgeschäft ein, kauften Kekse und Schmelzkäse und setzten sich mit einer echt amerikanischen Dose Bier auf den Bordstein. Nach dem Essen stellte sich ein überwältigendes Gefühl von Erleichterung und Zufriedenheit ein. Sie gingen an den Strand und hielten dort ein kleines Nickerchen. Laura schwamm ein letztes Mal im Hafen. Wer weiß, wann sie wieder Gelegenheit dazu hätte. Das Wasser fühlte sich irgendwie anders an, kälter. Der Herbst stand vor der Tür.

Nachdem das einzige Restaurant am Ort geöffnet hatte, bestellten sie dort gegrillten Haifisch mit allem Drum und Dran, Pommes frites, Salat, French Dressing, und warteten auf die Fähre. An Bord setzten sie sich an Deck und sahen zum sternenübersäten Himmel auf, während die Fähre langsam auslief. Laura legte ihren Kopf auf seinen Schoß. Sie wusste, dass dieser herrliche Tag, diese wunderschöne Traumreise zu Ende ging. Alle Highways führten nach Hause. Bald würde er sie verlassen, und dann wäre sie wieder allein. Sie hatte begonnen, sich an seine Anwesenheit zu gewöhnen. Jetzt kämpfte sie mit den Tränen und wollte nicht, dass Maurice sie so sah.

»Weißt du was, *chérie*?«, sagte er und fuhr ihr übers Haar. »Es ist gar nicht schlecht zu wissen, dass es jemanden am anderen Ende der Welt gibt, der einen liebt und immer gern an einen denkt.«

Es war bereits spät, als sie zum Wagen kamen. Die Rückreise würde lang werden.

»*Le dénouement*«, sagte Laura mit schrecklich falscher Aussprache.

Maurice berichtigte sie. »Was meinst du damit?«, wollte er dann wissen.

»Das kommt doch aus der Literatur, oder nicht? Das lange Stück zwischen dem Höhepunkt und dem Schluss. Wo alles aufgelöst wird.«

»Es bedeutet Auflösung, richtig, aber wir benutzen den Ausdruck nicht, wenn es um Literatur geht.«

Sie brachen nach San Francisco auf. Laura dachte mit Schaudern daran, dass sie sich schon bald wieder der Realität stellen müsste, nachdem sie für kurze Zeit im siebten Himmel gewesen war. Sie schob die Rolling Stones in den CD-Player und drehte die Musik voll auf, damit sie wach blieben. Als sie über einen Hügel fuhren, lag ihnen plötzlich Los Angeles zu Füßen, ein endloses Lichtermeer.

»Herrlich!«, sagte Maurice. Die Musik, die Neonlichter, dieses typische Flair von Los Angeles – er fand alles hinreißend. Er besaß die Gabe, sogar den unwirtlichsten Orten der Welt irgendeinen kleinen persönlichen Genuss abzugewinnen. Doch die Lust, die sie immer empfanden, wenn sie gemeinsam reisten, war etwas, das beide unabhängig voneinander besaßen und stets mit sich trugen. Als Laura das bewusst wurde, fühlte sie sich besser. Es war nicht mehr so schlimm, dass er sie bald verlassen würde.

Sie fuhren und fuhren. Maurice rauchte zufrieden und redete ohne Punkt und Komma, bis Laura zu müde war, um weiterzufahren. Als sie an einem Reklameschild für ein Motel vorbeikamen, nahm sie kurz entschlossen die Ausfahrt.

»Billige Absteigen«, sagte sie, »eine echt amerikanische Erfahrung.« Es war schon zwei Uhr früh, als der verschlafene Nachtportier ihnen die Zimmerschlüssel in die Hand drückte. Sie fanden das Zimmer; es hatte einen orangefarbenen Bettüberwurf, Seifenstücke, so groß wie Rasierklingen, und ein Schild mit dem Hinweis, dass der Diebstahl der Handtücher verboten war.

»Es ist nicht gerade ein *hôtel du charme*«, erklärte sie, »aber billige Absteigen sind verdammt sexy. Sie haben etwas Anonymes und Verbotenes. Als würde man mit einem Fremden schlafen.«

»Hmmm«, antwortete Maurice und inspizierte die Matratze. Laura fiel todmüde ins Bett und hätte auf der Stelle einschlafen können. Maurice dagegen nahm sich Zeit, er putzte sich die Zähne, faltete sein Hemd zusammen und legte es in seine Reisetasche, ehe er zu ihr unter die Decke kroch und vorsichtig seine Hand auf ihren Po legte.

»Wie sagten Sie noch, war Ihr Name, *mademoiselle?*«, fragte er.

»Hmmpf!«, antwortete Laura und wandte sich von ihm ab.

»Das ist okay«, sagte er. »Ich kann dich auch lieben, wenn du schläfst. Du brauchst nur dazuliegen und zu träumen, du würdest mit einem wildfremden Mann schlafen, der sehr sexy ist.« Er fing an, ihren Körper zu erforschen, und murmelte irgendwelche französischen Kommentare dabei. Laura wurde allmählich wieder wach. Plötzlich ertappte sie sich dabei, dass sie mit einem unbekannten Franzosen Liebe machte. Es war aufregend und schnell, wie aus heiterem Himmel.

»*Ça va, mademoiselle?*«, fragte er auf Französisch.

»*Oui, monsieur.*«

Er ließ sich in die Kissen zurückfallen. »Billige Absteige«, sagte er auf Englisch. »Gefällt mir.«

Am nächsten Tag brachen sie in aller Herrgottsfrühe auf. Während der Fahrt erteilte Maurice ihr wie versprochen eine Lektion in Kunstgeschichte. Den Impressionismus ließen sie aus, weil beide insgeheim der Meinung waren, er sei *troppo dolce*, viel zu süß. Er gab ihr einen Überblick über den Modernismus, Symbolismus, Vuillard, Bonnard, den Deutschen Expressionismus und den Kubismus, er kam zu Chagall und Rousseau, und dann musste sie anhalten, um zu pinkeln. Anschließend hakten sie, mit Cola Light und Mineralwasser in der Hand, den Dadaismus und den Surrealismus ab, schenkten dem Minimalismus nur minimale Aufmerksamkeit und kamen schließlich zum abstrakten Expressionismus, dem amerikanischsten Ausdruck der modernen Kunst. Maurice war ein großer Bewunderer von Barnett Newman, dessen riesige Farbfeld-Gemälde von dicken Balken unterteilt werden.

»Und wieso ist Barnett Newman kein Minimalist?«, fragte sie.

»Eine gute Frage, *signorina*«, antwortete er im Ton eines Professors. »Die Antwort lautet, weil Barnett Newman einfach ein Genie ist.«

»Ihr Kunstleute sprecht immer von Genies. Was ist eigentlich damit gemeint?«

Maurice seufzte. Dann hielt er ihr einen Vortrag über das Mystische in der Kunst von Barnett Newman. Wie die Strenge des Bildes und die Intensität des einfachen Striches die Widersprüche vereint, wie seine Werke eine unmittelbare spirituelle Erfahrung vermitteln, sobald der Betrachter den Raum der leuchtenden Farben betritt. »Und der Reißverschluss!«, rief er aus. »Der Reißverschluss!« Er vertiefte sich in die Anthropologie des vertikalen Reißverschlusses, was immer das sein mochte, erklärte, dass Newmans Reißverschluss an Giacomettis Statuen erinnere, und dass beide das Menschliche ansprechen, das, was den Menschen von anderen Lebewesen unterscheidet. Die fundamentale Natur des Menschen ist seine Vertikalität – der Reißverschluss, die hohen, schmalen Statuen –, und so reduzierten beide Künstler den Menschen auf das Wesentliche.

»Und Rothko?«

»Ah, Rothko«, rief Maurice. »Matisse steht für Schönheit. Newman für Genialität. Aber Rothko – Rothko ist schön und genial zugleich.«

»Rothko ist der Größte«, sagte Laura.

»Rothko *forever*«, antwortet er und verfiel spielerisch in ihren amerikanischen Slang. Eine Zeit lang sagte keiner etwas.

»Und jetzt?«, fragte Laura schließlich.

»Tja«, antwortete er. »Jetzt könnten wir über Sex reden.«

»Wenn wir über Sex reden, dann wirst du später keine Lust mehr drauf haben«, wandte Laura ein.

Er dachte einen Augenblick nach. »Aber es gibt etwas, worüber wir nicht gesprochen haben.«

Laura hob fragend die Augenbrauen.

»Masturbation!«

»Aber Herr Professor«, sagte sie, »Sie wollen mir doch wohl keinen Vortrag über Masturbation halten, oder? Über die Vertikalität des Reißverschlusses etwa?«

»Das wäre wirklich albern«, antwortete er und unterdrückte ein Lachen.

»Wie wär's«, sagte Laura, »wenn ich einfach nur zugucke?«

»Zugucke?«

»Dir zugucke.«

»Wobei?«

»Du weißt schon. Die Fahrerei ist ziemlich langweilig. Wie wär's, wenn ich dir dabei, na, du weißt schon, zuschaue?«

Maurice wurde tatsächlich rot. »*Impossibile*!«

»Komm schon, das wäre erstens schön und zweitens genial.«

Maurice schlug die Beine übereinander. Das Ganze war ihm sichtlich peinlich.

»Mir ist es gelungen, einen Franzosen in Sachen Sex in Verlegenheit zu bringen. Das glaubt mir kein Mensch«, frohlockte sie.

»Nein, nein, nicht Verlegenheit«, erwiderte er und verschränkte die Arme vor der Brust. »Es ist eben nur nicht ...«

»Es ziemt sich nicht?«

»Nein, *mademoiselle*.«

»*Un peccato*«, sagte Laura. Eine Schande. »Okay, dann erzähl mir von Rauschenberg.«

Erstaunlicherweise war es ein völlig klarer Tag, als sie in San Francisco ankamen. Laura fuhr Richtung Haight und machte einen Umweg über Twin Peaks. Sie schlängelten sich den Hügel hoch und parkten direkt am Aussichtspunkt. Die ganze Stadt von der Golden Gate Bridge bis zum Candlestick Park breitete sich vor ihnen aus.

Bei dem Anblick stockte Maurice der Atem. »Noch eine Überraschung«, sagte er. »Und ich dachte, es gäbe keine mehr.«

»Die Welt ist voller Überraschungen«, erklärte sie.

Als sie wieder einstiegen, drehte er sich halb zu ihr herum und sagte: »Weißt du was? Das waren die schönsten zwölf Tage meines Lebens.«

»Meinst du das im Ernst?«, fragte Laura. Sie war unbeschreiblich glücklich. Natürlich hatten sie ein paar wunderbare Orte in Kalifornien besucht, doch jetzt wurde ihr plötzlich klar, dass sie mit ihm überall glücklich wäre. Allmählich wuchsen sie zusammen. Doch das konnte sie ihm nicht sagen. Womöglich würde er Panik bekommen und Angst haben, dass sie mitten in der Nacht bei ihm zu Hause in Paris anrufen könnte.

»O ja. Zu Hause wird mir das alles vorkommen wie ein Traum.«

Den Nachmittag verbrachten sie damit, auszupacken und anschließend seine Sachen wieder einzupacken. Rituale des Abschieds. Dann schliefen sie zusammen, duschten und zogen sich an.

»Soll ich dir mal was sagen?«, fragte er und musterte sie. »Du bist viel hübscher, nachdem du Sex hattest. Dein Gesicht sieht so entspannt aus.«

»Nach diesen Ferien werde ich bestimmt noch eine ganze Weile gut aussehen.«

»*Una piccola riserva*«, sagte er. »Eine kleine Reserve, bis du jemanden anderen kennen lernst.«

Sie fuhren nach Berkeley zu ihrem Lieblingsrestaurant, dessen Koch ein wunderbar einfaches Essen aus den köstlichsten Zutaten zaubern konnte. Sie kam nur bei besonderen Anlässen hierher. Das letzte Mal an dem Tag, als Jon sie für immer verlassen hatte. Damals hatte sie gelernt, dass es selbst unter schlimmsten Bedingungen nichts Besseres gab, um sich aufzuheitern, als ein erstklassiges Essen mit einer guten Freundin, und zum Abschluss ein Stück Rhabarbertorte mit Orangeneis.

Doch als sie jetzt mit Maurice in diesem Restaurant saß, ging ihr auf, dass sie ein so gutes Essen eigentlich gar nicht brauchte. Sie fühlte sich bereits rundum satt. Nach zwölf Tagen mit ihm waren all ihre Sinne befriedigt. Dieser kurze Augenblick der Freude, den sie sich an jenem Abend in dem Restaurant gestattet hatte, als Jon sie verlassen hatte, dieser kleine Ausbruch aus der Depression, war mit Maurices Hilfe immer größer geworden, und sie glaubte nicht, dass diese Entwicklung umkehrbar war, auch nach seiner Abreise nicht. Trotzdem genoss sie das Essen, und ihr hochnäsiger Franzose musste zugeben, dass er noch nie im Leben so gutes Rindfleisch gegessen hatte.

Am nächsten Morgen, bevor sie aufbrachen, ging Maurice in einen Laden und kaufte sich ein paar CDs, die Laura auf dem Ausflug gespielt hatte, um sich zu Hause daran erinnern zu können.

Außerdem fand er eine CD von Serge Gainsbourg, die er ihr schenkte. Einen Song spielte er ihr vor. Er war ein bisschen lasziv; Jane Birkin keuchte lustvoll und Serge hauchte wieder und wieder *je t'aime … moi non plus*.

»Verstehst du den Text?«, fragte Maurice.

»Na ja, das Wichtigste schon«, antwortete sie unsicher.

»Es sind Worte, die ich nicht aussprechen kann.«

Ich liebe dich; ich dich auch nicht. Er liebte sie, aber natürlich konnte er ihr das nicht direkt sagen. Doch einen Augenblick – einen Bissen, ein Gemälde, zwölf Tage lang – hatten sie miteinander gelebt, voller Liebe und Lust. Es spielte keine Rolle, dass er auf der anderen Seite des Atlantiks zu Hause war, dass er verheiratet und eine echte Beziehung nicht möglich war. Was sie hatten, war trotzdem echt genug.

Um sich von der Anspannung des Abschieds und Worten, die sie nicht aussprechen konnten, abzulenken, hatten sie ihre Italienisch sprechende Freundin Cecilia zum Mittagessen eingeladen. Cecilia hatte Maurice vor einer Woche bei ihrem Gartenfest kennen gelernt. War das wirklich erst eine Woche her? Sie erzählten von ihrem Ausflug, und Cecilia holte ihr Taschenwörterbuch heraus und suchte allen Ernstes nach der korrekten italienischen Bezeichnung für Ausdrücke, die sie miteinander benutzt, aber ganz offensichtlich erfunden hatten.

Nach dem Espresso war es höchste Zeit. Beide küssten Cecilia zum Abschied auf die Wange und fuhren dann schweigend zum Flughafen. Sie parkte vor dem Eingang und half ihm, seine kleine Reisetasche aus dem Kofferraum zu holen.

»Jetzt kommt der schreckliche Teil«, sagte er. Laura blinzelte und lächelte, vermied es aber, ihm in die Augen zu schauen.

»Aber es ist noch nicht das Ende der Geschichte«, sagte er. »Wir werden uns wiedersehen. Wo und wie, kann ich nicht sagen, aber ich weiß es.«

Dann nahm er seinen ägyptischen Schal und reichte ihn ihr. »Der ist für dich.«

Laura protestierte. »Aber das ist dein Lieblingsschal, du gehst nie ohne ihn los. Keiner wird dich wiedererkennen, wenn du ihn nicht mehr trägst.«

»Deshalb ist er ja so ein gutes Geschenk.« Er schlang ihn um ihren Hals. »Du kannst ihn in deinem Schlafzimmer aufhängen und an mich denken.«

Eine ganze Weile hielten sie sich umarmt und küssten sich. Ihre Tränen fielen auf seine Schulter. Dann gaben sie sich einen letzten Kuss auf die Wange, *ciao, ciao*, und Laura fuhr davon.

7
London

Maurice hatte sie tatsächlich mit *una piccola riserva* zurückgelassen, die einige Monate anhielt. Die Vorstellung, dass sie mit fast vierzig Jahren wieder Single war, höchstwahrscheinlich keine Kinder mehr bekommen und möglicherweise nie dem Mann begegnen würde, der ihr sagte, wie glücklich er war, sie gefunden zu haben, der ihr Lächeln liebte und sich lebendig bei ihr fühlte, machte ihr nicht mehr so viel Angst.

Ihre Freunde versicherten ihr immer wieder, sie würde schon wieder einen Mann kennen lernen, sie bräuchte nur Zeit, um über die Enttäuschung hinwegzukommen. Verschiedene Freunde hatten verschiedene Theorien. Manche meinten, es dauere ein Jahr, andere behaupteten, sie würde genauso lange brauchen, wie sie mit ihrem Ex zusammen gewesen war. Doch Laura zweifelte ernsthaft daran. Sie hatte Angst, sich wieder zu verlieben. Die Liebe hatte ihr in der Vergangenheit zu viel Kummer eingebracht. Heute war sie sich nicht mal mehr sicher, ob es wirklich Liebe gewesen war oder nur eine Projektion des Narzissmus, das Vergnügen, das eigene idealisierte Ich in einem anderen Menschen widergespiegelt zu sehen. All die schönen, zärtlichen Augenblicke des Verliebtseins waren mit der Scheidung unter einem Misthaufen begraben worden, und sie wusste nicht, ob es ihr gelingen würde, sie je wieder als angenehme Erinnerung auszugraben.

Deshalb würde sie ihre jetzigen Reserven dazu nutzen, Abstand zu wahren und sich *una pausa* zu erlauben, wie die Italiener sagen, sich auszuruhen. Laura gab die Suche nach einem Ersatzmann endgültig auf. Auch die Partnersuche per Internet ließ sie sein. Es war sinnlos, nach einem intelligenten, witzigen, netten und sexy Mann Ausschau zu halten, der wenigstens einige ihrer Vorlieben teilte. Wenn es ihn irgendwo da draußen gab, sagte sie sich, dann wäre er sowieso verheiratet. Und wenn nicht das, dann stimmte irgendwas anderes nicht mit ihm. Es gab also keinen Grund zur Eile.

Einige ihrer Freunde, sogar solche, die angeblich glücklich verheiratet waren, ließen durchblicken, dass es möglicherweise die ideale Lösung war, einen französischen Liebhaber zu haben, mit dem man sich alle sechs Monate verabredete. So blieb ihr wenigstens Zeit genug für ihr geschäftiges Leben, die Karriere, ihre Freunde, ihre Yogastunden. Und ab und zu tauchte man für kurze Zeit in einem exotischen Land in eine heiße Liebesaffäre. Auf diese Art musste sie sich wenigstens nicht mit den alltäglichen kleinen Enttäuschungen herumschlagen, die Beziehungen notwendigerweise mit sich bringen. Keiner von beiden betrachtete den anderen als eine Selbstverständlichkeit. Und ihre Erwartungen würden nicht enttäuscht, weil die

Beziehung nie mehr sein konnte als das, was sie war. Eine lockere Affäre Tausende von Meilen entfernt.

Doch Laura wusste, dass sie sich etwas anderes wünschte. Sie war in dem Glauben aufgewachsen, dass es die perfekte Ehe gab. Selbst als Jon sie verlassen hatte, wollte sie nicht einsehen, dass allzu hohe Erwartungen eine Beziehung vergiften können. Sie träumte noch immer davon, den vollkommenen Mann zu finden. Aber wenn die Ehe zum einzig erstrebenswerten Ziel wird, ist es schwer, sich wieder auf etwas anderes zu konzentrieren. Laura konnte sich nicht mehr vorstellen, auch als Single glücklich zu sein. Sie war nicht nur ledig, sondern obendrein geschieden. Sie hatte das Gefühl, versagt zu haben, ohne Mann unvollkommen zu sein. Und all das machte es noch schwerer, sich auf oberflächliche Affären einzulassen.

Das wurde ihr klar, als sie eines Abends mit einem Kommilitonen aus ihrem Italienischkurs ausging. Er war ein gefühlvoller, intelligenter Historiker italienischer Abstammung. Sie fand ihn sehr nett; es würde Spaß machen, mit ihm Italienisch zu üben. Doch an diesem Abend küsste er sie plötzlich und machte ihr Komplimente. Dann fuhr er fort, er sei verheiratet und hätte zwei Kinder. Aber es sei eine reine Zweckehe, sie seien nur noch wegen der Kinder zusammen. Offensichtlich wollte er sich bei ihr austoben. Er war auf der Suche nach einem Abenteuer, erotischen Nachmittagen oder etwas in der Art. Laura lehnte ab. Es tue ihr Leid, aber was hätte sie denn von einer solchen Abmachung? Irgendwann würde sie mehr wollen und enttäuscht werden. Sie konnte sich keine Beziehung vorstellen, wenn sie nicht im selben Bett aufwachte wie ihr Liebhaber.

»Ich dachte, du gehörst zu den Frauen, die von einer Affäre zur nächsten leben und ständig auf Achse sind, um neue Liebhaber aufzureißen«, erklärte er daraufhin.

Vielleicht hatte er Recht. Jedenfalls klang es gar nicht übel. Mit sechzig würde sie fabelhafte Hüte tragen und ihren Freundinnen beim Essen von ihren unzähligen Liebhabern erzählen. Allerdings fragte sie sich, ob sie sich mit einem solchen Leben nicht auch verdammt einsam fühlen würde.

Also machte sie eine kleine *pausa*. Hin und wieder dachte sie an Maurice, liebevoll, aber nie lange – obwohl sie gelegentlich ein starkes Verlangen spürte, ihn anzurufen, bloß um seine tiefe Stimme zu hören.

Ein paar Wochen nach seiner Abreise schickte er ihr eine Postkarte, Man Rays Foto von den Tränen. »Es war ein unvergleichlicher Augenblick, voller Lust und Schönheit, den ich nicht vergessen kann … Ich hoffe auf ein nächstes Kapitel in dieser Geschichte … Sei umarmt, Maurice.«

Das war genug, zumindest für den Augenblick.

Im Februar wurde sie zu einer Informationsreise nach Ägypten eingeladen. Nie zuvor hatte sie an einer organisierten Gruppenreise teilgenommen, weil sie es viel schöner fand, die Dinge selbst zu entdecken. Bei einer organisierten Reise sind zufällige Begegnungen nur am ersten Tag möglich, danach bleibt einem nichts anderes übrig, als die ganze Zeit die gleichen Menschen zu ertragen.

Doch eine kostenlose Einladung nach Ägypten war unwiderstehlich, zumal die Maschine auf dem Rückflug in London zwischenlanden würde.

Laura schrieb Maurice und fragte, ob er sie an diesem Wochenende treffen könne. Er rief an, um die Einzelheiten zu besprechen, ganz geschäftig und kühl. Anschließend schrieb er ihr eine Postkarte und gestand, dass ihn eine unbändige Lust auf Sex gepackt hatte, als er ihre Stimme hörte und sich vorstellte, wie sie auf ihrem breiten Bett lag. Das sei einer der Gründe, warum er so ungern telefonierte.

Laura reiste nach Ägypten. Es war eine Flut von Eindrücken: Denkmäler, Museen, Gräber, Luxushotels, eine Kreuzfahrt auf dem Nil und ein Ausflug im Bus durch den Sinai. Als alles vorbei war, landete sie in London, das sich nach Kairo im kühlen Großstadtlicht präsentierte. Laura war froh, die Gruppe von Reisejournalisten endlich los zu sein. London auf eigene Faust zu entdecken erschien ihr exotischer als die ganze Reise nach Ägypten.

Das kleine Hotel, wo sie ein Zimmer gebucht hatte, lag in einem Viertel von London, das sie an Mary Poppins erinnerte. Das Hotel selbst hatte viktorianisch-orientalisches Flair, es wirkte wie eine englische Kolonialversion von Ägypten. Laura schlüpfte in den schwarzen, mit Gold bestickten Kaftan, den sie auf einem Markt am Ufer des Nils gekauft hatte, streckte sich auf dem prächtigen dunkelbraunen Himmelbett aus und wartete auf Maurice. Um die nervöse Anspannung zu mildern, trank sie ein Glas Wein. Endlich rief der Portier an und meldete mit spröder Stimme, es sei Besuch für sie da.

Laura riss die Tür auf, und er stand vor ihr. Sie hätte ihn fast nicht erkannt in seinem konservativen dunkelblauen Jackett und dem Tweedmantel. Er sah aus wie ein waschechter Brite, was überhaupt nicht zu ihm passte. Er stellte seine Tasche ab und fiel aufs Bett. Dann umarmte er sie, und sie liebten sich, noch ehe Laura richtig begriff, dass er da war. Es fühlte sich an wie ein Traum aus der Vergangenheit. Anschließend lagen sie ein paar Minuten still nebeneinander, bevor er aufstand und eine Dusche nahm. Erfrischt tauchte er dann im Bademantel wieder auf, ganz der Alte, und schenkte sich ein Glas Wein ein.

»Nicht übel«, sagte er und nahm das orientalische Ambiente in sich auf. »Gar nicht übel, von einer hübschen Frau empfangen zu werden, die einen mit nichts als einem ägyptischen Kaftan am Leib in einem exotischen Bett empfängt.« Er setzte sich wieder neben sie und lehnte sich an die Kissen. »Ich komme mir vor wie ein Pascha.«

Laura war aufgeregt, ihn wieder zu sehen. Sie hatte so viel zu erzählen. Sie musste ihm so vieles zeigen. Aus ihrer Tasche holte sie einen Schal, den sie in Assuan für ihn gekauft hatte. Er gefiel ihm. Er bewunderte die Farbe und schlang ihn sofort um den Hals. Dann zeigte sie ihm die Fotos, die sie während ihres Ausflugs in Kalifornien geschossen hatten, und er war begeistert – der Kunstprofessor aus Paris in einem amerikanischen Schlitten vor einer Palme. »Wie braun ich war«, seufzte er in seiner ewigen Eitelkeit.

Sie hatten einen Punkt miteinander erreicht, an dem sie über eine gemeinsame Vergangenheit sprechen und in Nostalgie schwelgen konnten. Das ist eine größere und vielleicht auch natürlichere Art von Intimität.

»Ich habe meinen Freunden immer drei Dinge gesagt«, erzählte Maurice. »Ihr müsst euch das Getty Museum ansehen, San Francisco ist eine wunderschöne Stadt, und es gibt keine Meereskultur in Kalifornien.«

»Und welche sind deine schönsten Erinnerungen, Professor?«

»Die Lichter von Los Angeles, als wir nachts im Wagen die Stones hörten«, antwortete er. »Und die zwei leidenschaftlichsten Male, als wir zusammen geschlafen haben.«

»Welche zwei waren das?«

»Was meinst du?«

»Am Strand auf der Insel und die Nacht in der billigen Absteige.«

»Genau«, antwortete er.

»Beide am gleichen Tag«, erklärte sie.

»*Incredibile*«, rief er und warf einen Blick nach unten. »Du machst Lui schon wieder ganz verrückt. Du bist schrecklich.«

Und so liebten sie sich noch einmal, doch dieses Mal hatte sie das Gefühl, dass er tatsächlich da war.

Später verließen sie das Hotel und gingen zu Fuß zu einem indischen Restaurant um die Ecke, um zu Abend zu essen.

»*Raccontami, cara*«, forderte er sie, nachdem sie Platz genommen hatten, auf. »Erzähl mir von deiner Reise.«

Laura erzählte ihm, dass Ägypten wunderschön gewesen sei, die Tempel, die Pyramiden, die Kreuzfahrt auf dem Nil von Assuan nach Luxor, die Kamelmärkte und die Suks, vor allem, weil ein hoch gebildeter Ägyptologe dabei gewesen war, der die Hieroglyphen entziffern konnte und ihnen die Sagen der ägyptischen Götter erzählte. Es war sehr aufregend gewesen, die Kunst der Antike zu sehen und sie besser zu verstehen.

Plötzlich war Laura erleichtert, mit jemandem zusammen zu sein, vielleicht dem einzigen Menschen auf der Welt, der ihre Vorstellung vom Reisen teilte. »Die Frau, mit der ich mir das Zimmer teilte«, sagte sie, um am Ende doch noch eine Beschwerde loszuwerden, »hatte neun Paar Schuhe dabei!« Sie selbst vertrat die Philosophie, immer nur so viel einzupacken, wie man selbst tragen kann. Diese Frau dagegen fand, schließlich gebe es Hotelpagen, die sich für ihr Gepäck ein Bein ausreißen könnten.

»*Mon Dieu*«, sagte Maurice.

»Meine Kollegen wollten nur eines: Komfort. Sie wollten das Gefühl haben, in einem amerikanischen Hotel zu sein, und wenn nicht alles amerikanischen Standards entsprach, fingen sie an, sich aufzuregen. Ich glaube, sie haben gar nicht begriffen, dass wir in Ägypten waren und nicht im Hilton von Cincinnati.«

»Na ja, was will man auch von einer organisierten Gruppenreise erwarten?«, wandte Maurice ein. »Eher würde ich zwei Wochen in einem Pariser Gefängnis verbringen, als bei so was mitzumachen.«

Aber davon abgesehen hatte es auch sehr schöne

Momente gegeben. »Ich habe zum Beispiel dort meinen Geburtstag gefeiert.«

»Herzlichen Glückwunsch!«, rief Maurice. »Wie alt bist du geworden? Vierunddreißig?«

»So ungefähr.«

Es war ein wundervoller Abend gewesen. Sie hatten in einem Restaurant in Kairo zu Abend gegessen. Der ägyptische Reiseführer hatte ihr Rosen geschenkt, und als Geburtstagskind hatte sie einen Bauchtanz vorführen müssen. Dabei hatte sie gelernt, dass es nicht genügte, bloß einen Bauch zu haben, um wirklich bauchtanzen zu können, hatte sich aber trotzdem tapfer geschlagen. Anschließend las ihr eine Wahrsagerin aus dem Kaffeesatz. Sie hatte Laura mit zusammengekniffenen Augen gemustert, mit verblüffender Genauigkeit ihr jüngstes Liebesleben beschrieben – Sie haben einen großen Verlust erlitten, aber Sie werden bald einsehen, dass Sie nur überflüssigen Ballast losgeworden sind – und ihr einen Rat gegeben: Vergessen Sie die Männer aus der Vergangenheit, ignorieren Sie Männer, die nicht wirklich an Ihnen interessiert sind, und lassen Sie sich Zeit, bis der Richtige kommt. Und am Schluss hatte sie noch hinzugesetzt: »Kosten Sie jeden Tag Ihres Lebens aus.«

»Recht hat sie«, rief Maurice. Dann stieß er mit ihr an und fragte: »Und wo wirst du deinen nächsten Geburtstag verbringen?«

»Wer weiß«, antwortete sie. »Auf jeden Fall nicht in Ägypten.«

Sie brachen das knusprige Brot und tunkten es in die würzigen Saucen. »Und da sagt man, die Engländer hätten keinen Sinn für gutes Essen.«

Er nippte an seinem Bier und fragte sie, wo sie sonst noch gewesen sei. Er war neugierig, weil er als Kind selbst in Kairo gelebt hatte. Sein Vater war dort politischer Gefangener gewesen, doch über diese Zeit in seinem Leben sprach er nicht gern. Laura erzählte ihm, dass sie auch ein paar Tage auf der Halbinsel Sinai verbracht hatten.

Aber es hatte sich alles verändert, seit sie vor sechzehn Jahren das erste Mal dort gewesen war. Damals hatte sie gerade das College abgeschlossen und war neun Monate mit dem Rucksack am Mittelmeer herumgereist. Sie hatte eine Gruppe von Beduinen kennen gelernt und sie auf einer improvisierten Safari ins Innere des Sinai-Gebirges begleitet. Es war eine Reise in eine andere, erstaunliche Welt gewesen. Schließlich waren sie nach Sharm el-Sheik gekommen, ein Dorf an der Spitze der Halbinsel Sinai, wo ein paar Hippies und Taucher ein Unterwasserparadies entdeckt hatten. Umso größer war jetzt die Enttäuschung gewesen, als sie auf dem Flughafen von Sharm el-Sheik landete, erzählte sie Maurice. Überall Reklametafeln, Spielkasinos, Diskotheken, Golfplätze und eine vierspurige Autobahn. Sie hatten einen Tagesausflug zu einem Beduinencamp gemacht, das eigens für die Touristen aufgestellt worden war. Dort waren sie drei Minuten auf Kamelen geritten und hatten anschließend Tee getrunken, ehe sie wieder in den Bus stiegen und zum Hotel zurückfuhren.

Maurice drückte seine Zigarette im Aschenbecher aus. »Wenn man an einem bestimmten Ort etwas Außergewöhnliches erlebt hat, darf man nie wieder dorthin zurückkehren.«

»Das stimmt.«

»Ich könnte nie wieder nach Ischia fahren.«

»Ich auch nicht«, pflichtete ihm Laura bei. »Niemals.«

Am nächsten Morgen wachten sie eng umschlungen auf. Ohne jede Schwierigkeit hatten sie ihre alte Nähe und Vertrautheit wiedergefunden.

Nach der Liebe lehnte Maurice sich in die Kissen zurück und sagte: »Ich verstehe das nicht.«

»Was verstehst du nicht?«, fragte Laura.

»Warum es so viel besser ist«, antwortete er verwirrt.

»*Was* ist so viel besser?«

»Der Sex.«

»Welcher Sex?«

»Dieser Sex«, antwortete er.

»Besser als ...«

»Ach nichts«, wich er aus und zögerte einen Augenblick, während ein leichtes Grinsen über sein Gesicht huschte. »*Una piccola studentessa.*« Dann gestand er ihr, dass er eine kleine Affäre mit einer ehemaligen Studentin gehabt hatte, obwohl er sonst niemals mit den Mädchen aus seinem Kurs anbändelte. Er selbst war völlig überrumpelt gewesen, aber die Kleine hatte nun mal nicht aufgehört, mit ihm zu flirten ...

»Wie alt?«

»Keine Ahnung«, antwortete er und drehte sich auf die andere Seite, um nach seinen Zigaretten zu greifen. »Neunzehn vielleicht.«

Laura schüttelte den Kopf. Sie musste nicht unbedingt von seiner Affäre mit einer Neunzehnjährigen erfahren. Sie war zwar ein Teil seines geheimen Lebens, und er teilte dieses geheime Leben gern mit ihr, aber sie wollte etwas Besonderes sein. Eigentlich brauchte Maurice einen Freund, mit dem er über alles reden konnte, mindestens genauso sehr wie eine gelegentliche Sexaffäre. Freundschaft war ihm zwar wichtiger als Sex. Aber eine Neunzehnjährige?

»Du bist wirklich ein kleiner Humbert Humbert«, sagte sie vorwurfsvoll. »Bald bin ich zu alt für dich.«

»Nein«, erwiderte er. »Das hat nichts mit dem Alter zu tun. Die Geschichte ist sowieso zu Ende. Ich glaube, sie bekam Ärger mit ihrem Freund.«

»Wenn ich dich also richtig verstanden habe«, brachte Laura das Gespräch auf das eigentliche Thema zurück, »kannst du nicht verstehen, warum Sex mit mir besser ist als mit ihr, nicht wahr?«

»Es macht keinen Sinn«, antwortete er.

»Und was ist mit der Tatsache, dass ich doppelt so alt bin wie sie und schon Sex hatte, als sie gerade erst zur Welt kam?«

Maurice dachte nach. »Ja, könnte sein.«

Laura verschränkte die Arme. »Und dann ist da noch die Möglichkeit, dass wir uns jetzt schon eine ganze Weile kennen und viele intime Augenblicke – ja, Abenteuer – miteinander erlebt haben. Das macht den Sex aufregender.«

Maurice schien in Gedanken verloren.

»Weißt du was? In Wahrheit war sie mir zu dünn«, sagte er plötzlich. »Und auch zu jung.«

Laura verdrehte die Augen. Es war klar, dass er nur versuchte, sie wieder zu versöhnen.

»Im Ernst«, sagte er. »Das soll keine Beschwichtigung sein. Es ist wahr.«

Laura schwang die Beine aus dem Bett und stand auf.

»Wie auch immer«, sagte Maurice und gab ihr einen Klaps auf den Po. »Sex mit dir ist viel besser.«

»Daran habe ich keine Zweifel«, sagte sie. Jedenfalls machte sie sich keine Sorgen darüber, dass sie weniger interessant als eine Neunzehnjährige sein könnte.

Sie bestellten Kaffee und Croissants aufs Zimmer.

Da sie gerade dabei waren, sich ihr geheimes Leben zu erzählen und sie sich noch über die Studentin ärgerte, berichtete sie ihm von einem Mann, den sie einen Monat zuvor in einer Bar kennen gelernt hatte. Sie hatte kein Interesse an ihm gehabt, er war zu alt und zu klein gewesen, aber er hatte sie wenigstens zum Lachen gebracht.

»Wie alt?«, wollte er wissen.

»Fast fünfzig«, antwortete sie.

»Das ist doch nicht alt«, wandte Maurice ein. Er selbst war im gleichen Alter.

»Wie auch immer«, sagte sie und erzählte, wie sie ein paar Gläser mit dem Mann getrunken hatte. Angeblich war er Schriftsteller. Später hatte sie einige Kollegen und Freunde ausgequetscht und erfahren, dass er tatsächlich als erfolgreicher, wenn auch leicht exzentrischer Autor bekannt war. San Francisco ist eine kleine Stadt, in der jeder jeden kennt. Anscheinend konnte man sich herrlich mit ihm amüsieren, aber er galt auch als

Frauenheld. »Er schien ziemlich angetan von mir, also habe ich eine Freundin gefragt, die ihn ganz gut kennt, ob ich etwas Besonderes wäre.«

»›O ja, klar bist du was Besonderes‹, hat sie geantwortet. ›Für ihn sind alle was Besonderes.‹«

Maurice lächelte.

Sie erzählte weiter. Sie hatte zwei seiner Romane gelesen, aus reiner Neugier, fand die Figuren interessant, vor allem den Helden, und hatte ihn dann zu einer fröhlichen Party mitgenommen, wo alle zu viel tranken und maßlos flirteten. Sie hatte ihr bronzefarbenes italienisches Top getragen, getreu der Philosophie einer geschiedenen Frau, nur für sich selbst sexy zu sein, und der Schriftsteller hatte die Hände nicht von ihr lassen können. Sie hatte ihn ermahnt, sich anständig zu benehmen, worauf er anbot, sie nach Hause zu fahren, wie ein echter Gentleman. Es endete damit, dass sie mit zu ihm nach Hause ging, um noch etwas zu trinken, wo sie dann beide jeglichen Anstand vergessen hatten.

»Und weiter?«, fragte Maurice.

»Dann habe ich gemerkt, dass er nicht halb so interessant war wie der Held in seinem Buch.« Er hatte sich so gut wie gar nicht für sie interessiert, sie war nichts weiter als eine von vielen, und am nächsten Morgen war er heilfroh gewesen, als sie nach dem Kaffee wieder verschwand.

»Hast du ihn wieder gesehen?«

Sie wünschte, sie hätte es verneinen können. Aber nachdem der Typ sie einen Monat ignoriert hatte, hatte er sie zum Skifahren eingeladen. Sie waren die Hänge hinuntergesaust und hatten sich königlich amüsiert.

»Wir hatten einen Tag Spaß miteinander, aber das war auch alles. Die Wahrheit ist, dass ich dem Kerl nicht mehr traute.«

»Tja«, sagte Maurice und fegte ein paar Krümel von den Laken. »Wenn daraus etwas wird, dann erzähl ihm lieber nichts von deinem geheimen Leben.«

Sie nahmen die U-Bahn zum Hyde Park. Die Luft war frisch, vereinzelt blühten schon die ersten Krokusse. Es war ein schönes Gefühl, gemächlich durch den Park zu schlendern. Sie kamen zu einem kleinen Museum, dem Serpentine, und betrachteten ein paar Großaufnahmen des Fotografen Andreas Gursky.

»Das Interessante an dieser Ausstellung«, erklärte Maurice anschließend, »ist die Beziehung zwischen seiner Fotografie und der Malerei.« Er blieb vor einer der Aufnahmen stehen. »Dieses Foto zum Beispiel bezieht sich auf eine Landschaft des 19. Jahrhunderts von Caspar David Friedrich.«

Das war Laura natürlich nicht aufgefallen. Sie hatte noch nie etwas anfangen können mit Kunst, die nur Kennern zugänglich war, bei der man wissen musste, worauf sie sich bezieht, wenn man das, was man vor sich hatte, richtig beurteilen wollte. Aber das Foto für sich, als Landschaft, war einmalig schön. »Auf welche anderen Gemälde spielt er noch an?«, fragte sie. Da sie nun einmal mit einem Kunstprofessor hier war, wollte sie auch davon profitieren.

Er sah sich in der Galerie um und zeigte auf ein Foto, auf dem der Rhein zu sehen war. »Woran erinnert dich das?«, fragte er.

Laura mochte es gar nicht, wenn Maurice sie testete. Sie war bestimmt keine besonders gute Schülerin. »Was mir gefällt, ist die Spannung zwischen dem Dargestellten und der abstrakten Komposition«, antwortete sie, um Zeit zu gewinnen. Der Fluss zog eine vertikale Linie durch eine horizontale Landschaft, die dann wie ein abstraktes Farbfeld aussah. Laura ließ es auf einen Versuch ankommen. »Barnett Newman«, antwortete sie. »Die Vertikalität des Reißverschlusses!«

»Bravo!«, rief Maurice. »Es ist gar nicht so schwer, was? Man muss sich nur auf einen Dialog mit dem Kunstwerk einlassen.«

An diesem Abend aßen sie im Hotel. Das Restaurant befand sich im Keller und war äußerst elegant.

»Dieses Hotel ist bekannt für verbotene Affären«, verriet sie Maurice.

»Na, dann sind wir ja genau richtig hier«, antwortete er. Aber das stimmte nicht ganz. Das Restaurant war zu arrogant und förmlich. Sie passten besser in ein indisches oder orientalisches Restaurant. Doch Maurice trug ein Jackett und Laura ihr schwarzes Reisekleid, mit dem man sich überall sehen lassen konnte, wenn man den richtigen Schal dazu hatte, und so kriegten sie es irgendwie hin. Sie waren ein Team. Das Essen war gut, *nouvelle cuisine*, so wie man sie in San Francisco an jeder Ecke bekommt. Nichts Großartiges, es sei denn, man legte Wert auf jede Menge Brimborium. Der Raum erinnerte an einen typisch englischen Club mit seinen großen, goldgerahmten Blumengemälden an den Wänden.

»Du hast mir noch gar nicht erzählt, was aus deiner Scheidung geworden ist«, sagte Maurice, passend zu dem feierlichen und doch intimen Ambiente.

»Die habe ich hinter mir«, antwortete Laura. »Alles unter Dach und Fach. Ich bin jetzt offiziell geschieden.«

»*Cin cin*!«, sagte er und stieß mit ihr an. Dann lehnte er sich im Stuhl zurück. »Und bist du auch darüber hinweg, *signorina*?«

Sie spielte mit ihrem Glas. »Mehr oder weniger«, gestand sie. »Ich denke nicht mehr so viel an ihn, und ich vermisse ihn nicht mehr, nicht wirklich.«

»*Va bene*«, sagte Maurice. »Hast du ihn noch mal gesehen?«

»Nein.« Dann erzählte sie ihm, dass er sie im Dezember wegen irgendwelcher steuerlichen Angelegenheiten angerufen habe. Er hatte sich sehr sachlich und geschäftsmäßig gegeben, aber es hatte sie trotzdem aufgewühlt, nach so vielen Monaten wieder seine Stimme zu hören. Er hatte ihr alles Gute gewünscht und erklärt, er sei immer für sie da, wenn sie ihn brauchte oder reden wollte. Sie hatte sich bedankt und den Hörer aufgelegt. Worüber hätte sie schon mit ihm reden sollen? Über sein neues Leben in seiner neuen Wohnung mit seiner neuen Freundin? Darüber, wie sie über die Enttäuschung hinweggekommen war? Dass sie aber nach wie vor eine Wunde mit sich herumschleppte, die nicht heilen wollte? Dass sie von ihm gelernt hatte, sich nicht auf die Liebe zu verlassen und daher nicht mal auf sich selbst? Dass sie nach den vier Jahren mit ihm und noch ein paar, die sie brauchen würde, um sich davon zu erholen, zu alt wäre, um noch Kinder zu bekommen? Reden – worüber?

»Über ihn bin ich hinweg, aber die Scheidung mit allem Drum und Dran macht mir nach wie vor zu schaffen. Ich werde noch eine ganze Weile brauchen, um mich wieder auf Männer einlassen zu können und nicht völlig neurotisch auf sie zu reagieren.«

»Das ist normal«, beruhigte Maurice sie.

»Ich bedaure die Zeit, die ich mit ihm verloren habe«, fuhr sie fort. Die Ehe mit Jon erschien ihr heute wie ein großes schwarzes Loch in ihrem Leben. In diesem Loch hatte sie vier Jahre verbracht, nur um dann plötzlich vor dem Nichts zu stehen und ganz von vorn anfangen zu müssen, als sei nichts davon jemals geschehen. Als sie schließlich wieder zu sich gekommen war, musste sie sich die Wohnung mit jemandem teilen, machte dieselbe Arbeit wie vorher, hatte dieselben Freunde, fast so, als hätte es ihren Mann nie gegeben. Seine Freunde oder seine Familie wollten nichts mehr mit ihr zu tun haben. Die einzige Person, zu der sie noch Kontakt hatte, war seine Großmutter, die sie sehr gern hatte und hin und wieder besuchte. Sie war die Einzige, die den Anstand gehabt hatte, mit ihr befreundet zu bleiben. Der Rest der vier Jahre war verloren.

»Man darf nicht eine ganze Phase seines Lebens bedauern«, warnte Maurice. »Du hast Recht, die Geschichte hat ein böses Ende genommen, aber du hast ihn geliebt, und das zählt auch. Du hast aus eurem Zusammensein und aus deiner Scheidung etwas gelernt. Das alles ist jetzt ein Teil von dir, es gehört zu deiner Geschichte.«

Er sah sie an und nickte aufmunternd. Dann griff er nach Messer und Gabel und machte sich über das Fleisch her.

»Wahrscheinlich hast du Recht«, stimmte Laura nachdenklich zu. Es gab in der Tat eine Menge Schriftsteller, die sie nie gelesen hätte, wenn sie ihren Mann nicht kennen gelernt hätte – Robertson Davies, Paul Auster, Vikram Seth, Julian Barnes. Vielleicht hätte sie auch Dickens und John Irving nie wieder in die Hand genommen. Was noch? Sie hatte gelernt, dass es einfach war, erschreckend einfach, sich im Leben eines anderen zu verlieren, wenn man es ihm ständig recht machen wollte und sich selbst darüber vergaß. Sie hatte gelernt, sich vor dem Verlieben in Acht zu nehmen, und dass jemand, der sie geliebt hatte, aus unerfindlichen Gründen wieder aufhören konnte, sie zu lieben. Aber letzten Endes würde sie mehr oder weniger darüber hinwegkommen, auch wenn es verdammt wehtat.

Maurice konzentrierte sich auf sein Essen.

»Was ich bedaure, ist nicht, dass ich eine Beziehung zu ihm hatte, sondern die Zeit, die ich verloren habe«, fügte sie hinzu. Gerade die Jahre um Mitte dreißig sind sehr wichtig. Jetzt blieb ihr nicht mehr sehr viel Zeit, um Kinder zu haben.

»Kinder!«, sagte Maurice. »Aber Kinder kann man doch nicht planen. Ich habe nie darüber nachgedacht, ob ich Kinder haben will. Sie kamen einfach.«

Laura nickte. Einen Augenblick schwiegen beide. »Kannst du dir mich als Vater vorstellen?«, fragte Maurice und machte ein blasiertes und zugleich arrogantes Gesicht. Aber Laura durchschaute ihn. Sie konnte sich durchaus vorstellen, dass er ein liebevoller Vater war, der gern mit seinen Kindern spielte.

»Du bist bestimmt ein wunderbarer Vater«, antwortete sie ernst. Sie hatte mit dem Gedanken gespielt, dass er einen guten Samenspender abgeben würde. Wäre es nicht schön, ein Kind zu haben, das zu einem Viertel italienisches und zu einem Viertel arabisches Blut hatte? Ein Kind, das aus einer romantischen Begegnung auf einer Insel entstanden war? Vielleicht würden sie sich sogar gelegentlich besuchen.

»Vielen Dank«, sagte er. Nach ein paar Bissen fragte er: »Hast du jemals daran gedacht, ganz allein ein Kind aufzuziehen?«

Laura lächelte. »Alle Leute fragen, ob ich nicht ein Kind aus China adoptieren möchte. Gleich nach der Scheidung ging das los, als müsste ich bereits ein Ticket nach Peking gebucht haben. Andere wollten wissen, ob ich daran gedacht hätte, meine Eizellen einfrieren zu lassen oder einen homosexuellen Mann zu finden, mit dem ich das Kind aufziehen könnte. Andere schlagen vor, ich solle einen One-Night-Stand mit einem einigermaßen intelligenten Mann arrangieren, mich aber zuerst vergewissern, dass es keine Fälle von geistiger Behinderung in seiner Familie gegeben hat.«

»Und?«, fragte Maurice.

»Das ist mir alles viel zu viel«, wandte Laura ein.

»Ich bin unabhängig, ich reise gern, ich habe nicht viel Geld und obendrein bin ich nicht besonders geduldig. Wie soll ich allein ein Kind aufziehen? Wenn man beschließt, es mit jemandem zusammen zu haben, und es geht schief, dann ist es was anderes. Dann ist man eine allein erziehende Mutter. Man macht das Beste daraus und schlägt sich irgendwie durch. Aber man kann sich doch nicht vornehmen, eine allein erziehende Mutter zu werden.«

Maurice machte eine Geste, die besagte, jeder nach seiner Fasson.

»Es wäre so unfair gegenüber dem Baby«, fuhr Laura fort. »Ein Kind braucht einen Vater oder zumindest eine andere Bezugsperson, die ein Gegengewicht zur Mutter darstellt und ihm Liebe und Anleitung schenkt. Kinder müssen sich an zwei Personen orientieren können.«

»Weißt du was?«, sagte Maurice. »Ich glaube, du wärst eine gute Mutter.«

»Vielen Dank«, antwortete Laura und widmete sich wieder ihrem Essen. »Wir werden sehen.«

Sie bestellten Kaffee und anschließend einen Grappa für Laura.

»Das Schlimmste, was ich mir vorstellen kann, ist, Vater zu werden, ohne es zu wissen, oder ein Kind zu haben, dem ich kein Vater sein könnte«, sagte er plötzlich.

Laura fragte sich, ob Maurice Gedanken lesen konnte – ob er ahnte, dass sie gerade an einen kleinen Viertelitaliener mit einem hübschen mediterranen Namen wie Marco, Dante, Lia oder Roma gedacht hatte.

»Ja, das wäre schrecklich«, pflichtete sie ihm bei.

»*Sì*«, sagte er. »*Triste.*«

»*Molto triste*«, wiederholte Laura.

Am nächsten Vormittag besuchten sie die Tate Gallery. Maurice marschierte wie üblich durch die Gänge und blieb nur vor ein paar Turners stehen, die auch mit Abstand die schönsten Gemälde waren. Anschließend waren sie zu erschöpft für die National Portrait Gallery und beschlossen, stattdessen einen Spaziergang durch Hampstead zu machen.

Sie schlenderten zu einem kleinen, von einem Eisenzaun umschlossenen Friedhof mit einer massiven Steinkapelle und betrachteten die Gräber, deren Grabsteine von Kletterpflanzen überwuchert waren.

»Was wird passieren, wenn du einmal stirbst, Maurice?«, fragte Laura plötzlich.

»Das kann ich dir nicht sagen, *signorina*«, entgegnete er. »Ich bin Professor für Kunstgeschichte und kein Theologe.«

»Ich meinte, was passiert mit deinem Körper?«

Maurice runzelte die Stirn. Dann sagte er, dass er bereits ein Grab gekauft habe. Aber vielleicht würde er seinen Körper auch der Wissenschaft vermachen. Er wusste es noch nicht.

»Glaubst du, sie interessieren sich für dein Gehirn?«, fragte Laura. »Oder für Lui?« Sie warf einen Blick auf seine Hose.

Er schüttelte nur den Kopf, ohne zu antworten.

»Ich jedenfalls möchte eingeäschert werden«, erklärte sie.

Maurice schauderte. »Ich würde niemandem, den ich liebe, zumuten wollen, sich um meine Asche kümmern zu müssen.«

»Halb so schlimm«, beschwichtigte sie, »obwohl auch mehr große Brocken übrig bleiben, als man denken würde.«

»Hör mal, das ist ein ziemlich morbides Thema«, protestierte Maurice.

»Na schön«, antwortete Laura, und eine Weile gingen sie schweigsam nebeneinander. Dann blieb sie plötzlich stehen. »Ich möchte dich um etwas bitten. Würdest du einem deiner Freunde meine Anschrift geben? Nur für den Fall, dass dir etwas zustößt.«

Maurice sah sie ungläubig an. »Noch bin ich nicht tot!«

»Das habe ich nicht gemeint … Nein wirklich, so alt bist du noch nicht.« Sie machte es immer schlimmer. Doch ihr war plötzlich aufgegangen, dass sie, falls er eines Tages nichts mehr von sich hören ließe, nicht einmal wüsste, was passiert war, ob er bloß eine neue Freundin hatte oder tatsächlich tot war. Immerhin rauchte er wie ein Schlot. Sie wollte es nur wissen. Er war kein Mensch mehr, der einfach so aus ihrem Leben verschwinden konnte. »Ich will bloß, dass du es irgendwem sagst, bitte!« Laura war den Tränen nahe.

Maurice blieb stehen und sah sie an. »Na gut, Laura«, meinte er dann. »Na gut.«

Am Abend saß Laura in der großen, klauenfüßigen Badewanne, als Maurice hereinkam, um sich im Spiegel zu betrachten. Beide waren sich bewusst, dass er am nächsten Morgen in aller Frühe zum Bahnhof musste, um seinen Zug zu nehmen, und ihr Wochenende sich dem Ende zuneigte.

»Und?«, fragte er beiläufig. »Wie sehen deine Liebespläne für die Zukunft aus?«

»Hab keine«, antwortete Laura. Sie wurde es langsam leid, ständig über die Männer oder besser gesagt den Mangel an Männern in ihrem Leben zu sprechen. Das Thema wurde einfach immer unwichtiger. »Komm schon«, sagte er beharrlich. »Du musst doch irgendwas am Laufen haben.«

Laura seufzte. »Im Augenblick läuft gar nichts. Niemand scheint sich für mich zu interessieren. Vielleicht bin ich zu viel für die Männer.«

»Du bist ein bisschen dick«, antwortete er.

»Das meinte ich nicht!«, erwiderte Laura und stand auf. Sie gab ihm ein Zeichen, ihr das Handtuch zu reichen, stieg aus der Wanne und trocknete sich ab. »Das Problem liegt darin«, erklärte sie, während sie sich das Handtuch um den Kopf schlang, »dass mein Körper zu intelligent ist.«

»Wie meinst du das?«, fragte er. »Intelligente Körper gibt es nicht.«

»Klar gibt es sie«, entgegnete sie. »Ich bin sportlich, gelenkig, ich kann tanzen, Ski fahren, Handstand machen ...«

»Gelenkig zu sein ist wichtig«, pflichtete Maurice ihr bei.

Laura griff nach der Bürste und begann, ihr Haar zu entwirren. »Mein Körper entspricht vielleicht nicht der herrschenden Mode, aber allen berühmten Malern hätte er gefallen. Er ist sehr weiblich.« Sie ging ins Schlafzimmer zurück.

Er setzte sich neben sie aufs Bett und legte die Hand auf ihren Schenkel. »Na ja, nicht allen«, erwiderte er. »Modigliani bestimmt nicht, und auch nicht Giacometti oder El Greco.«

Laura gab ihm einen Klaps mit der Haarbürste.

»Rubens vielleicht.«

»Rubens«, rief sie. »Jetzt mach aber mal einen Punkt. Ich bin kein Rubens und auch kein Botero.«

Er schlang den Arm um ihre Taille, um sie an sich zu ziehen, doch sie schubste ihn weg. »Nenn mir ein paar Maler, die mich gern porträtiert hätten, *monsieur le professeur*.«

»Na schön«, antwortete er und tat so, als müsste er sich sehr anstrengen. »Tizian.« Laura schubste ihn wieder weg. »Noch vier andere, Professor, sonst läuft nichts.«

Er stöhnte und warf einen Blick auf ihren Körper. »Courbet«, sagte er schließlich und fuhr mit der Hand über ihren Schenkel. Laura wich ihm aus und zählte die Namen an den Fingern ab. Eins. Er dachte nach. »Renoir.« Sie zählte zwei und stieß ihn sanft gegen das Bein. »Ingres und Boucher«, sagte Maurice wie aus der Pistole geschossen und versuchte erneut, sie zu berühren.

»Nur noch einen«, forderte Laura spielerisch. »Einen Franzosen.«

»Du hast vier gesagt.«

»Ja, aber jetzt hab ich es mir anders überlegt.«

»Schon gut. Poussin.«

»Bravo, Professor!« Dann ließ sie sich umarmen.

Sie schlief tief und traumlos. Am frühen Morgen, als sie noch gar nicht richtig wach war, küsste er sie auf die Wange und stahl sich aus dem Zimmer.

8

Die Liparischen Inseln

Als Laura nach San Francisco zurückkehrte, war sie traurig. Es war nicht nur das schwarze Loch, in das man fällt, wenn man aus den Ferien kommt und die saure Milch entsorgen, die Wäsche waschen und wieder in den alltäglichen Trott zurückfinden muss, um die Miete bezahlen und vielleicht auch noch etwas für die nächste Reise beiseite legen zu können. Es war eher ein Gefühl des Verlustes. Jedes Mal, wenn Maurice verschwand und sie wieder allein war, fühlte sie sich einsamer als zuvor. Wenn man ständig allein ist, gewöhnt man sich daran und merkt gar nicht, dass beim Aufwachen niemand neben einem liegt. Aber wenn man hin und wieder ein paar Tage mit jemandem verbringt, den man mag, empfindet man die Einsamkeit umso stärker.

Laura fing an, sich häufiger mit dem Schriftsteller zu verabreden, auch, um diesem Gefühl des Verlustes zu entgehen. Es war besser, mit jemandem zusammen zu sein, der amüsant war und einen ablenkte, als allein zu Hause zu hocken. Vielleicht war sie allmählich so weit, sich auf eine beiläufige Affäre einzulassen. Außerdem machte es

Spaß, mit ihm zusammen zu sein: Sie hörten zusammen Musik, fuhren Ski, besuchten Konzerte, gingen auf Partys und zum Essen aus. Er war ein echter Wortkünstler und brachte sie unweigerlich zum Lachen. Es war nicht so schlimm, dass er ihre Anrufe nicht erwiderte und Verabredungen vergaß, nie genug Geld hatte, um sie einzuladen, sich nie in die Karten blicken ließ, ihre Freundinnen mit seiner Flirterei erschreckte und stets die erste Geige spielen wollte, während sie ihn auf dem Klavier begleiten durfte. Er versuchte sogar, sie davon abzubringen, ein Buch zu schreiben (schließlich war *er* der Schriftsteller). Eines Tages fragte er, wann sie endlich das Foto von »diesem Franzosen« auf ihrem Schreibtisch gegen eins von ihm einzutauschen gedachte. Laura überhörte die Frage und wechselte schnell das Thema.

Gelegentlich hatte sie so viel Spaß mit dem Schriftsteller, dass sie geneigt war, eine echte Beziehung in Erwägung zu ziehen. Menschen verändern sich. Er konnte erwachsen werden, mehr Verantwortung übernehmen. Schließlich war er erst neunundvierzig. Laura fragte sich, ob jemals der Tag käme, an dem sie Maurice mitteilen musste, dass sie nicht länger seine Geliebte sein konnte und sie sich das nächste Mal, wenn sie nach Paris kam, höchstens zum Mittagessen verabreden könnten.

Sie schrieb ihm, dass sie eine kleine Geschichte mit jemandem hatte. Sie selbst wollte von seinen Affären lieber nichts wissen, doch ihn schien es zu freuen, wenn er hörte, dass Laura mit jemandem ausging. Er wollte, dass sie sich vergnügte und nicht etwa unglücklich war, vor allem nicht seinetwegen. »Ich hoffe, dass wir uns im September treffen können«, schrieb er zurück. »Wenn dein neuer ›Ehemann‹ es erlaubt. Mir scheint, dass er ganz schön an dir hängt und dich nicht so ohne weiteres loslassen wird. Sollte das tatsächlich stimmen, dann schick ihn zum Teufel!« Dann fügte er ein PS hinzu und meinte, nach London sollten sie sich nächstes Mal an einem exotischeren Ort verabreden.

Laura wusste nicht recht, wann das sein sollte.

Sie verbrachte immer mehr Zeit mit dem Schriftsteller. Sie machten zusammen einen Ausflug und wanderten durchs Red Rock Country im Süden von Utah. In dieser Gegend war sie früher oft mit Jon gewesen. Sie waren in der sengenden Sonne auf Felsen geklettert und hatten sich inmitten der Wildnis gefühlt wie zwei verschworene Feuersalamander. Sie zeigte dem Schriftsteller einen ihrer Lieblingsplätze. Über einen verborgenen glitschigen Pfad, der sich durch die Berge schlängelte, gelangten sie zu einem Wasserfall, der sich in einen tiefen See ergoss. Sie gingen weiter und erkundeten den Canyon, fanden eine echte indianische Höhle mit Felszeichnungen, und als sie zum Wasserfall zurückkamen, erhitzt und ausgedörrt von der sengenden Wüstensonne, schlug er vor, zusammen in den See zu springen. Sie waren ganz oben, es ging Schwindel erregend tief hinab, aber er sagte, sie müssten es unbedingt machen, der See sei tief genug. Sie nahmen sich bei der Hand und sprangen übermütig vom Felsen ins kühle Wasser. Als sie ans Ufer kamen, war er verstimmt und behauptete, sie sei zu früh gesprungen, er war noch nicht bereit gewesen.

Sie fuhren wieder nach San Francisco zurück, und eines Abends lud sie ihn zum Essen ein. Als sie das Brathähnchen auf den Tisch stellte, machte er ihr eine Liebeserklärung. »Das ist sehr süß von dir«, antwortete sie. Irgendwie brachte sie es nicht fertig, sie zu erwidern.

Anschließend hörte sie drei Wochen nichts mehr von ihm. Er rief nicht an, schickte keine E-Mails und ging weder ans Telefon noch öffnete er die Tür. Er war wie vom Erdboden verschluckt. Laura rief bei einem seiner Freunde an, um sich zu vergewissern, dass ihm nichts zugestoßen war und er nicht im Streckverband in irgendeinem Krankenhaus lag. Die Frau des Freundes erklärte ihr, das sei typisch für ihn. Jedes Mal, wenn es brenzlig werde, mache er sich aus dem Staub. Sie wundere sich über gar nichts mehr. Drei Wochen später rief der Schriftsteller schließlich an und fragte, ob er vorbeikommen dürfe. Er entschuldigte sich für sein Verhalten und erklärte, er sei noch nicht bereit für eine Beziehung, deshalb habe er die Notbremse gezogen. Er habe ihre Eltern nicht kennen lernen wollen, als sie zu Besuch in der Stadt waren. Er habe sich geirrt, er liebe sie doch nicht. Ob sie trotzdem weiter mit ihm Musik hören wolle? Oder Ski fahren? Und dann musste er plötzlich gehen, weil er mit einer Frau verabredet war, die auf der anderen Seite der Bucht wohnte. Auch bei ihr müsse er sich für irgendwas entschuldigen, erklärte er. Es sei sein Tag der Wiedergutmachung.

Laura war aufgewühlt und enttäuscht. Gerade als sie dachte, sie sei wieder bereit, eine lockere Beziehung einzugehen und gedankenlos die Tür zu ihrem Herzen aufgestoßen hatte, war ein Kerl gekommen und hatte sie erneut zugeschlagen.

Einige Tage später läutete eines Abends das Telefon. Es war Maurice, der sonst nie anrief. Laura war gar nicht bewusst gewesen, wie sehr sie sich nach seiner tiefen, weichen Stimme gesehnt hatte. »Ich wollte nur mal Hallo über den Atlantik sagen. Ich dachte gerade an dich.«

Sie sagte, sie sei sehr froh, seine Stimme zu hören, und als er fragte, was los sei, seufzte sie nur. »Der Mann, mit dem ich zusammen war, hat mir gesagt, dass er mich liebt, und dann hat er sich aus dem Staub gemacht!«

Er schnalzte mitleidig mit der Zunge. »*Poverina*«, sagte er, und dann: »Männer können wirklich schrecklich sein.«

Laura brauchte nicht allzu lange, um über den Schriftsteller hinwegzukommen. Langsam hatte sie Erfahrung mit Liebeskummer, und dieser hatte nur eine kleinere Delle verursacht. Insgeheim war sie erleichtert, dass sie nicht mehr Zeit mit ihm vergeudet hatte. Trotzdem hatte sie einen Rückfall, als sie für einen kurzen Reisebericht nach Paris flog. Maurice war nicht da, kein echter Franzose verbringt den August in Paris, aber das war ihr egal. Sie wollte ohnehin nicht in seine Welt hinein platzen. Sie fuhr zu seiner Metrostation, um sich sein Haus anzusehen, aber schon das war ihr eigentlich zu aufdringlich. Sie gehörte zu seinem geheimen Leben und hatte hier auf dem kleinen Platz, wo seine Kinder Fußball spielten, nichts verloren. So machte sie auf den Absatz kehrt und nahm die nächste Metro zurück.

Später aß sie mit einem Freund aus San Francisco in einem wunderschönen italienischen Restaurant zu Abend, in dem auch Marcello Mastroianni gern verkehrt hatte, als er in Paris lebte. Sie tranken viel zu viel Rotwein und redeten über alte Beziehungen und die Liebe, während sie an der Seine spazieren gingen. Irgendwann beugten sie sich über die Steinbrücke und beobachteten das Wasser. Es war ein romantischer Ort, der Mond spiegelte sich im Wasser, das unter der Brücke entlangwirbelte. »Wenn man ein Alter erreicht hat, in dem man keine Kinder mehr kriegen kann«, sagte der Freund, »ist es wirklich absurd zu glauben, eine Beziehung könne einem alles geben, was man braucht. Unterschiedliche Menschen geben einem unterschiedliche Dinge. Man darf von einer Beziehung nicht alles erwarten. Das führt unweigerlich zur Enttäuschung.«

Laura nickte. Sie war ein wenig betrunken. Noch wollte sie nicht zum Club derjenigen gehören, die jenseits dieses Alters waren, aber sie wusste, was er meinte. Zum Abschied küssten sie sich auf die Wangen, dann kehrte Laura wieder in ihr fröhliches blau und butterblumengelb eingerichtetes Hotelzimmer im Marais zurück. Leicht beschwipst und sentimental griff sie zum Hörer und wählte die Nummer des Schriftstellers.

In San Francisco war es mitten am Tag, er hatte einen Abgabetermin, er brauchte Geld und musste seinen Roman fertig schreiben – kurz: Er wollte nicht gestört werden.

»Hör mal«, sagte Laura. »Ich wollte nur wissen, warum unsere Geschichte so enden musste. Hätten wir nicht darüber reden können?« Es war dasselbe wie mit Jon. Vielleicht musste ja etwas zu Ende gehen, aber nicht auf diese Art, so brutal und so respektlos. »Wenn man ein gewisses Alter erreicht hat, kann man von einer Beziehung nicht erwarten, dass sie der Mittelpunkt des Lebens ist«, erklärte sie. »Wir hätten Freunde bleiben können. Wir mussten es nicht so scheußlich enden lassen. Warum konnten wir nicht darüber reden?«

»Wir haben geredet«, antwortete er. »Wir reden jetzt. Zumindest bewegen sich meine Lippen.«

»Du bist doch derjenige gewesen, der gesagt hat, dass er mich liebt.«

»Was soll das bedeuten?«, entgegnete er. »Ist das so was wie ein Gesellschaftsvertrag?«

»In manchen Kulturen hat es eine Bedeutung«, sagte Laura und wischte sich die Tränen aus dem Gesicht.

»Von wo rufst du an?«

»Paris.«

Er hielt inne. »Ich kann es nicht fassen, dass du deine Reise nach Paris benutzt, um mir das anzutun«, sagte er schließlich.

Laura wusste zuerst gar nicht, was er meinte. Doch dann fiel ihr ein, dass eine seiner Liebesgeschichten in Paris spielte und er jetzt wahrscheinlich glaubte, sie riefe aus Paris an, um ihm irgendwas über ihn und seine Beziehungen klar zu machen. Vielleicht bildete er sich sogar ein, sie sei nur deshalb hergekommen, um ihn von hier aus anzurufen.

»Paris hat nichts damit zu tun«, erwiderte Laura. »Ich bin nur zufällig hier und habe ein paar Gläser Wein getrunken. Es will mir einfach nicht in den Kopf, warum unsere Geschichte so abrupt enden musste. Wir hatten doch viel Spaß zusammen. Ich verstehe nicht, warum du mich so verletzen musstest. Ich begreife es einfach nicht. Du wusstest, dass Jon mich vor kurzem verlassen hat und wie tief ich verletzt war. Und dann gehst du hin und tust mir dasselbe an? Lässt mich einfach sitzen?«

»Was geht mich das an?«, fragte er gereizt.

Plötzlich war Laura völlig nüchtern. Ihr Kopf war wieder klar. Dieser Mann empfand nichts für sie, das war glasklar. Er liebte nur sich und sonst niemanden. Warum bezahlte sie jetzt auch noch ein kleines Vermögen, um diesen Schwachkopf anzurufen?

»Geh zum Teufel«, rief sie und legte auf. Es war kein gutes Ende, aber zumindest ein eindeutiges.

Gegen Ende des Sommers bekam sie Post von Maurice. Er schlug vor, dass sie sich auf den Liparischen Inseln nördlich von Sizilien treffen sollten. Laura hatte den kleinen Archipel oberhalb von Sizilien auf der Karte oft gesehen und davon geträumt, ihn eines Tages zu besuchen. Sie verabredeten, sich in Neapel zu treffen.

Laura hatte immer noch ein leicht mulmiges Gefühl bei dem Gedanken, allein in Neapel zu sein, deshalb buchte sie ein Hotel, das etwas luxuriöser war als sonst. Und statt den Bus zu nehmen, stieg sie am Flughafen in ein Taxi. Der Fahrer war äußerst redselig und zeigte ihr sämtliche Sehenswürdigkeiten entlang der Strecke. Sie war begeistert und staunte über die abblätternden pastell- und ockerfarbenen Fassaden der Häuser direkt über dem Mittelmeer. Er warf ihr im Rückspiegel einen Blick zu.

»Wo haben Sie Italienisch gelernt?«, fragte der Mann und trat aufs Gaspedal, als sie sich einer Kurve näherten. »Sie sprechen es sehr gut, fast fehlerlos.«

»*Grazie*«, antwortete Laura. »In Florenz und in der Schule.«

»Die Toskana!«, antwortete er. »Natürlich.« Dass die Toskana als Wiege der italienischen Sprache gilt, gehört zu den wenigen Dingen, über die sich Italiener im ganzen Land einig sind. »*È bellissima*«, sagte er. Sie war belustigt, als ihr aufging, dass er genau auf dem richtigen Weg war, sich ein ordentliches Trinkgeld zu verdienen.

»Aber es ist auch wunderschön, das neapolitanische Italienisch zu hören«, sagte Laura.

»Selbstverständlich«, antwortete der Taxifahrer, als sei das eine Binsenweisheit. Aber er war auch geschmeichelt, das merkte man. »Neapolitanisch ist der schönste Dialekt in ganz Italien.«

Laura fand ihr Hotel, hielt ein kurzes Nickerchen und begab sich anschließend auf Entdeckungstour. Maurice würde erst am nächsten Tag ankommen. Mit einer Stadtkarte bahnte sie sich einen Weg durch die historische Altstadt und besichtigte die Kirchen aus dem 14. Jahrhundert oder aus der Renaissance. Jede Ecke, jedes Gebäude war historisch. Hier San Lorenzo Maggiore, die Kirche, in der 1334 Boccaccio zum ersten Mal Fiammetta begegnet war und Petrarca einige Jahre später während einer Flutkatastrophe Zuflucht gesucht hatte. Dort die Basilica di San Domenica Maggiore, in deren Nachbarschaft Thomas von Aquin gewohnt hatte und wo man heute noch einen Caravaggio und einen Tizian bewundern kann. Drüben der Duomo, wo sich jedes Jahr im Mai und September wie durch ein Wunder das Blut des heiligen Gennaro verflüssigt. Die Piazza Bellini mit den Straßencafés, wo man einen Blick auf die Überreste der antiken griechischen Stadtmauer hat. In den Gassen spielten die Kinder unter den zahllosen Wäscheleinen Fußball, und die Erwachsenen saßen vor ihren Hauseingängen und spielten Karten. Ältere Frauen badeten im Wasser des Hafens, sonnten sich auf den Klippen und genossen den Blick auf den Vesuv und Ischia. Neapel war alles andere als eine schmutzige und gefährliche Stadt, es hatte einen verborgenen Charme, und wie eine alternde Diva ließ es gelegentlich seine Verführungskünste aufblitzen.

In der Dämmerung machte sie einen Spaziergang durch den Park an der Bucht. Es war Samstagabend, die ganze Stadt war auf den Beinen und flanierte durch die Straßen. Das Klima war schwül, und die jungen Liebespärchen machten keinen Hehl aus ihren Gefühlen. Meistens saßen die Männer rückwärts auf dem Lenker ihrer geparkten Vespa und die Mädchen auf dem Sitz ihnen gegenüber, während sie sich leidenschaftlich küssten. Niemand nahm von ihnen Notiz. Anscheinend war es besser, wenn sie in aller Öffentlichkeit knutschten, als dass sie sich irgendwohin verzogen und allein zu weit gingen.

Laura war fast die Einzige, die allein unterwegs war. Als sie es müde wurde, die Leute zu beobachten, und sich an Glückskarussells, den Buden, wo Kokosschnitze und Maiskolben verkauft wurden, oder den Jugendlichen auf ihren Motorrädern satt gesehen hatte, suchte sie ein Restaurant. In einer Seitengasse fand sie eine kleine Pizzeria und setzte sich an einen Tisch im Freien. Der Kellner sah aus wie Al Pacino und behandelte sie mit besonderer Aufmerksamkeit, als er sah, das sie allein war. Er brachte ihr ein Glas spritzigen jungen Weißwein, Salat und eine Pizza Neapolitana mit frischem Mozzarella, unglaublich süßen Tomaten, Anchovis und einem dünnen knusprigen Teig. Als sie ihm anschließend erklärte, dass sie heute zum ersten Mal in ihrem Leben eine richtige Pizza gegessen habe, obwohl man in den Staaten überall Pizza bekam, brachte er ihr einen perfekten Espresso mit einem schaumigen Sahneherz obendrauf.

Am nächsten Morgen erwachte sie müde vom Jetlag und beschloss, das Archäologische Museum mit seinen wertvollen Schätzen aus Pompeji sausen zu lassen. Halb so schlimm, so hatte sie wenigstens einen Grund, eines Tages nach Neapel zurückzukehren. Es war Sonntag, die Geschäfte waren geschlossen. Sie schlenderte durch die Straßen und fuhr anschließend mit der Straßenbahn zu einem Hügel über der Stadt. Dort ging sie durch die sonnenüberfluteten Gassen, hörte, wie die Bewohner ihre Streitigkeiten in aller Öffentlichkeit von Balkon zu Balkon austrugen und bewunderte die herrlichen Obst- und Gemüsestände. Schließlich stieg sie den Hügel zu Fuß wieder hinunter und landete auf der riesigen Piazza Plebiscito, die von halbkreisförmig angelegten Arkaden umgeben ist. Ein Hochzeitspaar ratterte auf einem Motorrad an ihr vorbei, die bauschige weiße Schleppe der Braut flatterte hinter ihr durch die Straße. Was für ein wunderschönes fröhliches Pärchen!

Schließlich setzte sich Laura auf die Terrasse des Hotels, um dort auf Maurice zu warten. Sie war nervös. Sie konnte nie ganz glauben, dass sie sich wirklich wieder sehen würden oder ihre transkontinentalen Pläne nicht irgendwie schief gingen. Er kam mit einigen Stunden Verspätung. Diesmal sah er wieder so aus wie immer. Statt eines Mantels trug er die alte Jeansjacke, und seine dunklen Locken hatten einen goldenen Schimmer von der Sonne. Erleichtert fielen sie sich in die Arme. Nach sieben Monaten war es wunderbar und trotzdem auch irgendwie ungewohnt, einander wieder zu spüren. Er setzte sich zu ihr, strich über ihr Sommerkleid und blickte auf die Bucht, die vor ihnen lag. »Du schaffst es immer wieder, die herrlichsten Orte zu entdecken«, sagte er.

Dann warf er einen Blick auf die Uhr. Sie mussten los, wenn sie ihre Fähre erwischen und vorher noch Proviant für ihr Picknick besorgen wollten. Maurice glaubte, dass zu einer echten Bootsfahrt unbedingt ein Picknick gehörte. Sie rannten von einem Laden zum anderen, bis sie den besten Schinken, die saftigsten Trauben, Brot, Oliven und

Wein fanden. Dann gingen sie an Bord und packten ihre Vorräte aus, während sie die Lichter von Neapel betrachteten, die sich auf dem glatten Meer spiegelten. Als die Fähre schließlich auslief, war es bereits Mitternacht.

Sie kehrten in ihre Kabine zurück. Sie war so klein, dass sie anfangs fast Platzangst hatten, doch schließlich wiegte das Schlingern des Schiffes sie in einer der schmalen Kojen eng umschlungen in den Schlaf. Irgendwann kletterte Maurice nach oben und schaltete das Licht aus. Doch wenig später, ihr kam es vor, als seien nur wenige Minuten vergangen, war er wieder auf den Beinen und tappte im Dunkeln umher.

»Was ist los?«, fragte Laura im Halbschlaf.

»*Le stelle*«, antwortete er. »Du musst aufstehen und dir die Sterne ansehen.«

»Was? Jetzt?«

»Du kannst ja weiterschlafen, *principessa,* aber ich gehe an Deck, um mir die Sterne anzusehen. Es ist fast schon hell.« Damit verschwand er.

Laura stand auf, schlüpfte in ihr Kleid und warf sich den ägyptischen Schal, den er ihr geschenkt hatte, um die Schultern. Dann ging sie ihm nach. Er stand allein ganz vorn am Bug. Niemand sonst war wach. An Deck lagen einige Jugendliche in Schlafsäcken und schliefen. Der schwarze Himmel war von Sternen übersät. Maurice schlang von hinten seine Arme um ihre Taille und wärmte sie beide. »Wunderschön, die Sterne«, schwärmte sie. »Und so viele.«

»Sieh mal da drüben«, sagte er und zeigte in die Ferne. »Pass genau auf.«

Laura starrte in die Dunkelheit, ohne zu wissen, was er meinte. Plötzlich schoss ein rot glühender Schweif am Horizont empor. Sie war überwältigt.

»Stromboli«, sagte Maurice.

»War das der Vulkan?«

»*Sì*.«

Sie beobachteten den Himmel. Alle fünfzehn oder zwanzig Minuten gab es eine kleine Eruption, und als sie näher herankamen, erkannten sie den rötlichen Ascheregen, den die Glut ausspie. Der Himmel wurde immer heller, der Morgen dämmerte. Als sie endlich in den Hafen von Stromboli einliefen, konnten sie den Krater nicht mehr erkennen. Laura fand es unfassbar, dass tatsächlich Menschen in unmittelbarer Nähe eines aktiven Vulkans leben können.

»Vor fünfzehn Jahren habe ich ihn bestiegen«, erzählte Maurice. »Ich habe oben gezeltet und nachts die Eruptionen angesehen.«

»Ist das nicht gefährlich?«

»Nicht, wenn man einen gewissen Abstand hält. Aber der Lärm konnte einem Angst einjagen. Es war wie ein durchdringendes Rumpeln.«

»Hättest du Lust, das noch mal zu machen?«, fragte Laura erwartungsvoll.

»Nein, nein«, winkte Maurice ab. »Es wäre zu anders heute, so wie der Sinai für dich. Aber du solltest es tun. Du musst dir unbedingt den Vulkan von oben ansehen.«

Die Fähre lief aus dem Haupthafen von Stromboli aus, nahm im kleinen Dorf Ginostra auf der anderen Seite der Insel einige Passagiere von einem

Ruderboot auf und fuhr anschließend weiter nach Panarea, der auffallendsten Insel des Archipels. Dort gingen die bestgekleideten Passagiere von Bord. Auf der hübschen, von zwei Hügeln geprägten Insel Salina wechselten sie die Fähre, fuhren an Lipari vorbei und erreichten schließlich Filicudi, die ursprünglichste der sieben Inseln des Archipels.

Es war ein felsiges und ziemlich ödes Eiland mit trockener Vegetation und nur einer Hand voll heruntergekommener Häuser in der Nähe des Hafens. Ein Restaurant, ein Hotel, ein oder zwei Lebensmittelläden. Die Insel, ein ruhender Vulkan, erhob sich hinter der kleinen Stadt und den rauen Klippen ringsum zu hohen, terrassenförmigen Hügeln mit weiß getünchten Häusern an den Hängen. Ein Minibus des Hotels holte sie ab. Die Fahrerin erklärte ihnen die Insel in knapp zwei Minuten. Sie war mit einigen Unterbrechungen seit prähistorischer Zeit bewohnt gewesen. Im Augenblick lebten hier an die vierhundert Seelen – vom Fischfang, den Kapern und den wenigen Touristen, die sich auf die Insel verirrten. Die Steinterrassen an den Hängen stammten noch von vor der Römerzeit. Seit Jahrhunderten war hier ein Stein auf den anderen gelegt worden.

Im Hotel nahm die *signora* ihre Pässe entgegen und zog missbilligend die Brauen hoch, als sie die seltsame Kombination sah, seinen burgunderroten französischen und Lauras blauen amerikanischen. Dann führte sie die beiden zu ihrem Zimmer, das einen herrlichen Ausblick auf das Meer bot, aber auch direkt über dem Restaurant lag. Maurice lehnte es ab – *impossìbile*! –, die *signora* erklärte, sonst sei nichts frei. Schließlich, nachdem sie unmissverständlich klar gemacht hatten, dass sie das Zimmer auf keinen Fall nehmen würden, selbst wenn sie damit gezwungen sein sollten, die nächste Fähre zu nehmen und auf eine andere Insel überzusetzen, fand die *signora* für denselben Preis ein Häuschen in der Nähe, das sogar über eine Terrasse verfügte. »Perfekt!«, sagte Maurice. Er nahm Platz in der Hängematte und rauchte eine Zigarre, während sein Blick über die weißen, mit Stuck verzierten und von Bougainvillea überwucherten Mauern und die vulkanischen Inseln schweifte, die sich in der Ferne aus dem Meer erhoben.

Am Nachmittag gingen sie die drei Kilometer zum steinigen Strand zu Fuß hinunter. Laura entschied sich für einen der glitschigen schwarzen Felsen und versuchte, es sich gemütlich zu machen. Maurice streckte sich begeistert aus, lauschte den Wellen und hielt sein Gesicht in die heiße Sonne. Laura rieb sich mit Sonnencreme ein, setzte ihren Hut auf, zog ein langärmeliges T-Shirt an und lehnte sich gegen den Felsen. Anscheinend hatte es sie an einen Ort ohne jede Ablenkung verschlagen. Sie konnten nichts anderes tun als am Strand liegen, essen und Liebe machen. Es war wunderschön, doch Laura fragte sich, ob sie wirklich zehn Tage zusammen durchstehen konnten, ohne Museen oder Sehenswürdigkeiten weit und breit und ohne sich auf den Geist zu gehen.

»Vielleicht können wir ein Boot mieten und die Grotten auf der anderen Seite der Insel erkunden«, schlug sie vor.

»Du kannst das gern machen«, entgegnete Maurice. »Ich aber werde nichts dergleichen unternehmen.«

Laura schlug ihr Buch auf.

Nach etwa einer Stunde drehte Maurice sich, um sich auch den Rücken zu bräunen. »Weißt du was?«, sagte er. »Meine Frau würde so was nie mitmachen, zehn Tage am Strand und sonst nichts. Sie hat so viel Energie, sie muss einfach ständig irgendwas unternehmen. Selbst am Strand will sie Action, jede Menge hohe Wellen und so weiter.« Sein Ton klang bewundernd.

Laura konnte sich sehr gut vorstellen, was sie empfand. »Ich finde es schön, dass du nie schlecht von deiner Frau sprichst.« Er hatte sie nur selten erwähnt, und wenn, dann immer mit einem enormen Respekt vor ihrem Geschmack, ihrer Intelligenz und ihrem Verstand. Es war unübersehbar, wie sehr er sie bewunderte, auch wenn Laura das Gefühl hatte, dass es irgendetwas Trauriges zwischen ihnen gab – etwas, worüber er niemals sprach.

»Wir haben in vielerlei Hinsicht eine außergewöhnliche Beziehung«, antwortete er.

Sie lagen in der Sonne und schwammen lange im Meer. »Hör zu, Professor«, sagte sie, als sie wieder zu ihrem Felsen zurückkamen, »ich weiß auch noch nicht, was ich hier zehn Tage machen soll. Entspannung ist eine echte Herausforderung.«

»Du schreibst für Zeitungen, du verfasst Bücher, du reist allein und findest, das hier ist eine Herausforderung?«, fragte er.

»Nun, ja«, antwortete Laura.

»Du musst dich nur dem Rhythmus anpassen,

dem Rhythmus des *far niente*. Der Muße. Das tut gut.«

Laura lehnte sich mit ihrem Buch zurück.

»Was hast du diesmal mitgebracht?«, fragte er. Mittlerweile kannte er ihre Manie, immer Bücher über die Orte einzupacken, die sie besuchte. Etwas über die Liparischen Inseln zu finden war gar nicht so einfach gewesen.

»*Die Odyssee*.«

»Homers *Odyssee*?«

Auf seiner Rückfahrt von Troja war Odysseus an einer der Inseln vorbeigekommen. Es war diejenige, auf der Äolos, der Gott der Winde, lebte. Laura las Maurice die Stelle vor: »Undurchdringlich erhebt sich rings um das schwimmende Eiland eine Mauer von Erz und ein glattes Felsengestade.« Dann versuchte sie, die Zeilen, so gut es ging, ins Italienische zu übersetzen.

Maurice starrte auf die Felsen vor ihnen. »Es hat sich nichts verändert«, erklärte er. »Die uralten einfachen Dinge, das, was einem am meisten Freude bereitet, ändert sich nie. Der Ausblick von hier hat sich wahrscheinlich kaum jemals verändert. Das Meer ist immer das Meer, die Nacht ist immer die Nacht und die Sterne bleiben die Sterne.«

»Nicht zu vergessen Fische, Olivenöl und Wein«, fügte Laura hinzu.

»Ja«, rief Maurice. »Und Sex. Die Liebe ist uralt und einfach.« Er seufzte, verschränkte die Hände hinter dem Kopf und schloss die Augen. Dann öffnete er sie wieder. »Was ist Odysseus auf der Insel noch widerfahren? Der Schlauch mit den Winden, nicht wahr?«

»Richtig«, sagte Laura. Äolos schenkte ihm einen Schlauch mit Winden, die ihn an den heimatlichen Strand führen sollten. Doch als Odysseus' Mannschaft den Schlauch öffnete, weil sie einen kostbaren Schatz darin vermutete, jagten die Winde das Schiff wieder zu den Liparischen Inseln zurück, worauf Äolos sich weigerte, dem verfluchten Odysseus erneut zu helfen.

»Wenn ich Odysseus gewesen wäre«, erklärte Maurice und betrachtete die felsige Küste, »hätte ich die Nymphe Calypso niemals verlassen. Sie hat ihn von morgens bis abends geliebt und ihm Unsterblichkeit versprochen, Hauptsache, er blieb bei ihr.«

»Aber er hat sie nicht geliebt«, widersprach Laura. »Er musste zu seiner Frau Penelope zurückkehren.«

Maurice zündete sich eine Zigarette an und rauchte eine Zeit lang schweigend. »Ja, du hast Recht, er hatte eine Frau, die ihn liebte und zu der er zurückmusste.«

Du dagegen offensichtlich nicht, dachte Laura bei sich. Auch wenn sie sich nicht vorstellen konnte, wie sein Leben in Paris aussah, wurde ihr klar, dass ihre gemeinsamen kleinen Fluchten ihm wahrscheinlich genauso viel bedeuteten wie ihr.

Am nächsten Morgen hatte Maurice, der merkte, dass Laura fürchtete, sich zu langweilen, ein kleines Schachspiel herbeigezaubert. Sie protestierte. Es war eine Ewigkeit her, seit sie das letzte Mal gespielt hatte. Damals hatte ihr Freund sie zwölf Mal hintereinander geschlagen, worauf sie alle

Lust daran verloren hatte. Laura hasste das Gefühl, dumm zu sein, und Maurice fühlte sie sich ohnehin intellektuell unterlegen – er sprach besser Italienisch, wusste viel mehr über Kunst und verschlang Philosophiebücher als wären es Liebesromane. Schach?

»Auf keinen Fall!«

»Es wird dir Spaß machen«, versicherte er. Dann begann er, die Figuren auf dem Holztisch der weiß getünchten Terrasse aufzustellen. Beim ersten Mal musste er ihr sogar erklären, wie sich die Figuren bewegen.

Zuerst ging es etwas holprig. Laura imitierte seine Taktik, und er kassierte ein paar ihrer Bauern. Dann dachte sich Laura eine eigene Strategie aus. Sie machte einen dummen Zug und opferte einen Läufer, um ihn in einen Hinterhalt zu locken. Maurice fiel drauf rein und nahm ihr freudig den Läufer weg.

»*Una strage*!«, rief Laura aus, ein Massaker. Es war ein Wort, das sie im Literaturkurs ihrer Italienischklasse gelernt hatte.

Ihre Strategie ging völlig auf, und bald hatte sie Maurice schachmatt gesetzt. Er wirkte leicht verwirrt. »Manchmal kann mich beim ersten Mal sogar mein Sohn schlagen.«

Laura zuckte die Achseln. »Ich hatte Glück«, erklärte sie und begann, die Figuren wieder auf das Schachbrett zu stellen. »Revanche?«

Vom vielen Herumsitzen, Lesen und Schachspielen hatten sie einen Mordshunger bekommen. Sie gingen den langen steilen Pfad zum Hafen hinunter und aßen in einem Restaurant am Meer zu Mittag. Es war kaum zu glauben, dass man auf einer kleinen Insel mit bloß einer Hand voll Bewohnern und Restaurants so gut essen konnte. Frischer gegrillter Fisch, *caponata* und Cherrytomaten mit Kapern. Während sie den herrlichen Blick auf die Vulkaninseln in der Ferne und die warme Brise genossen, die durch die offenen Türen wehte, bestellten sie gebratene, in Ricotta gewälzte Auberginen, ließen den Pasta-Gang, wie Maurice ihn nannte, aus und verputzten eine riesige Platte mit Tintenfisch, Garnelen und anderen Fischsorten. Dazu tranken sie einen halben Liter jungen Weißwein.

Vier Tage verflogen mit süßem Nichtstun. Wenn sie morgens aufwachten, machten sie sich einen Espresso und sahen zu, wie die Schiffe ein- oder ausliefen und dabei wie Schnecken weiße Spuren im Wasser hinter sich herzogen. Danach gingen sie wieder ins Bett und liebten sich, bis sie nicht mehr wussten, ob sie aufstehen oder noch mal einschlafen sollten. Sie lasen oder spielten Schach, was zunehmend spannender wurde (Maurice gelang mit viel Mühe ein Comeback, und als es vier zu vier stand, bestand er darauf, aufzuhören). Anschließend packten sie ihre Strandsachen zusammen und überlegten, in welchem Restaurant sie zu Mittag essen würden – im nahe gelegenen rosafarbenen oder in dem am Hafen. Nach einem Espresso, für den sie sich ausgiebig Zeit ließen, machten sie sich dann auf den Weg zum Strand.

»Ich finde es herrlich, wenn das Wasser nicht so kalt ist, dass man einen Schock bekommt, wenn man hineingeht. Man spürt hier nicht mal einen

Temperaturunterschied«, sagte Maurice und zog seine Shorts aus. »In all dieser Zeit habe ich kein einziges Mal eine Badehose getragen.« Dann ging er ins Wasser.

»Wunderbar«, rief er. »Anders kann man es einfach nicht nennen.«

»Was haben wir heute für einen Tag?«, fragte Laura und rieb sich die Beine mit Sonnencreme ein.

»Keine Ahnung«, antwortete er. »Dienstag?«

»Ich meine, den Wievielten.« Er zählte die Tage, seit sie zusammen waren. »Den neunten September«, antwortete er schließlich.

»Heute wäre mein vierter Hochzeitstag gewesen«, sagte Laura. Vier Jahre, seit Jon sie unter den Redwoodbäumen zur Frau genommen hatte. Vier Jahre, genauso lange war sie auf dem College gewesen. Jetzt war sie ein anderer Mensch.

Maurice ging ins Wasser, kam wieder und griff nach seinem Handtuch. »Weißt du, was mich freut?«, fragte er.

»Was denn, Professor?«

»Dass du den Namen deines Exmanns kaum noch erwähnst. Du sprichst fast gar nicht mehr von ihm.«

»Wahrscheinlich, weil ich vorher viel zu viel über ihn gesprochen habe.«

»Das ist ganz natürlich.«

»Ich denke tatsächlich nicht mehr so viel an ihn«, erklärte Laura. Zu ihrer eigenen Überraschung stimmte es.

»Siehst du ihn gelegentlich noch?«

Laura erzählte ihm von einer zufälligen Begegnung. Eines Tages war sie ihrem Exmann auf der

Straße über den Weg gelaufen. Es war genau der richtige Zeitpunkt gewesen. Ein Freund hatte sie gerade in ihrem Lieblingsrestaurant zum Essen eingeladen. Sie hatten Austern und Sauvignon Blanc, Rucola, Pizza aus dem Holzofen und zum Abschluss Espresso und Grappa genossen. Sie fühlte sich großartig, und ausgerechnet da hatte sie Jon entdeckt. Er sah genauso aus wie immer in seiner dunkelblauen Fleecejacke und den leichten Wanderschuhen und war auf dem Weg zu einer Vorstandssitzung, wo alle anderen wahrscheinlich im Anzug und mit Krawatte erscheinen würden. Als er sie begrüßte, merkte sie zu ihrem Erstaunen, dass sie nicht mehr wütend auf ihn war, sondern dachte, dass er eigentlich gar kein übler Kerl sei. Er war bloß nicht der Richtige für sie gewesen. Ohne lange zu überlegen, fiel sie ihm um den Hals. Er trat einen Schritt zurück und fragte, wie es ihr ging. Und sie antwortete, bestens.

»Falls du mit mir reden willst, kannst du mich jederzeit anrufen«, hatte er gesagt.

»Nein«, erwiderte sie. »Ich freue mich, wenn ich dich zufällig irgendwo treffe, aber sonst habe ich dir eigentlich nichts zu sagen.«

»Genau!«, sagte Maurice. »Das Kapitel ist erledigt.«

Nach ein paar Tagen war Lauras Geld aufgebraucht (nicht auf jeder Insel der Welt gibt es Geldautomaten). Sie musste nach Lipari, wo es Banken und größere Geschäfte gab. Maurice hatte keine Lust, seine Hängematte zu verlassen. Er bat sie nur, ihm filterlose Zigaretten mitzubringen.

»*Povera* Laura«, sagte er, während er in der Hängematte schaukelte. »Das arme Mädchen muss dieses Paradies verlassen und zurück in die Zivilisation.«

»Brauchst du sonst noch was, Professor?«

»Alles andere haben wir hier«, antwortete er und zeigte auf die Umgebung. Dann warf er einen Blick auf die Uhr.

»Wenn ich du wäre, würde ich mich jetzt beeilen«, schloss er, ohne sich zu regen.

Laura ging zu Fuß zum Hafen und nahm die Fähre nach Lipari, der größten Insel auf dem Archipel mit langen weißen Stränden, an deren Klippen Bimsstein gewonnen wird. Vom Hafen stieg sie zur Festung hinauf. Die dicken Mauern stammten noch aus dem 16. Jahrhundert und waren errichtet worden, um türkische Freibeuter abzuwehren. Dort oben gab es ein archäologisches Museum, und Laura ging pflichtbewusst von Raum zu Raum und sah sich die Tonscherben an, während sie sich fragte, wie um alles in der Welt man bloß feststellen kann, aus welcher Zeit sie stammen, und warum. Der lange Gang durch die Museumsräume zahlte sich aus. Im letzten Saal befand sich eine Sammlung von fast tausend griechischen Theatermasken und Statuetten aus Terrakotta, alle aus dem 4. Jahrhundert. Es waren Figuren aus Theaterstücken von Sophokles, Euripides und Aristophanes. Darstellungen von Dionysos tanzten, tranken und trommelten; es gab unzählige menschliche Archetypen – der Grübler, die Quasselstrippe, die alte lachende Frau, der verschmitzte Jüngling, alles wunderbar ausdrucksstarke Gesichter. Und auch Äolos war darunter, der seine dicken Backen aufblies, um eine Windböe auszustoßen.

Laura aß in einer Pizzeria zu Mittag und machte anschließend eine Runde durch die Geschäfte, wo sie überlegte, ob ein Service von roten, mit Kapern bemalten Keramiktellern die Reise nach San Francisco wohl heil überstehen würde, kaufte filterlose Zigaretten und eine Flasche Malvasia von einer Frau, die ihr bis ins letzte Detail erzählte, wie sie ihn gemacht hatte, und erwischte gerade noch die Fähre zu ihrer Insel. Sie kam mit Verspätung an, und Maurice war nirgends zu sehen. Sie stieg den langen Pfad, der teilweise stufenförmig in den steilen Felsen gehauen war, zu ihrem Häuschen hinauf, doch zu Hause war er auch nicht. Laura öffnete die Flasche Malvasia, einen süßen, sehr starken Weißwein, den Odysseus' Männer aus der Amphore getrunken hatten, und genehmigte sich ein Glas. Endlich tauchte Maurice auf, völlig erschöpft. Er hatte einen anstrengenden Tag gehabt; er hatte die ganze Insel zu Fuß durchstreift, anschließend versucht, sie von der Fähre abzuholen und war schließlich in einer Taverne gelandet, wo er ein Gläschen mit einer Frau getrunken hatte, die behauptete, dass sie vor ein paar Jahren in Jugoslawien ein Zelt miteinander geteilt hätten.

»Stimmt das denn?«

»Ich war mal in Jugoslawien und habe tatsächlich dort gezeltet, aber das muss zu einer Zeit gewesen sein, als sie noch nicht auf der Welt war«, antwortete er und kicherte in sich hinein.

»Und weiter?«

»Nichts weiter. Es war amüsant.«

»Hättest du denn gern dein Zelt in Jugoslawien mit ihr geteilt?«

»Warum nicht«, antwortete er. »Sie war süß.« Dann nahm er sich zusammen. »Aber nicht so süß wie du, *cara*.«

Kaum ließ sie ihn einen Tag allein, schon bändelte er mit einer anderen an, selbst auf dieser einsamen Insel, wo nur eine Hand voll Menschen lebten. Seine arme Frau.

In dem nahe gelegenen Restaurant aßen sie zu Abend, tranken noch ein Glas Wein auf ihrer Terrasse und machten Liebe. Anschließend, als sie erschöpft nebeneinander lagen, sagte er. »Du hast keine Ahnung, was du mit mir machst. Wenn du es wüsstest, wärst du unmöglich.«

»Schon gut«, antwortete Laura. »Und jetzt träum weiter von deinem Zelt.«

In dieser Nacht zog ein heftiges Gewitter auf. Blitze erhellten den weiten Himmel. Das Meer, seit altersher eins der unruhigsten im ganzen Mittelmeerraum, tobte. Wenn jetzt ein Schiff versucht hätte, Zuflucht zu suchen, wäre es wahrscheinlich wie so viele zuvor gesunken.

Am nächsten Morgen war es immer noch stürmisch und bewölkt. Erst am Nachmittag, als die Sonne endlich wieder durch die Wolken blinzelte, gingen sie an den Strand. Maurice schwamm nackt und rief ihr zu, das Wasser sei herrlich, sie solle es auch probieren. Es waren keine Boote in Sicht, also schwamm Laura weit hinaus. Als sie aus dem Wasser kam, wies Maurice sie vorwurfsvoll zurecht. »Ich mag es nicht, wenn du so weit hinausschwimmst. Das ist gefährlich.«

»Keine Angst«, antwortete sie. »Das Meer ist jetzt wieder ruhig, es gibt hier weder Unterströmungen noch Seelöwen, und ich bin stark.«

»Schwimm trotzdem nicht so weit raus.«

Als Laura später noch einmal ins Wasser ging, wurde sie von einer Qualle an der Brust gestreift. Langsam, aber sicher kam sie sich vor wie Freiwild. Unsichtbare Viecher hatten sie während der Nacht belagert; ihr ganzer Körper war von kleinen Stichen übersät. Und jetzt auch noch eine Qualle. Maurice grunzte mitfühlend, ohne von seinem Philosophiebuch aufzusehen. Laura setzte sich in die Sonne und versuchte, das Brennen zu lindern, indem sie sich die Brust rieb.

»Es ist ganz schön schwierig auf dieser Insel«, erklärte sie und versuchte, es sich auf einem Felsen gemütlich zu machen. »Sie ist wunderschön, aber …«

»Leicht ist es nicht«, räumte er ein. »Aber es ist ein Vergnügen. Nicht gerade bequem. Das ist was anderes. Aber an ein Vergnügen erinnert man sich noch, wenn man längst vergessen hat, ob es bequem war oder ob man von unsichtbaren Viechern gestochen wurde.«

Er hatte leicht reden. Sie musste die brennende Stelle im Wasser kühlen. Also schwamm sie wieder hinaus, erforschte eine nahe gelegene Höhle und kam zurück, um sich an einer der glatten Klippen aus dem Wasser zu ziehen. Als ihre Hand sich an einen runden Felsen unter Wasser klammerte, spürte sie einen Schmerz wie von einem Biss am kleinen Finger. Hastig zog sie die Hand zurück und entdeckte eine hässliche Wunde. Das Wasser verfärbte sich rot von ihrem Blut. Laura kehrte um und hielt den Finger nach oben.

»Es blutet«, sagte sie.

Maurice starrte auf das Blut, das aus ihrem Finger strömte. »Was für eine herrliche Farbe«, rief er. »Im Kino würde man nie glauben, dass sie echt ist, aber sie ist wunderschön.«

»Es ist Blut!«, rief Laura. Zum Teufel mit seiner Ästhetik. »Ich blute.«

»Schon gut, schon gut«, beschwichtigte er sie. »*Tranquilla*.« Er sah sich den Finger genauer an.

»Es blutet tatsächlich«, sagte er schließlich, wickelte sein Taschentuch um den Finger und befestigte es mit einem Gummiband. Dann half er ihr, sich anzuziehen, und legte fürsorglich den Arm um ihre Schulter, als sie zur Straße zurückgingen. Mittlerweile hatte das Taschentuch sich mit Blut voll gesogen.

Maurice hielt einen Kleinbus an, der ein paar Hotelgäste zu einem Hügel direkt neben ihrem kleinen Haus brachte, und bat den Fahrer, Laura mitzunehmen. Im Bus war kein Platz für ihn, daher verabschiedete er sich zögernd und erklärte, er werde noch etwas zu essen einkaufen und sie später zu Hause treffen.

Laura begrüßte den Fahrer des Busses, zeigte ihm das um den Finger gewickelte, blutrote Taschentuch und erklärte ihm, sie sei gebissen worden.

»*La murena*«, rief der Fahrer und nickte wissend. »Sie müssen zum Arzt.« Er setzte die übrigen Gäste am Hotel ab und brachte sie anschließend in die Arztpraxis, die in einem kleinen Gebäude neben dem rosafarbenen Restaurant auf ihrem Hügel untergebracht war. Auf einem Plastikstuhl neben dem Eingang klebten mehrere Schildchen aus Pappe mit Namen und Telefonnummer diverser Bars oder Restaurants, wo man den Arzt im Notfall erreichen konnte. Der Busfahrer rief die Nummer an, die für diesen Tag in Frage kam, und wenige Minuten später erschien der Arzt, ein hagerer, ernster Mann.

»*La murena*«, erklärte der Fahrer dem Arzt.

Doch der winkte ab. »*Impossìbile*«, entgegnete er und sah Laura an. »Wahrscheinlich haben Sie sich an einem Felsen verletzt. Hier gibt es so gut wie keine Muränen. Wenn es wirklich eine gewesen wäre, hätten Sie jetzt keinen Finger mehr.«

»Aber irgendwas hat mich gebissen!«, rief Laura und vergaß in der Aufregung ihren ganzen italienischen Wortschatz.

»Es war *la murena*«, wiederholte der Fahrer.

»Nein, ein Felsen.«

»*La murena.*«

»Ein Felsen.«

»*La murena*«, riefen alle durcheinander.

»*Murena*«, erklärte Laura schließlich und fuchtelte mit dem Finger herum, bevor sie sich zusammenriss und ihn wieder still hielt. Sie hatte keine Muräne gesehen, aber irgendwas hatte sie gebissen, das stand fest. Außerdem hörte sich *la murena* viel besser an, besonders, wenn man normalerweise den Finger verloren hätte. Laura hoffte auf eine große Narbe.

Der Arzt nahm das Taschentuch ab. Eine klaffende Wunde kam zum Vorschein. Er säuberte sie mit einem Desinfektionsmittel und untersuchte sie sorgfältig.

»*Murena*«, räumte er schließlich ein und erklärte, dass sich Muränen normalerweise in ihrer Beute verbeißen und dann die Kiefer nicht mehr öffnen können. Deshalb hatte Laura den Finger rausziehen müssen. »Eigentlich hätten Sie ihn verlieren müssen«, sagte er vorwurfsvoll, als hätte sie etwas falsch gemacht.

Der Fahrer grinste rechthaberisch, und der Arzt schickte ihn ungeduldig aus dem Behandlungszimmer. Dann untersuchte er die Wunde weiter.

»Bügel?«, fragte Laura auf Italienisch.

Der Arzt presste ihre Finger zusammen. Was zum Teufel meinte sie mit Bügel?

Laura machte eine Geste, als würde sie nähen, und plötzlich verstand er.

»Es braucht nicht genäht zu werden«, entgegnete er. »Wir wollen es nicht übertreiben.« Er wickelte einen dicken Verband um den Finger und fragte sie anschließend, woher sie käme und mit wem sie reiste. Laura änderte das Geschlecht des Professors, da man in Italien schnell als Nutte angesehen wird, wenn man unverheiratet und als nicht mehr ganz junge Frau in Begleitung eines älteren Herrn unterwegs ist. Der Arzt war überrascht und leicht gekränkt, als Laura ihm Geld für seine Dienste anbot. Ihr erschien diese Art der Gesundheitsfürsorge sehr zivilisiert. Und da sie schon einmal da war, fragte sie den Arzt, ob er nicht auch etwas gegen die Moskitostiche auf Armen und Beinen hätte. Er nickte und griff nach einer Spritze. Laura krempelte den Ärmel hoch, doch der Arzt schüttelte den Kopf. Sie verstand und beugte sich über den Tisch. Das erste Mal, dass sie einen Unfall hatte und zum Arzt musste, und sie hatte nicht nur keine saubere Unterwäsche, sondern – schlimmer noch – überhaupt keine Unterwäsche an.

Sie bedankte sich verlegen bei ihm und ging nach Hause, wo Maurice mit einem Picknick auf sie wartete. Schinken, Brot, frischer Ricotta und Trauben. Nachdem er sich davon überzeugt hatte, dass es Laura gut ging, machte er wieder seine üblichen Witze und meinte, die Muräne, die sie gebissen hatte, würde bestimmt an einer Vergiftung sterben. Noch während sie den Sonnenuntergang am Horizont beobachteten, kam wieder starker Wind auf. Im Schein der fernen Blitze flackerte Lipari auf und verschwand wieder. Der Donner wurde immer lauter und länger und kam immer näher. Dann prasselte der Regen auf die Terrasse. Es war ein beeindruckendes Szenario, während sie gemütlich im Haus saßen und zuschauten, wie draußen auf dem Meer der Sturm wütete. Plötzlich fiel auf der ganzen Insel der Strom aus. Sie zündeten eine Kerze an und aßen zu Abend, während sie immer wieder zum Himmel aufblickten, das Haus im Sturm ächzte und klapperte und der Regen gegen die Tür trommelte. Schließlich gingen sie zu Bett und kuschelten sich dort ein wenig eingeschüchtert aneinander.

»Ein dramatischer Tag«, sagte Maurice.

»Aber trotzdem ein Vergnügen«, murmelte Laura und schlief ein.

Der nächste Tag war ihr letzter auf der Insel, so unglaublich ihr das auch vorkam. In drei Tagen ging Lauras Maschine zurück nach San Francisco, aber vorher wollte sie noch einen Tag auf Stromboli verbringen und den Vulkan besteigen. Maurice hatte sich geweigert, in diesem Leben noch ein zweites Mal nach Stromboli zu fahren, deshalb hatten sie beschlossen, dass Laura am nächsten Tag allein fahren sollte. Anschließend wollten sie sich auf der Fähre nach Neapel treffen, die einen Tag später in Stromboli Zwischenstopp machte.

Am letzten Abend beschlossen sie, noch einmal im rosafarbenen Restaurant zu Abend zu essen. Maurice räumte seine Sachen auf und verließ das Zimmer. Laura schloss die Tür ab und folgte ihm. Doch dann musste er noch einmal umkehren, weil er seine Zigaretten auf dem Nachttisch vergessen hatte.

»Du hast das Licht angelassen«, sagte er und sah sich im Zimmer um. Alle Schubladen mit Lauras Sachen standen auf, ein paar Kleidungsstücke lagen auf dem Boden. »Du lässt immer alles herumliegen«, schimpfte er. Dann nahm er den nassen Badeanzug, den Laura auf dem Bett liegen gelassen hatte, und reichte ihn ihr.

»Tut mir Leid«, entschuldigte sie sich und warf den Badeanzug über die Wäscheleine auf der Terrasse. »Aber ich mache nun mal Ferien.«

Er ging los, Richtung Restaurant.

»Warte«, sagte Laura. »Was glaubst du, wie kalt es wird? Meinst du, dass ein Schal genügt? Oder sollte ich lieber einen Pullover mitnehmen?«

»Weiß ich nicht«, erwiderte er mürrisch. »Mach, was du willst.«

»Dann nehme ich nur den Schal mit«, antwortete Laura.

»*Va bene*«, sagte er.

Als sie die Straße erreicht hatten, sagte Laura: »Warte, ich glaube, ich brauche doch einen Pullover.«

Mittlerweile war Maurice verärgert. »Ich geh schon mal vor«, erwiderte er und ging weiter. »Vergiss nicht, die Tür abzuschließen.«

Als Laura das Restaurant betrat, saß er an einem Tisch. Der junge Kellner mit seinem pomadisierten, glatt nach hinten gekämmten Haar entschuldigte sich, aber heute Abend gab es keine Muräne. Anscheinend hatte die Geschichte von der Amerikanerin, die von einer Muräne gebissen worden war, bereits die Runde gemacht. Er zauberte Block und Bleistift hervor und fragte, welche Nummer sie für ihren Tisch haben wollten. Diese schrieb er sich dann auf die Papiertischdecke, um den Überblick zu behalten.

»*Non so*«, antwortete Maurice. Keine Ahnung.

»Warum nehmen Sie nicht Ihren Hochzeitstag?«, schlug der Kellner vor.

»*La brutta verità*«, antwortete Maurice, die hässliche Wahrheit sei, dass sie überhaupt nicht verheiratet waren.

Der Kellner nickte verständnisvoll und schrieb irgendeine Nummer auf. Laura fragte sich, warum Maurice sie derart in Verlegenheit bringen musste.

»Wieso sagst du nicht einfach eine Nummer, statt ihm auf die Nase zu binden, dass wir nicht verheiratet sind?«, protestierte sie.

»Und wenn schon!«, entgegnete Maurice.

»Es geht keinen was an.«

»Das ist denen doch völlig egal«, widersprach er.

»Aber mir nicht«, beharrte Laura. »Ich will nicht das Gefühl haben, als hätte ich hier bloß eine Affäre. Ich will zu jemandem gehören.«

»Schon gut, schon gut«, beschwichtigte er. Eine Weile studierten sie wortlos ihre Speisekarten, obwohl sie die Gerichte nach vier Tagen auf der Insel praktisch auswendig kannten. Der Kellner kam, und Maurice bestellte eine Flasche besonders guten Wein. Immerhin war es ihr letzter Abend. Dann entschieden sie sich für ihre beiden Lieblingsgerichte auf der Karte. Er *maccheroncini alla Norma* mit reifen Tomaten, Auberginen, Zwiebeln, Olivenöl, Basilikum und frischem Salat mit Ricotta, Laura die wunderbare *pasta con le sarde*.

Als die Gerichte kamen, pries Laura die Pasta in den höchsten Tönen und brachte am Ende sogar den Mut auf, nach dem Rezept zu fragen. Die *signora* war überrascht, als wüsste jeder auf der Welt, wie man *pasta con le sarde* machte, und wahrscheinlich wusste es in ihrer Welt auch tatsächlich jeder. Trotzdem erklärte sie geduldig, wie man das Gericht zubereitet. Zuerst brauchte man einen *soffritto*, schmorte also fein gehackte Zwiebel und Anchovis in Olivenöl, bis sich die Anchovis aufgelöst hatten, und fügte frische Sardinen (ohne Kopf und Schwanz) hinzu. In der Zwischenzeit brachte man etwas Wasser mit Salz zum Kochen, kochte darin eine Fenchelknolle fast gar und zerstampfte sie, wobei man das Fenchelwasser beiseite stellte. Die Übersetzung war etwas holprig. Danach gab man den Fenchel zu den Sardinen und ließ das Ganze zehn Minuten lang köcheln. Anschließend gab man Rosinen, Pinienkerne und eine Prise Safran dazu. Schließlich kochte man *bucatini* in der Fenchelbrühe, *al dente*, und mischte sie kräftig unter die Sardinenpaste – die *signora* rührte mit ihren kräftigen Armen. Das Ganze ließ man vor dem Servieren ein paar Minuten ruhen.

Maurice und Laura waren verzaubert von den Speisen, dem Garten mit den Topfpflanzen, den Kacheln und den alten metallenen Bootsteilen, die an den Wänden hingen. Sie hatten ihre gute Laune wiedergefunden.

»Es ging so schnell«, klagte Laura. »Wir waren wieder nur so kurz zusammen.«

»Und du hattest Angst, wir würden uns auf einer einsamen Insel langweilen.«

»Aber dann habe ich mich angepasst«, antwortete Laura. »Und wenn der Herbst nicht vor der Tür stünde, würde ich es hier sogar länger aushalten, glaube ich.«

»Man könnte es hier ewig aushalten«, sagte Maurice.

Laura nippte an ihrem Weinglas. »Ich fühle mich gut mit dir«, sagte sie.

»Du bist wie geschaffen zum Urlaubmachen«, sagte er. »Ich glaube nicht, dass ich mit dir leben könnte, aber für den Urlaub bist du perfekt.«

Sie stellte ihr Glas auf den Tisch. Sie wusste, dass er die Wahrheit sagte, auch wenn er sie jetzt im Spaß äußerte, aber sie wollte sie nicht hören. Etwas in ihr hatte mit der Vorstellung gespielt, dass sie Französisch lernen, nach Paris ziehen und jeden Sonntagabend *pasta con le sarde* für ihn kochen könnte – wenn er nicht schon verheiratet wäre. Sie hätten sich ein kleines Haus auf einer dieser Inseln kaufen können, eine Hängematte aufgehängt und sich später hierher zurückgezogen. Sie glaubte nicht, dass sie ihn je satt haben könnte. »Stimmt«, sagte sie jetzt.

»Und was wäre, wenn ich in San Francisco wohnte?«, wollte Maurice wissen. »Zu kompliziert?«

»Wenn du in San Francisco leben würdest, wärst du nicht du«, antwortete Laura und nippte wieder an ihrem Wein. Allmählich kamen ihr die Tränen, und sie hasste sich dafür.

»Was ist los, *cara*?«, fragte Maurice und legte die Hand auf ihren Unterarm.

»Nichts«, antwortete sie.

»Was macht dich denn so traurig?«, beharrte Maurice. »Ich mag das nicht«, sagte sie und wischte sich die Tränen von den Wangen, »ich will nicht hören, dass ich nur zum Urlaub tauge. Ich weiß, dass es so ist, und ich fahre sehr gern mit dir in Urlaub, aber das Gefühl, dass ich nur für den Urlaub gut bin und nicht für eine richtige Beziehung, gefällt mir nicht.«

Maurice seufzte. »Das habe ich auch nicht gesagt, Laura. Ich bin sicher, dass eine Menge Männer wahnsinnig gern mit dir leben würden. Sie wären überglücklich, mit dir zusammen zu sein. Du bist klug, du bist warmherzig ...«

Sie unterbrach ihn. Sie wollte, dass *er* sie begehrte, sich wünschte, sie könnten zusammen sein, auch wenn es nicht möglich war. Sie konnte nichts dagegen tun – die Tränen flossen wie von selbst.

»Nein, nicht«, sagte Maurice.

Sie entschuldigte sich und ging auf die Toilette. Dort spritzte sie sich Wasser ins Gesicht und kehrte einigermaßen gefasst an den Tisch zurück.

Maurice rauchte eine Zigarette und stieß den Rauch aus den Mundwinkeln. »Weißt du was«, sagte er, »vielleicht ist es besser, wenn du ohne mich weiterreist.«

»Warum?«, fragte Laura. Wollte er denn nicht mehr bei ihr sein? Schon wieder stiegen ihr unaufhaltsam die Tränen in die Augen.

»Weil ich dir im Weg stehe«, erklärte er. »Eine Frau wie du, die Italienisch spricht und auch noch blond ist, könnte hier jede Menge Männerbekanntschaften machen. Du musst Männer kennen lernen, mit denen du eine richtige Beziehung haben könntest, aber wenn du mit mir zusammen bist, ist das unmöglich.«

»Ich bin aber gern mit dir zusammen«, protestierte Laura.

»Ich auch mit dir, *cara*«, antwortete er und betrachtete sie aufmerksam mit seinen wässrigen blauen Augen. »Aber das ist unwichtig. Es wäre wahrscheinlich besser für dich.«

Laura wischte seine Einwände mit einer Handbewegung beiseite. »Nein, nein«, sagte sie. »Du bist wie geschaffen zum Urlaubmachen.«

Am nächsten Morgen packten sie stumm ihre Sachen. Maurice zog sein altes Jeanshemd an, das einen Riss im Ärmel hatte. »Es ist hin«, sagte er und beschloss, es dazulassen statt einzupacken.

»Ich nehme es«, sagte Laura. Sie zog das zerrissene Hemd an, schoss noch ein paar Fotos von ihm in der Hängematte, wie er nach dem Kaffee eine Zigarette rauchte, und von ihnen beiden auf der Terrasse. Dann kam der Fahrer des Hotels, um sie zum Hafen zu bringen. Maurice drehte sich zu ihr um und umarmte sie fest, ehe sie die Stufen zum wartenden Wagen hinunterstiegen. »Es war großartig«, sagte er auf Englisch. »Du bist wirklich süß.«

»*Grazie*«, bedankte sich Laura und küsste ihn auf beide Wangen.

Sie kauften ihre Passagen und gingen an Bord der Fähre nach Salina. Sie blieben an Deck stehen, und Laura winkte einer Insel zum Abschied, zu der sie wahrscheinlich nie wieder zurückkehren würde, zumindest nicht mit Maurice. Auf der Fahrt nach Salina, wo Maurice den Tag verbringen würde und Laura umsteigen musste, erklärte er ihr, dass die Fähre nach Neapel um neun Uhr abends in Stromboli einlaufen würde. Wenn Laura mit ihm zurückwollte, sollte sie da sein. Falls aber nicht, falls sie ein paar Tage länger in Italien verbringen wollte, könnte sie trotzdem zum Hafen kommen, um ihm zum Abschied zu winken.

»Für dich ist es vielleicht besser«, fügte er erneut hinzu, »wenn du noch etwas bleibst. Vielleicht triffst du einen netten italienischen Mann.«

Laura warf sich den Schal um die Schulter und zwinkerte ihm zu. »Vielleicht mache ich das«, rief sie im Spaß, obwohl sie selbst nicht daran glaubte.

Als sie in Salina anlegten, wo er einen Freund besuchen wollte und sie an Bord der Fähre nach

Stromboli gehen würde, küsste er sie flüchtig zum Abschied und sagte: »Bis bald.«

»Ja, vielleicht«, antwortete sie und dachte unbehaglich, vielleicht auch nicht. Wie Fremde gingen sie von Bord. Maurice verschwand in der kleinen Hafenstadt, ohne sich auch nur ein einziges Mal umzudrehen. Er bewegte sich so lässig und entspannt, dass man merkte, wie sehr er sich am Mittelmeer zu Hause fühlte. Dann entdeckte er von weitem den Freund, den er auf der Insel treffen wollte, und winkte ihm. Sie gaben sich nicht die Hand oder klopften sich auf den Rücken wie amerikanische Männer. Sie küssten sich drei Mal auf die Wange und dann gingen sie los, Arm in Arm.

9

Stromboli

Maurice verlor sich in der Ferne, und sofort vermisste Laura seine beruhigende Anwesenheit. Doch es war auch aufregend, wieder allein unterwegs zu sein – erst recht auf einer unbekannten Insel –, um einen Vulkan zu besteigen. Alles war möglich. Noch wusste sie nicht, ob sie ihn am nächsten Abend wieder treffen würde, wenn die Fähre nach Neapel in Stromboli Zwischenstopp machte, oder ob sie noch ein paar Tage auf den Inseln verbringen würde, so wie er es vorgeschlagen hatte. Insgeheim fragte sie sich, ob er wohl enttäuscht wäre – oder eher erleichtert –, wenn sie tatsächlich länger blieb.

Sie musterte die Menschen, die ihr gegenüber auf den weißen Holzbänken saßen und auf die nächste Fähre nach Stromboli warteten. Ein schmuddeliges Teenagerpärchen mit geflochtenen Armbändern und Rucksäcken unterhielt sich auf Französisch mit zwei Italienern um die Dreißig. Der eine war groß und goldbraun gebrannt; im Wind flatterte sein ausgebleichtes türkisfarbenes T-Shirt vor seinem Bauch. Er trug einen verrückten, uralten Panamahut, aber sein Gesicht wirkte ernst und aufmerksam, so als entginge ihm nichts. Er merkte, dass Laura ihn beobachtete, und sie wandte rasch den Blick ab und konzentrierte sich wieder auf ihr Buch. Der andere, ein untersetzter, dunkelhaariger Typ mit olivfarbener Haut, erzählte den jungen Franzosen auf typisch italienische, von vielen Gesten begleitete Art, was er über die Insel wusste. Laura horchte angestrengt, da auch sie keine Ahnung hatte, was sie machen sollte, wenn sie Stromboli erreichten. Bislang hatte sie nur vorgehabt, den Vulkan zu besteigen, und selbst das war eine schemenhafte Vorstellung. Sie hatte nicht mal einen Führer dabei. Der dunkelhaarige Italiener musterte sie von oben bis unten und flüsterte seinem Kumpel mit dem türkisfarbenen T-Shirt etwas zu. Laura wandte sich ab. Schließlich machte die Fähre fest, und alle schleppten ihr Gepäck an Bord.

Als es wieder auslief, wurden die Häuser auf der Insel immer kleiner, bis sie nur noch weißen Kieselsteinen an einem fernen Strand glichen, hinter denen sich vereinzelte grüne Hügel erhoben. Um die Berggipfel türmten sich dunkle Wolken, aber hier auf dem Meer war der Himmel klar. Laura beugte sich über die Reling und spürte Sonne und Gischt auf dem Gesicht.

Als Stromboli, ein kleines dunkles Dreieck, in Sichtweite kam, schlenderte Laura nach vorn, um sich den Vulkan anzusehen. Dichte Rauchwolken stiegen aus der Krateröffnung, dunkler und schmutziger als die Wolken in der Umgebung. Auf dem kleinen Vorderdeck standen viel zu viele Passagiere, sodass sie sich auf eine schmale eiserne Treppe setzte, die zum Steuerhaus führte.

»*Scusi, signorina.*« Laura blickte auf und entdeckte den Italiener mit dem Hut. Das war ein bisschen frech, denn normalerweise würde ein Italiener nie so respektlos sein, eine wildfremde Frau, die offensichtlich über dreißig war, mit *signorina* anzusprechen. Er fragte, ob sie etwas dagegen hätte, wenn er sich neben sie setzte, da es sonst keinen Platz gab. Sie schüttelte den Kopf, und er quetschte sich neben sie. Es war so eng, dass sich ihre Schultern berührten. Er roch nach Salzwasser und Seife. Es vergingen einige Minuten, und dann schoss plötzlich eine Rauchwolke aus dem Vulkan.

»Die war nicht schlecht«, sagte der junge Mann. Laura warf ihm einen leicht abweisenden Blick zu und lächelte. Er nahm den Hut ab und strich sich durch die hellbraunen Locken. Er trug eine Nickelbrille, hatte schläfrige blaue Augen, volle Lippen und ein kräftiges stoppeliges Kinn. Er zeigte auf die Landschaft, die sich vor ihnen ausbreitete. »Ich liebe Inseln«, sagte er und sah sie so eindringlich an, dass ihr ein Schauer über den Rücken lief. »Kommst du auch von einer Insel?« Laura schüttelte den Kopf und wartete einen Augenblick.

»Von einer Halbinsel, um genau zu sein. Aber ich lebe nicht weit vom Meer entfernt.«

Er versuchte zu raten, woher sie kam, machte die Runde von Australien und Neuseeland nach Dänemark und England, und landete schließlich in den Vereinigten Staaten, wo er noch nie gewesen war. »Ich müsste Englisch lernen«, gestand er. »Natürlich hätte ich es lernen sollen, jeder müsste es, aber ich habe es nicht getan.« Dann entschuldigte er sich dafür, dass er außer Italienisch nur noch ein bisschen Französisch und Spanisch sprach.

»Ich glaube nicht, dass jeder Englisch lernen sollte«, entgegnete Laura. »Vor allem die Amerikaner könnten sich ruhig ein wenig anstrengen und andere Sprachen lernen.«

»Eine schöne Sprache ist es nicht«, sagte er. »Sie ist nicht musikalisch.«

»Sie ist zwar nicht wie Italienisch«, stimmte Laura ihm zu, »aber es ist eine wunderschöne Sprache, sehr präzise, mit einem riesigen Wortschatz. Man kann alles bis in die kleinste Einzelheit erklären.«

»Wahrscheinlich ist es deshalb so schwer, sie zu lernen.«

Laura erzählte ihm, dass sie aus Kalifornien kam, und er fragte, warum um alles in der Welt sie den weiten Weg gemacht hatte, um zu diesen gottverlassenen kleinen Inseln zu reisen. Sie erklärte, dass sie mit einem Freund unterwegs war, und hätte sich im gleichen Augenblick auf die Zunge beißen können, denn schon hatte sie ihm mehr verraten, als sie wollte.

»Wo ist er?«, fragte er und hob die Augenbrauen. Laura erklärte, er sei auf einer anderen Insel geblieben. Sie hatte nach Stromboli gewollt, um den Vulkan zu besteigen. Er legte ungläubig den Kopf auf die Seite. Möglich, dass es bei den Amerikanern so üblich war, ein Italiener jedenfalls würde nie zulassen, dass seine Frau ihn verließ, um allein auf einen Vulkan zu klettern.

Laura fragte, woher er käme, und er fragte zurück, ob sie Taranto kenne. Als sie verneinte, streckte er seinen kräftigen, linken Unterarm aus. Er deutete auf eine Stelle zwischen Ellbogen und Handgelenk und machte dort ein X. »Da ist Rom«, sagte er. Dann zeigte er auf den äußeren Teil des Handgelenkes: »Neapel.« Die vier Finger bedeuteten Basilicata und Calabria, und schließlich wackelte er mit dem Daumen. »Pùglia«, sagte er. »Ich stamme aus dem griechischen Teil Italiens.«

So kamen sie ins Gespräch. Er war Saxophonlehrer an einem Konservatorium und lehrte klassische Musik. Er fragte Laura, ob sie auch ein Instrument spielte. Sie antwortete, nur ein bisschen Klavier, aber mehr schlecht als recht.

»Du hast die richtigen Hände zum Klavierspielen«, erklärte er, und Laura dachte bei sich, dass er die richtigen Lippen zum Saxophonspielen hatte.

Sie hielt die Hände in die Luft und sagte: »Ja, ich habe lange Finger.« *Ditos.*

»*Dita*«, berichtigte er sie. »Der Plural ist unregelmäßig.«

Laura verschränkte die Arme vor der Brust. »Tut mir Leid«, entschuldigte sie sich. »Mein Italienisch ist nicht besonders.« Sie war sicher, dass Maurice immer *ditos* sagte.

»Nein, nein«, entgegnete er und berührte leicht ihren Arm. »Ich muss mich entschuldigen. Dein Italienisch ist ziemlich gut. Ich hätte nie gedacht, dass eine Amerikanerin so gut Italienisch sprechen könnte. Wenn es nicht so perfekt wäre, würde mir ein so unbedeutender Fehler gar nicht auffallen.«

Im Italienischen gibt es einundzwanzig Verbformen, und er hatte gerade die Hälfte davon benutzt. »Vielen Dank«, sagte Laura.

»Man hat nur selten das Vergnügen, eine Amerikanerin kennen zu lernen, mit der man sich richtig unterhalten kann«, erklärte er. Sie fand, dass man genauso selten einen so attraktiven Mann kennen lernte, der obendrein auch noch nett war. Laura hatte den italienischen Männern nicht mehr viel Aufmerksamkeit geschenkt, seit sie mit Maurice zusammen war, doch jetzt waren sie plötzlich wieder in ihr Blickfeld gerückt.

Er fragte sie ausgiebig über ihre Klavierstunden aus, vor allem, wie ihr Lehrer ihr die Theorie beigebracht hatte, während er gleichzeitig erzählte, wie schwierig es für ihn gewesen war, sich als Lehrer wieder in die Rolle eines Anfängers zu versetzen. Sie unterhielten sich über die Musik, die sie mochten. Was die großen Jazzmusiker anging, waren sie sich einig. Doch er war auch ein Snob. Als sie sagte, Pino Danielle gefiele ihr – in der Hoffnung, einem Süditaliener damit ein Kompliment zu machen –, entgegnete er, nur die alten Sachen hätten etwas, die neuen Alben seien alle kommerzieller Pop. Und was war mit Andrea Bocelli? »Na ja«, antwortete er. »Romantisch, aber wirklich, entweder man singt Oper oder nicht.« Laura war nicht ganz seiner Meinung, denn für sie gab es nichts Besseres als im Winter Andrea Bocelli auf volle Lautstärke zu drehen und dabei eine Suppe zu kochen, aber sie ließ es gelten.

Als die Fähre einlief, reichte er Laura die Hand und stellte sich als Fabio vor. Laura ließ ihre Hand eine Sekunde zu lang in der seinen liegen und nannte ihm ihren Namen. Als sein dunkelhaariger Freund wieder auftauchte, erklärte Fabio ihm ausgesprochen förmlich, er wolle ihm seine neue Freundin Laura aus San Francisco vorstellen. Laura, Pasquale. *Piacere.* Es ist mir ein Vergnügen. Ganz meinerseits.

Pasquale musterte sie und sagte: »Laura, das ist doch ein italienischer Name. Du siehst nicht sehr italienisch aus.«

Sie gestand, dass sie leider kein bisschen italienisches Blut hatte. Aber Laura sei auch ein amerikanischer Name. Und das schloss Lateinamerika ein. Das Gute an einem solchen Namen, erklärte sie ihm, sei, dass er fast überall verstanden wurde. Im Gegensatz zu Pasquale beispielsweise.

Pasquale dachte darüber nach. »Tut mir Leid«, sagte er schließlich, »aber Laura ist ein italienischer Name.«

Die erste Laura in der Literatur, mischte Fabio sich ein – Petrarcas Laura im 14. Jahrhundert – sei Italienerin gewesen. Sein Blick schweifte in die Ferne, als könnte er sie herbeizaubern. »Laura, die geheimnisvolle, schöne Muse.« Fabio war ein echter Romantiker.

»Diese Laura«, widersprach sie, »war ein Teil von Petrarcas Phantasie.« Sie habe zwar tatsächlich existiert, doch habe er keine Ahnung gehabt, wer sie wirklich war; er hatte sie nur aus der Ferne gesehen. Bei der einzigen Gelegenheit, da sie je miteinander gesprochen hatten, habe sie ihm erklärt, dass er sie mit jemandem verwechseln müsse. Er hatte sich alles bloß ausgedacht. »*Secondo me*«, sagte Laura, wenn ihr mich fragt – ein Ausdruck, den die Italiener benutzen, um eine ganz und gar abwegige Meinung darzustellen und damit in einem Atemzug zu widerlegen –, war Petrarca ein Narzisst und seine Liebe zu Laura nichts anderes als eine Projektion. Wie hätte er sie tatsächlich lieben können? Er kannte sie ja nicht einmal.

»Das ist wahrscheinlich das Risiko, das man als schöne Laura eingeht«, sagte Fabio und warf ihr einen Blick zu.

»Ja, genau«, antwortete sie. Sie fand schön, wie er ihren Namen aussprach.

»Ich jedenfalls werde eine Amerikanerin niemals Laura nennen«, erklärte Pasquale und verschränkte die Arme vor der Brust. »Ich werde sie Molly nennen.« Er sprach es wie Moley aus. Schrecklich. Offenbar war er sehr zufrieden mit sich und warf Fabio einen Blick zu, damit dieser ihn bestätigte.

Fabio dachte nach.

»*Laura* ist zufällig auch der Titel eines großartigen Jazzstücks«, warf Laura schnell ein. »Saxophonisten lieben es ganz besonders. Charlie Parker hat es aufgenommen und Eric Dolphy auch.«

Fabio breitete die Arme aus, als wolle er sie umarmen. »Laura!«, sagte er.

»Molly!«, beharrte sein Freund ungerührt.

Die Fähre legte an. Fabio nahm ihre Tasche und meinte, da sie alle in derselben Lage seien, könnten sie ihr helfen, ein Hotel zu finden. Laura bedankte sich, sie käme ganz gut allein zurecht. Sie gingen von Bord und hatten im Nu eine *signora* aufgetan, die preiswerte Zimmer in einer nahe gelegenen Pension anbot. Die beiden machten Laura ein Zeichen, mitzukommen.

»*Va bene?*«, fragte Fabio. Mal sehen, antwortete sie.

Ein magerer kleiner Junge führte sie durch die Gassen, die vom Hafen ausgingen. Vespas flitzten an ihnen vorbei, und sie mussten sich gegen die weiß getünchten Mauern der Häuser drücken, um für die dreirädrigen Transporter Platz zu machen. Verglichen mit Filicudi, kam Stromboli ihr vor wie eine Metropole. Sie bogen in eine Gasse ein, wo der Junge einen Schlüssel ins Schloss einer alten blauen Tür steckte, von der die Farbe abblätterte. Im Innern führte ein langer Gang an der winzigen Küche vorbei zu einem dunklen Schlafzimmer mit zwei wackeligen Feldbetten, Laken vor den Fenstern und mit Reißzwecken an die Wände gehefteten, pastellfarbenen Heiligenbildchen. Laura beschloss, sich so bald wie möglich von den beiden zu verabschieden. Doch dann führte sie der Junge eine Treppe höher zu einer Dachterrasse mit ein paar Plastikstühlen und dann noch höher zu einem Turm mit einem abgesperrten Zimmer und einem eigenen kleinen Balkon. Das war schon viel besser. Von hier hatte man einen Blick auf das Meer und Strombolicchio, der zerklüfteten kleinen Insel vor der Küste.

»Die Insel da drüben kannst du nicht haben, die gehört mir«, rief Fabio von der unteren Terrasse und zeigte auf Strombolicchio.

Laura sah zu ihm hinunter, und er fing ihren Blick ein und ließ ihn nicht mehr los.

»Ist dein Zimmer in Ordnung, Molly?«, rief Pasquale von der Treppe aus. Laura sagte ihnen, es sei prima, aber es sei wirklich nicht nötig, dass sie ihr das beste Zimmer überließen. Schließlich bliebe sie nur eine Nacht, sie könnte sich auch ein anderes suchen. Fabio schlug die Hände über dem Kopf zusammen, als wüsste er nicht, was er dazu sagen sollte.

»Eine Nacht, Laura?«, fragte er. »Wie kann man an so einem Ort nur eine Nacht bleiben?« Laura stieg die Treppe hinunter und murmelte, sie müsse am nächsten Abend die Fähre nehmen. Fabio und Pasquale versuchten sie umzustimmen. Sie konnte unmöglich am nächsten Tag schon wieder abreisen.

»*È cosi*«, sagte Laura. So ist es nun mal. Dann schoss ihr plötzlich der Gedanke durch den Kopf, dass es so aber nicht sein musste. Sie könnte länger bleiben. Vielleicht würde sie mit den beiden – na ja, vor allem mit Fabio – eine Menge Spaß haben. Die Schiffspassage konnte man schließlich auch umbuchen. Aber sie hatte Gewissensbisse, Maurice im Stich zu lassen.

Sie gingen in ihre jeweiligen Zimmer. Laura packte ihre Tasche aus und setzte sich anschließend auf den Balkon in die Sonne, bis sie hörte, wie Fabio sie rief. Er kam die Treppe hoch, in der Hand einen Granatapfel, den er gerade vom überhängenden Ast eines Baums im Nachbargarten gepflückt hatte.

»Hier«, sagte er und reichte ihr die Frucht. »Jetzt bist du Persephone.«

Laura bedankte sich und biss in das rote Fruchtfleisch, während sie versuchte, sich daran zu erinnern, wer Persephone war. Dann schluckte sie ein paar von den roten Kernen hinunter. Nur die Haut schmeckte bitter.

»Jetzt *musst* du bleiben«, erklärte Fabio und grinste hinterhältig.

Da erinnerte sich Laura an den Mythos, dass Persephone, nachdem sie von Hades aus Sizilien entführt worden war, für immer in der Unterwelt bleiben musste, weil sie von einem Granatapfel gegessen hatte, mit dem er sie in Versuchung führte. »Tut mir Leid«, sagte Laura und warf den Granatapfel in den Garten des Nachbarn zurück. Trotzdem – es gibt sicher schlimmere Vorstellungen von der Hölle, als mit Fabio auf Stromboli zu bleiben, dachte sie gleichzeitig.

Von unten rief Pasquale, es sei Zeit fürs Mittagessen und er wisse auch schon, wo sie hingehen würden. Laura lief die Treppe hinab, und alle drei gingen zu Da Luciano, einer Pizzeria gleich um die Ecke.

Pasquale und Fabio begrüßten den korpulenten grauhaarigen Besitzer überschwänglich, und als Luciano ihnen erzählte, er sei aus Neapel, hätten sie sich beinahe umarmt. »Wir sind auch vom Süden, aus Pùglia«, rief Fabio. »Dann sind wir hier ja praktisch zu Hause.« Als sie wieder an ihren Tisch zurückschlenderten, war Laura froh, in ihrer Begleitung zu sein, denn bestimmt würden sie ein besseres Essen bekommen als die Gruppe von holländischen Touristen am Nebentisch.

Pasquale blätterte genüsslich in der Speisekarte und bestellte ein Menu mit allem Drum und Dran: *Primo, secondo, contorno* – Pasta, Schwertfisch, Salat. Dann fragte er, ob noch jemand Wein wollte, und Laura antwortete, sie würde höchstens einen Schluck trinken, da sie am gleichen Nachmittag noch auf den Vulkan steigen wolle.

Fabio runzelte die Stirn. »Heute? Warum willst du das denn unbedingt heute noch tun?«

Laura erklärte, dass sie am nächsten Tag wieder aufbrechen und vorher auf den Vulkan klettern müsse.

»Molly!«, rief Pasquale. »Sei nicht so verdammt stur. Du musst dich mindestens einen oder zwei Tage erholen, ehe du auch nur daran denken kannst, den Vulkan zu besteigen.« Nachdem das geklärt war, bestellte er einen Liter Rotwein.

Laura hob hilflos die Arme und bestellte einen Salat und eine Portion *pasta Stromboliana*, hausgemachte *tagliatelle* mit gebratenen Auberginen, Kapern und frischem Ricotta.

Als der Kellner den Salat brachte – winzige Cherrytomaten, rote Zwiebeln und nochmals Kapern –, begann Pasquale sie auszufragen. Zuerst wollte er wissen, wie alt sie war. Sie ließ ihn raten, und Pasquale sagte fünfundzwanzig. Fabio verdrehte die Augen; sogar er fand, dass sein Freund maßlos übertrieb, obwohl alle italienischen Männer schnell übers Ziel hinausschießen, wenn sie mit einer Frau flirten. »Aber sie hat ein Gesicht wie ein Baby«, protestierte Pasquale und kniff Laura in die Wange. Sie warf ihm einen Blick zu, der besagte, erlaube dir das ja kein zweites Mal, und fragte die beiden nach ihrem Alter. Fünfunddreißig. Als sie erklärte, sie sei älter als sie, nannte Fabio sie prompt *Zia* Laura, Tante Laura, was Pasquale auf der Stelle in *Zia* Molly umwandelte.

Dann wollte Pasquale wissen, ob sie verheiratet sei.

»Geschieden«, antwortete Laura. Alle beide waren fasziniert. Es kam nicht oft vor, dass sie eine geschiedene Frau kennen lernten. Pasquale war verheiratet, Fabio hingegen Single.

»Warum?«, fragte Laura. Wenn die beiden persönliche Fragen stellten, konnte sie es genauso gut tun.

»Ich habe einfach noch nicht die richtige Frau kennen gelernt«, seufzte Fabio.

Da mischte sich Pasquale ein. »Du hast jede Menge richtige Frauen kennen gelernt, mein Lieber. Zu viele auf einmal.«

Fabio ignorierte ihn, und Pasquale fing an, Laura die Einzelheiten ihrer Scheidung aus der Nase zu ziehen.

»Da gibt es nicht viel zu erzählen«, sagte Laura. »Es hat einfach nicht geklappt.«

»Aber du warst doch *verheiratet*«, wandte Pasquale ein.

»Nicht sehr lange, und es ist auch schon eine ganze Weile her.«

Pasquale runzelte die Stirn. »Wer hat wen verlassen? Du ihn oder er dich?«

Fabio versetzte ihm einen Stoß. »Basta«, sagte er. »Frag ihr kein Loch in den Bauch.«

»Ist doch egal. Wir sind doch nur zwei Typen, die ihr zufällig über den Weg gelaufen sind«, protestierte Pasquale.

»Schon gut«, unterbrach ihn Laura und griff nach einem Stück Brot. »Wir waren anderthalb Jahre verheiratet, und dann hat er mich verlassen. Wegen einer anderen.«

Eine Zeit lang sagte niemand ein Wort. Dann

schlug Pasquale mit der Faust auf den Tisch und rief: »*Porca miseria*. Der Typ muss ja verrückt gewesen sein, dich wegen einer anderen zu verlassen.«

Fabio nickte zustimmend.

»Bestimmt wolltest du ihn umbringen, was?«, fragte Pasquale.

»Ihr seid doch die Süditaliener«, wandte Laura ein. »Habt ihr keine Beziehungen?«

Pasquale rieb sich genüsslich die Hände, doch Fabio wies ihn mit einem Blick zurecht.

»Tut mir Leid, Laura«, sagte Fabio. »Ganz ehrlich. So was hast du nicht verdient.«

Laura zuckte die Achseln. »Letztendlich hat er mir einen Gefallen getan. Heute bin ich viel besser dran als früher. So kann ich durch die Weltgeschichte reisen und mit zwei charmanten Süditalienern zu Mittag essen.« Sie stieß mit ihnen an. »*Cin cin*.«

Nach dem Essen tranken sie noch einen Espresso, und dann gingen sie an den Strand. Fabio breitete ein Handtuch für sie aus und setzte sich anschließend auf die schwarzen Kieselsteine. »Es ist genug Platz«, sagte Laura und rückte etwas zur Seite. Pasquale hob die dichten schwarzen Augenbrauen und warf ihr einen Blick zu. Laura drehte sich um und schlief eine Weile. Dann lief sie ins Wasser und schwamm, um wieder wach zu werden. Als sie merkte, dass es spät wurde, erklärte sie, dass sie jetzt zum Vulkan aufbrechen wolle. Pasquale wälzte sich auf die andere Seite und hob die Hände vor die Augen, um den Berg besser sehen zu können.

»Molly«, sagte er. »Du willst doch jetzt nicht wirklich da hoch? Der Berg ist zweitausendvierhundert Meter hoch. Leg dich lieber wieder hin.«

Es sah wirklich aus wie ein langer Weg. Aber sie würde es sich nie verzeihen, wenn sie nach Stromboli kommen und nicht auf den Vulkan steigen würde, bloß um eine halbe Stunde länger zu schlafen. Sie stand auf und sagte, sie werde sich jetzt einen Führer suchen, der sie auf den Vulkan brachte.

»Laura«, sagte Fabio. »Wozu brauchst du einen Führer, um auf einen Berg zu steigen? Die knöpfen dir 30 000 Lire ab, bloß um dir zu zeigen, wie man einen Fuß vor den anderen setzt.«

»Allein kann ich aber auch nicht«, wandte Laura ein. Immerhin war es ein aktiver Vulkan mit Lava und allem. Sie wollte kein Risiko eingehen.

»Dann sind wir eben deine Führer«, schlug Fabio vor. »Wir sind gute Kletterer.«

»Klar«, sagte Pasquale. »Nur nicht heute.«

»Schon gut, Jungs«, sagte Laura und sammelte ihre Sachen auf. »Ich gehe. Ich winke euch von oben.«

»Wenn wir jetzt losgehen«, meinte Pasquale, indem er widerwillig zum Himmel aufsah und die Zeit abschätzte, »würden wir es gerade bis zum Sonnenuntergang schaffen, da zu sein.«

»*Va bene*«, erklärte Fabio und faltete das Handtuch zusammen. »Auf geht's.«

»*Siete tanto gentili*«, sagte Laura. Ihr seid wirklich sehr nett.

In der Pension zogen sie sich schnell um und tranken noch einen Espresso. Auf der Piazza war das ganze Dorf versammelt. Überall saßen Menschen auf den Steinmauern vor dem Meer. Laura und die beiden Jungs stiegen die winzige Straße hoch, die für Wagen zu eng war – davon abgesehen waren sie hier ohnehin verboten – und kamen an quadratischen weißen Häusern mit pastellfarbenen Türen und winzigen Weingärten vorbei. An einem rosafarbenen mit Stuck verzierten Haus erinnerte eine Plakette neben der Tür an die Liebesgeschichte, die der italienische Regisseur Roberto Rossellini hier während der Dreharbeiten zu *Stromboli* mit Ingrid Bergman gehabt hatte. Laura starrte darauf und wünschte sich, sie hätte auch solche Plaketten zum Andenken an ihre verflossenen Liebschaften in San Francisco. Nach all den Trennungen, all der Bitterkeit, die die süßen Erinnerungen überdeckte, wäre es schön, zumindest ein blank poliertes Messingschild zu haben, zum Beweis dafür, dass sie eine Weile verliebt gewesen war. Das allein war ein Andenken wert.

Fabio pflückte eine Blüte, die über einer Steinmauer hing, und überreichte sie ihr mit einer galanten Verbeugung. Sie sog den süßen Duft ein und befestigte sie am Riemen ihres kleinen Rucksacks. Sie gingen jetzt um den Rand der Insel herum. Die schmale Straße verwandelte sich in einen steinigen, ungepflasterten Weg, als es schließlich bergauf ging, und dann in einen schmalen Pfad, der durch eine hohe Wiese führte.

Plötzlich fiel Fabio auf, dass Laura seine Blüte verloren hatte. »Ihr Amerikaner seid wirklich nicht besonders romantisch«, rief er. »Zuerst wirfst du den Granatapfel weg und jetzt die Blume.« Laura entschuldigte sich. Die Blüte sei wunderschön gewesen und habe so herrlich geduftet, sie wisse auch nicht, sie müsse heruntergefallen sein. Pasquale warf Fabio einen Blick zu, und dieser lachte. Vielleicht hatte er nur Spaß gemacht und sie an der Nase herumgeführt, vielleicht aber auch nicht.

Der Pfad schlängelte sich den Berg hoch, bis sie endlich den rauchenden Krater des Vulkans zu Gesicht bekamen. Sie stiegen den Serpentinenpfad, der nun steil und felsig war, immer weiter empor. Laura rutschte gelegentlich auf den glatten Felsen aus und nahm sich vor, wenn sie das nächste Mal die Chance hatte, einen Vulkan zu besteigen, nicht wieder die Wanderschuhe in letzter Minute aus der Reisetasche zu werfen, weil sie glaubte, die schwarzen Tennisschuhe würden genügen, vor allem, weil sie besser zu Röcken passten. Jedes Mal, wenn sie auf eine Reise ging, machte sie eine Krise durch, weil sie nicht wusste, welche Schuhe sie einpacken sollte. Erst zog sie los und kaufte sich ein Paar bequeme, stabile Wanderschuhe, die man ihrer Meinung nach auch zu Röcken tragen konnte, und dann ging ihr auf, dass die Italiener sie mit solchen Schuhen gar nicht erst einreisen lassen würden, so hässlich waren sie. Welche Italienerin würde wohl Wanderstiefel zu Röcken tragen? Und wer um Himmels willen kaufte sich Schuhe, *bevor* er nach Italien reiste?

»Hast du jemals einen solchen Berg gesehen?«, fragte Pasquale und wischte sich mit einem Taschentuch den Schweiß von der Stirn. Plötzlich ging Laura auf, dass sie über all dem Nachdenken darüber, welche Schuhe sie hätte einpacken sollen, das überwältigende Panorama gar nicht wahrgenommen hatte.

Jetzt erst sah sie sich richtig um und erblickte den spitzen Kegel des Vulkans, die Wiesen, die Häuser unten im Tal und dahinter das Meer. Alles wunderbar, sagte sie, aber dieser Vulkan sei kein Berg, sondern eher ein Hügel. Laura war in dem Teil der Vereinigten Staaten aufgewachsen, wo es die meisten Berge gab, in Colorado. Dort sind sie bis zu fünftausend Meter hoch und auf ihren Gipfeln liegt Schnee, der niemals schmilzt. Fabio sagte, das würde er gern einmal mit eigenen Augen sehen, und dann fragte er, ob sie bei ihr wohnen könnten und sie ihnen alles zeigen würde, falls sie kämen. Klar, sagte Laura, wann ihr wollt, und dann müssten sie sich unbedingt den Grand Canyon ansehen, weil es in ganz Italien keine vergleichbare Landschaft gab. Steile Canyons, rote Berge, auf denen man herumklettern kann, alle Schattierungen von Rosa, Orange und Zinnoberrot auf phantastisch geformten Felsen. Sie versicherten ihr, dass sie sie eines Tages besuchen würden.

Als sie etwa ein Drittel des Weges zurückgelegt hatten, blieb ihnen die Puste weg. Keuchend hielten sie an und tranken fast den gesamten Wasservorrat aus. Es war ein anstrengender Aufstieg, selbst für eine klettererprobte Bergsteigerin aus Colorado. Der Berg strahlte etwas Abweisendes aus. Vielleicht lag es an der spärlichen Vegetation und den nackten Hängen. Vielleicht aber auch daran, dass er alle paar Minuten mit Verwüstung und Tod drohte. Die Inselbewohner aber schienen sich trotz der Gefahr nicht allzu viele Gedanken über eine absehbare Naturkatastrophe zu machen. Das erinnerte Laura an San Francisco.

Je höher sie kamen, umso schneller kletterten Fabio und Pasquale, fest entschlossen, noch vor Sonnenuntergang oben anzukommen. Schließlich gelangten sie in eine Gegend, in der es keine Vegetation mehr gab, nur glattes rosagraues Geröll, wo sie auf allen vieren den Hang hinaufklettern mussten. Wahrscheinlich war es der kürzeste Weg nach oben, aber bestimmt nicht der, den die Bergführer nahmen. Am Ende kamen sie zu einem messerscharfen Kamm, dessen Rand auf einer Seite in einen bröckeligen Abhang überging. Er führte mit Sicherheit in den Tod. Sie sahen durch den Rauch hinab in den aktiven Krater mit seiner glühenden Lavamasse, die sich langsam auf das Meer zuschob. Es war eine richtige Mondlandschaft mit brodelnden Geysiren und stinkenden Rauchschwaden. Lautes Rumpeln erfüllte die Luft.

Sie stiegen den zerklüfteten Kamm noch weiter hinauf und kamen schließlich an eine Stelle ziemlich weit oben, wo es eine Art Ausguck gab.

»Hier sind wir aber doch wohl sicher, oder?«, fragte Laura Pasquale.

Er zuckte die Achseln. »Einen richtigen Ausbruch gab es sowieso nur ein einziges Mal, das war in den Dreißigern. Die Inselbewohner retteten sich in ihren Booten aufs Meer, wurden dann aber von der Flutwelle erfasst und ertranken jämmerlich.«

»Na prima«, antwortete Laura.

»Hier kann uns nichts passieren«, beruhigte Fabio sie. »Alle kommen hierher.«

Die Sonne versank gerade im Meer, und der Himmel leuchtete rosa. Laura blickte auf den rauchenden Krater, und mit einem Mal spuckte er helle orangefarbene Schlacke in den dämmernden Himmel. Es war eine mächtige Eruption. Laura erschrak und griff nach Fabios Hand. Die feurige Lava floss an dem Berghang hinunter und erzeugte einen donnernden Lärm, als sie zischend ins Meer strömte.

Pasquale ging bis zum äußersten Rand, um ein paar Fotos zu schießen. Fabio sah Laura an und fragte: »Alles in Ordnung?«

»Ja«, antwortete sie. »Das war großartig.«

Er betrachtete ihre Hand, als wäre sie ein Objekt von einem anderen Stern, dann drehte er sie um und küsste sie auf die Handfläche.

Im Dunkeln abzusteigen war schwieriger als bei Tag, obwohl sie Taschenlampen dabeihatten. Unterwegs begegneten sie mehreren größeren Gruppen mit Führern, die auf dem Weg zum Vulkan waren. Alle trugen Schutzhelme und hatten Spazierstöcke dabei. Laura wünschte, sie hätte den Berg schon vor fünfzehn Jahren besteigen können, so wie Maurice. Dann wäre sie keiner Seele begegnet. Jetzt verstand sie, warum er keine Lust gehabt hatte, diese Erfahrung zu wiederholen.

Als der Pfad wieder flacher wurde, versuchte Pasquale, der vor ihr ging, sein Englisch aufzubessern. Sie fingen mit leichten Sätzen an: »Freut mich, Sie kennen zu lernen« und »Ganz meinerseits«. Dann wurde er ungeduldig und wollte wissen, wie das in Italien gängigste Schimpfwort auf Englisch heißt.

»Vergiss es, das ist entschieden zu vulgär«, entgegnete Laura.

»Vergiss es!«, wiederholte er, blieb dann stehen und drehte sich zu ihr um. »Molly! Ich bin kein Esel. Sag mir, was *vaffanculo* heißt!«

Laura seufzte. »Leck mich am Arsch«, sagte sie.

»Leck mich!«, rief Pasquale. Den Ausdruck hatte er schon mal gehört, im Kino. »Leck mich am Arsch!«, brüllte er nun aus vollem Hals, während er übermütig den Pfad hinuntersprang. Einige Wanderer, die ihnen entgegenkamen, waren offensichtlich besorgt. Laura brachte ihn zum Schweigen und sagte ihm, es sei nicht gerade höflich, sich so unflätig auszudrücken.

An der Vulkanwarte angekommen, gingen sie in die Bar, tranken jeder einen Liter Wasser und setzten ihren Weg in die Stadt fort. Er schien endlos. Die schmale Straße war stockdunkel, es gab nicht mal Straßenlaternen. Die drei gingen im schwachen Licht der Sterne nebeneinanderher, als Fabio plötzlich ein Gedicht aufsagte. Es handelte von einer Frau namens Sylvia. Ihre Schönheit machte sich vor allem in ihren herrlichen Augen bemerkbar, die immer lachten und doch verborgen waren. Als Fabio fertig war, beglückwünschte Laura ihn und fragte nach dem Namen des Dichters. Pasquale und Fabio fielen aus allen Wolken, dass sie Giacomo Leopardi nicht kannte, einen der größten italienischen Lyriker des 19. Jahrhunderts. Es war so, als hätte sie noch nie von William Shakespeare oder zumindest Walt Whitman gehört.

Die beiden wollten, dass auch sie ein Gedicht aufsagte. Beschämt musste sie gestehen, dass sie nur zwei auswendig kannte, eins von Philip Larkin, das sie auf ihrer Hochzeit vorgetragen hatte, und eins über einen Cowboy, das sie noch aus der Schule kannte. Natürlich wollten sie das von der Hochzeit hören, aber sie entgegnete, es sei ein trauriges Gedicht. Es stamme von einem zynischen, ja pessimistischen englischen Dichter, der nie verheiratet gewesen war und sich fragte, ob die Liebe ein Trugbild oder ein Wunder sei. Für Laura hatte sie sich letzten Endes als Illusion erwiesen.

»Wie konntest du nur so ein Gedicht für deine Hochzeit aussuchen, Laura? Ihr Amerikaner seid wirklich nicht besonders romantisch«, sagte Fabio.

»Damals erschien es mir sehr romantisch«, verteidigte sich Laura. »Ich glaubte, ein Gedicht, das die Frage stellte, ob die Liebe etwas Kurzlebiges oder Ewiges sei, eine Art war auszudrücken, dass die Verliebtheit auch in der Ehe überleben könne, dass es immer so bleiben würde wie jetzt, dass all die schönen Augenblicke der Gegenwart am Ende zu etwas Unsterblichem werden würden. Mein Exmann hat diesen Dichter sehr geliebt.«

Fabio legte den Kopf auf die Seite. »Und was hat er vorgetragen?«

Jon hatte ein Gedicht seines Großvaters rezitiert und erzählt, wie er Laura auf der Party kennen gelernt und sie gesagt hatte, sie fühle sich wie auf einer Reise, wo man einem wildfremden Menschen alles Mögliche erzählen kann. Dann hatte er hinzugesetzt, er selbst hätte damals ein ganz anderes Gefühl gehabt, nämlich endlich zu Hause angekommen zu sein.

»Nicht schlecht«, sagte Fabio. »Das ist ziemlich romantisch.«

Pasquale seufzte gereizt. »Weißt du, was ich über diesen Typen denke?«, sagte er und hielt kurz inne. »Leck mich am Arsch!«

»Und jetzt das Gedicht über den Cowboy«, sagte Fabio, ohne auf Pasquale zu achten. Laura zitierte das Gedicht, während die beiden respektvoll lauschten, obwohl sie kein Wort verstanden. Später sagten sie, das Yippie-yay-yeah hätte ihnen am besten gefallen. Ob sie nicht noch eins kannte?

»Zählt Bob Dylan als Lyriker?«

»Nein!«, erwiderte Pasquale entschieden. Sie waren offensichtlich verblüfft, wie mager Lauras Kenntnisse von Dichtung waren.

»Bist du eigentlich auf der Uni gewesen?«, fragte Fabio vorsichtig und warf Pasquale einen Blick von der Seite zu.

Laura versicherte ihnen, dass sie eine sehr gute Universität besucht hatte. Aber Gedichte könne sie sich nun einmal nicht merken.

Fabio war fassungslos. »Wenn du keine Gedichte kennst, was machst du dann, wenn du kein Buch dabeihast?«

»Dann mache ich die Augen zu und träume von Italien«, antwortete sie.

Fabio lächelte.

»Sei ehrlich«, beharrte Pasquale. »In Wirklichkeit träumst du von italienischen *Männern*.«

Am nächsten Tag, als sie vom Strand zurückkamen, wollte Laura die beiden zum Mittagessen einladen – als kleines Dankeschön dafür, dass sie mit zum Vulkan gekommen waren –, doch sie erklärten, das käme nicht in Frage. »Heute machen wir ein echtes mediterranes Mittagessen für dich«, tönte Pasquale, »damit du uns nie vergisst.«

»Welche Ehre«, antwortete Laura. »Kannst du denn kochen?«

»Na klar«, antwortete Pasquale. »Allerdings nur im Notfall.«

»Und wer kocht bei euch zu Hause?«

Pasquale sah sie an, als sei sie nicht ganz bei Trost. »Meine Frau, wer sonst?«

»Warum nicht du?«

Pasquale faltete die Hände wie zum Gebet. »Die Küche ist ihr Reich«, erklärte er. »Die Männer haben ihre eigene Welt und die Frauen eine andere. Und daran sollte man auch nicht rütteln.«

»Pasquale!«, sagte Laura unsicher. Plötzlich kamen ihr Zweifel, ob ein Mann aus Süditalien wirklich der Richtige für sie wäre. »Hast du schon mal was von Feminismus gehört? Gleichberechtigung? Arbeitsteilung?«

»Nicht, dass du einen falschen Eindruck von uns bekommst«, mischte sich Fabio ein. »Das ist nämlich nur bei ihm so.«

»Es ist nicht unsere Schuld«, sagte Pasquale. »Geh als Mann in die Küche einer Italienerin, und sie wird dich mit einem Messer fortjagen.«

Fabio sah sie an. »Wer hat denn bei euch zu Hause gekocht, als du verheiratet warst?«

Laura schwieg.

»Sie natürlich, ist doch klar«, sagte Pasquale triumphierend. »Ihr Mann durfte bestimmt nicht mal in die Nähe der Küche kommen.«

»Na ja«, rechtfertigte sich Laura. »Er hat wenigstens abgewaschen.«

»*Un punto*!«, rief Pasquale. Eins zu null für ihn.

Laura sah Fabio an. »Und du?«

»Ich kann kochen«, antwortete Fabio. »Ziemlich gut sogar.«

»Wenn du verheiratet wärst, bräuchtest du aber nicht zu kochen«, ging Pasquale dazwischen, und Fabio warf ihm einen finsteren Blick zu.

»Weiß der Himmel, wie viele gute Frauen du hast abblitzen lassen«, fuhr Pasquale fort. »Patrizia, Alessandra, Cristina! Du hättest Cristina heiraten sollen, sie war ein nettes Mädchen, und sie hat dich geliebt.«

Offensichtlich war dieses Thema ein Streitpunkt zwischen den beiden. »Ich will aber was anderes«, erwiderte Fabio und blickte in die Ferne. »Eine Frau, die mehr von der Welt gesehen hat als das kleine Dorf, in dem sie aufgewachsen ist. Eine Frau, die aufregend ist und Ideen hat.«

»Du hast doch keine Ahnung!«, schimpfte sein Freund und trat so heftig in den Sand, dass eine Fontäne aufspritzte. »Du bist fünfunddreißig, kein kleines Kind mehr. Du hast mehr Glück als die meisten und wirfst es einfach zum Fenster hinaus.«

»Ich will aber nicht bloß ein nettes kleines Haus und eine Frau in der Küche«, protestierte Fabio.

»Am Ende wirst du ganz allein sein, du und deine ausgemergelte Katze, und ihr müsst alle beide von Spaghetti pur leben.«

»Laura«, sagte Fabio, ohne auf Pasquales Tirade einzugehen. »Wenn du mit mir nach Süditalien kommst, werde ich jeden Tag für dich kochen.«

»Lass uns erst mal abwarten, wie euer Mittagessen wird.«

Die beiden Freunde gingen zum Einkaufen, während Laura eine Dusche nahm. Die letzte vor San Francisco, wie ihr gerade aufging. Es sei denn, sie buchte ihren Flug um und blieb noch ein paar Tage auf Stromboli. Sie wusste nicht, was sie machen sollte. Den Vulkan hatte sie bezwungen, und außerdem wollte sie Maurice nicht im Stich lassen. Aber was war mit Fabio?

Sie warf einen Blick auf ihre Handfläche, da, wo er sie geküsst hatte. Es war so verlockend. Trotzdem packte sie ihre Sachen und stopfte die Tüten mit frischen Kapern in die Schuhe, in der Hoffnung, die Zollbeamten in den Staaten würden sie dort nicht finden.

Sie verließ die Pension, um eine Flasche Wein zu kaufen, und als sie wiederkam, standen Fabio und Pasquale in der kleinen Küche und stritten laut über das Mittagessen. Laura warf einen kurzen Blick hinein, wurde aber umgehend von Pasquale wieder hinausbugsiert. Danach schob er Fabio mit dem Ellbogen aus dem Weg, um zur Spüle zu gelangen. Der einzige Esstisch stand in Lauras Zimmer, daher ging sie hinauf, öffnete alle Fensterläden, breitete ein frisches Laken über den Tisch, pflückte ein paar Blumen von der Terrasse und stellte sie in einer Vase mitten auf den Tisch.

Die Sonne fiel durch das offene Fenster und durchflutete das Zimmer mit Licht.

Nach einer Weile kam Pasquale mit Brot, Wein und Besteck die Treppe herauf und grunzte anerkennend. Er kehrte mit einem großen Topf voller Pasta und ein paar Schüsseln zurück und rief nach unten, Fabio solle endlich kommen. Kurz darauf erschien er auch, mit einem Salat aus Tomaten, Kapern und Thunfisch. »Sehr schön«, lobte er, als er den Tisch sah.

Dann servierte Pasquale die Pasta – mit geschmorten roten Paprika, Zwiebeln, Olivenöl und frischem Ricotta. »Das ist wunderbar«, sagte Laura. Pasquale blickte sich stolz um. »Eine echte mediterrane Mahlzeit.«

»Aber ein bisschen zu viel Öl«, sagte Fabio. Sein Blick schweifte durch das Zimmer und blieb an Lauras fertig gepackter Tasche hängen. »Musst du wirklich fahren, Laura?«, fragte er.

Sie zuckte die Achseln.

Pasquale merkte, dass sein Freund traurig war. »Sie ist eine reiche, verhätschelte Amerikanerin«, sagte er. »Was erwartest du denn?«

Laura war überrascht. »Das ist nicht fair, Pasquale.«

»Aber es stimmt doch, oder?«, entgegnete er. »Du kommst den ganzen Weg von Amerika hierher, nur um auf den Vulkan zu steigen, und gleich danach verschwindest du wieder.«

Laura legte die Gabel auf den Tisch und hörte auf zu essen. Jetzt war sie erst recht entschlossen abzureisen.

»Komm schon«, beschwichtigte sie Fabio. »Pasquale wollte dich nicht beleidigen. Wir nehmen uns ständig auf die Schippe.«

»Stimmt, ich habe nur Spaß gemacht. Und wenn ich was gesagt habe, das dich ärgert, dann musst du dich eben revanchieren«, entschuldigte sich Pasquale. Dann hielt er einen Augenblick inne und dachte nach. »Hey, Molly, versuch mal, das zu wiederholen«, sagte er und rasselte den komplizierten italienischen Satz mit den vielen Zeitformen herunter.

Laura versuchte tapfer, ihn nachzusprechen, mit Konjunktivformen und allem. Sie fühlte sich wieder etwas besser.

»Was sagst du dazu? Spricht sie nicht hervorragend Italienisch?«, sagte Pasquale an Fabio gewandt. »Weißt du was, Molly, ich finde es toll, dass du so gut Italienisch kannst, aber noch toller finde ich es, wenn du Fehler machst.« Er streckte den Arm aus, um sie in die Wange zu kneifen, und dieses Mal ließ Laura ihn gewähren.

»Und jetzt gib mir einen Kuss«, sagte Pasquale und hielt ihr seine Wange hin. »Wir sind doch Freunde.« Laura küsste ihn flüchtig erst auf die eine, dann die andere Wange. Er legte die Hand darauf und anschließend aufs Herz. »Er auch«, sagte er und zeigte auf Fabio. Laura hielt Fabio die Wange hin, doch er fasste sie am Kinn und drehte ihren Kopf zu sich. Dann gab er ihr einen kurzen, aber feuchten Kuss auf den Mund. Seine Lippen waren weich wie Samt.

»Besser so?«, fragte Pasquale.

Laura nickte.

»Und jetzt ein Glas Malvasia, *bella*«, sagte Fabio.

Er öffnete den süßen Dessertwein, schenkte die Gläser voll und sog den Duft ein.

»Auf unsere reizende amerikanische Freundin«, sagte er und stieß an. »Auf dass wir sie bald wieder sehen.«

»Auf *Zia* Molly«, rief Pasquale.

»Und auf meine italienischen Freunde«, fügte Laura hinzu. »Ich hoffe, dass ihr mich wirklich mal besucht.«

Sie trank ihr Glas aus. Der Wein war stark und stieg ihnen bald zu Kopf.

»Machen wir ein Nickerchen«, sagte Pasquale plötzlich.

Er stand auf und ließ sich auf Lauras Bett fallen. Laura protestierte. Es war ihr Bett, er solle hinunter in sein Zimmer gehen. »Das schaffe ich nicht mehr, Molly«, sagte er und drehte sich auf die Seite. »Lass mich in Ruhe.«

Laura versuchte, ihn aus dem Bett zu schubsen, aber er rührte sich nicht von der Stelle. »Ich schlafe schon«, erklärte er. »Du kannst dich hier neben mich legen oder nach unten gehen. Mir ist es egal.« Auch Laura war müde. Sie hatte sich an die italienische Sitte gewohnt, erst üppig zu Mittag zu essen und dann Mittagsschlaf zu halten. Sie sah Fabio an, damit er ihr half, Pasquale aus ihrem Bett zu bekommen, doch Fabio zuckte nur ratlos die Achseln.

»Leg dich auf Pasquales Bett«, bot er an, während er den Tisch abräumte.

»Ich habe aber keine Lust, mich auf Pasquales Bett zu legen«, protestierte Laura, während sie ihm die Treppe hinunter folgte.

Er ging voraus in ihr gemeinsames Zimmer, strich die Decke auf Pasquales Bett glatt und drehte sich zu ihr um: »So, jetzt ruh dich ein wenig aus. Ich habe noch was zu erledigen.« Er war ein echter Kavalier, ihr das ganze Zimmer zu überlassen, also legte Laura sich hin und schloss die Augen.

Eine halbe Stunde später hörte sie, wie er auf Zehenspitzen wieder in das verdunkelte Zimmer trat. Er reichte ihr einen Zettel, legte sich auf sein Bett und drehte sich zur Wand. Laura entfaltete den Zettel. Es war ein Gedicht, in dem er sie mit Malvasia verglich, süß und berauschend. Doch die Amerikanerin in ihr, sagte es, sei verwirrt darüber, was es heißt, eine Frau zu sein. Zärtlich und sanft mit einer verborgenen Leidenschaft und einem süßen Humor. »*Ricorda e non dimenticare, non è mai sbagliato amare.*« Denk stets daran, dass Liebe keine Sünde ist. Auf Italienisch klang es wunderschön.

Laura faltete den Zettel wieder zusammen und steckte ihn in die Tasche. Noch nie zuvor hatte ihr jemand ein Gedicht geschrieben – nicht mal der Schriftsteller, mit dem sie ausgegangen war und der für seine Werke sogar ein Stipendium bekommen hatte. Laura stand auf, trat an Fabios Bett und beugte sich vor, um ihm einen kleinen Kuss auf die Wange zu geben. »Das war unglaublich süß von dir«, sagte sie. Darauf küsste er sie auf den Mund. Es war ein langer Kuss, und seine Lippen waren unvorstellbar weich. Er zog sie an sich und küsste sie wieder, während er mit den Händen über ihren Rücken fuhr, immer wieder, und dann ihre Wange und ihr Haar streichelte. Sein Körper war so glatt und fühlte sich so gut an, dass sie in ihrem Malvasiarausch alles andere vergaß.

Irgendwann musste Fabio Luft holen und sah ihren Arm, der von Stichen übersät war. »Du bist ja völlig zerstochen!«, sagte er und begann, ihn zu küssen bis hin zu dem rosafarbenen Finger, der immer noch verbunden war. »Und das hier, was ist das?«

»*La murena*«, antwortete Laura beschwipst.

Er küsste ihren rosafarbenen Finger. »Alle beißen dich, weil du so süß bist.«

Er hauchte ihr in den Nacken: »*Ti mordo.*« Ich beiß dich auch.

Laura schrie auf. Fabio legte ihr die Hand auf den Mund. »Psst!«, flüsterte er und zeigte nach oben, wo Pasquale seinen Rausch ausschlief. »*Ti mordo*«, wiederholte er ganz leise, aber leidenschaftlich. Er biss sie sanft in die Schulter und hielt ihr den Mund zu. »Du schmeckst wunderbar«, sagte er. Sein Mund glitt über ihre Rippen, die Hüften, den Bauchnabel, die Schenkel.

Laura wünschte sich nichts sehnlicher, als dass er nie wieder damit aufhörte, doch sie musste bald los. Maurice wartete auf sie. Oder sollte sie doch bleiben? Sie wusste, wenn sie jetzt nicht sofort aufstand, gäbe es kein Halten mehr. Sie würde es nicht mal zum Hafen schaffen, um Maurice zum Abschied zu winken, und das war das Mindeste, was er von ihr erwarten konnte. »Fabio«, sagte sie leise und richtete sich auf, um Luft zu holen.

»Fabio«, sagte sie noch einmal, griff ihm in die Locken und zog sein Gesicht ganz nah an das ihre heran. »Ich glaube, ich kann das jetzt nicht.«

Er richtete sich ebenfalls auf, schüttelte den Kopf und fuhr fort, sie überall zu küssen.

Dann hielt er plötzlich inne. »Wenn du keine Liebe machen willst, gibt es tausend andere Möglichkeiten.« Er zählte mehrere auf.

»Du bist ein braver katholischer Junge«, sagte Laura und zog an einer seiner Locken, die sich spannte wie eine Feder. »Du kennst sämtliche Alternativen.« Sie ließ die Hand sinken. »Es geht nicht, auch wenn ich mir wünschte, es wäre anders.«

»Dann bleib hier«, beharrte er.

»Ich muss meinen Freund auf der Fähre treffen.«

»Du triffst dich heute Abend mit diesem Kerl? Auf der Fähre?«, fragte er, runzelte die Stirn und wälzte sich auf den Rücken.

»Ja«, antwortete sie. »Das habe ich dir doch gestern schon gesagt.«

Er verschränkte die Arme.

»Komm schon, Fabio«, sagte sie und strich ihm über die Wange. »Lass uns einen Spaziergang machen, solange es noch hell ist.«

Sie gingen an den Strand, wo sie herumalberten und ausprobierten, wer von beiden besser von einem flachen Felsen zum anderen springen konnte, ohne nass zu werden.

»Bleib doch!«, rief Fabio von einem Felsen. »Wir haben ja nicht mal die Gelegenheit gehabt, uns besser kennen zu lernen.« Er streckte ihr die Hand entgegen, und sie sprang auf seinen Felsen. Dann zog er sie an sich. »Bleib!«

Und warum nicht, dachte Laura. Vielleicht würde Fabio sie glücklich machen, zumindest für ein paar Tage. Und er war nicht verheiratet. Nicht dass ein Musiklehrer aus Süditalien eine glänzende Zukunft versprach, aber wer konnte das schon wissen? In Wirklichkeit hatte sie ihm keine echte Chance gegeben. Und Maurice konnte sie trotzdem zum Abschied winken, sie würde ihn nicht ganz im Stich lassen.

»Na gut«, sagte Laura schließlich. »Mal sehen, was ich machen kann. Ich rufe meine Reiseagentur an.«

Fabio ging in die Pension zurück, während Laura zur Telefonzelle am Hafen lief und in den Staaten anrief. Es gab wirklich nicht den geringsten Grund, die Insel zu verlassen und nach Amerika zurückzukehren. Der Mann in der Reiseagentur sechstausend Meilen entfernt tippte etwas in seinen Computer und erklärte schließlich, er könne ihren Flug um fünf Tage verschieben. Ob sie das wünsche?

»Ja«, antwortete sie, während sie beobachtete, wie eine Fähre in den Hafen einlief. »Halt, nein, warten Sie«, sagte sie plötzlich und betastete das zerrissene Jeanshemd, das Maurice ihr geschenkt hatte. Und plötzlich brachte sie es nicht fertig. Sie musste Maurice wieder sehen, auch wenn es nur für ein paar Stunden in einer stickigen Kabine auf einer Fähre war. Das war wichtiger als fünf Tage mit Fabio auf Stromboli. Fabio konnte sie nicht wirklich ernst nehmen, und so weit, sich für immer von Maurice zu verabschieden, war sie auch noch nicht. »Nein«, sagte sie dem Mann am anderen Ende der Leitung. »Lassen Sie es. Tut mir Leid, dass ich Sie bemüht habe.«

Laura ging in einen Laden und kaufte automatisch die Zutaten für ein Picknick ein. Als der Mann an der Kasse bemerkte, dass sie Italienisch sprach, flirtete er ein bisschen mit ihr. Er erzählte, dass der Vulkan auf der Insel die Leidenschaft in den Herzen der Menschen entfacht. Und sie antwortete, das werde sie unverzüglich ihrem Mann erzählen, während sie ihre sorgfältig verschnürten Päckchen einsammelte.

In der Pension telefonierte Pasquale mit seiner Frau. Sie erzählte Fabio, dass es nicht möglich gewesen war, das Ticket umzubuchen. »Tut mir Leid«, sagte sie und umarmte ihn kurz. Dann ging sie auf ihr Zimmer und holte ihre Sachen.

Enttäuscht begleitete Fabio sie zum Hafen. Sie saßen am Dock und warteten, bis in der Ferne endlich die Fähre auftauchte. Ein Matrose warf ein dickes weißes Tau vom Deck herab, das der Mann auf dem Dock um einen Poller legte. Die breite eiserne Landungsbrücke wurde herabgelassen, und man sah die Schlange von Autos und Passagieren, die sich darauf vorbereiteten, von Bord zu gehen. Ganz hinten entdeckte sie Maurice. Laura widerstand der Versuchung, ihm zuzuwinken, aus Rücksicht auf Fabio, und warf ihm nur ein Lächeln zu. Maurice fragte mit einer Geste, ob sie an Bord käme oder nicht, und Laura nickte, ja, sie würde kommen. Daraufhin wandte er sich ab und verschwand im Innern des Schiffes.

Pasquale war ihnen mit dem Handy am Ohr gefolgt. Er stand da und telefonierte immer noch. Schließlich unterbrach er sich, reichte ihr die

Hand und sagte nur: »Grüß mir Kalifornien, Molly.« Dann ließ er die beiden allein.

Fabio küsste sie lange auf den Mund und umarmte sie fest. »Ich hoffe, dass ich dich eines Tages wieder sehe«, sagte er. »Ich werde oft an dich denken, wenn ich allein bin.« Laura verlor sich in seinem Kuss. Sie war immer noch versucht, kehrtzumachen und mit ihm wegzugehen. Sie fragte sich, ob Maurice sie sehen konnte, bezweifelte es aber. Außerdem war er derjenige gewesen, der ihr geraten hatte, sich nach einem italienischen Freund umzusehen.

»Du bist ein großartiger Mann«, sagte sie zu Fabio und löste sich schließlich von ihm. »Schreib mir. Schick mir noch ein Gedicht.« Dann drückte sie fest seine Hand und ging an Bord, wobei sie der Versuchung widerstand, sich nach ihm umzudrehen.

Laura schleppte ihr Gepäck an Deck und sah sich nach Maurice um. Er saß auf einem Kasten mit Rettungsringen und rauchte eine Zigarette. Laura ging auf ihn zu und umarmte ihn.

»Es kommt mir vor wie eine Ewigkeit«, sagte er.

»Ja«, antwortete sie. »In diesen zwei Tagen ist eine Menge passiert.«

»Sieht ganz danach aus, als hättest du gute Fortschritte gemacht. Du hast dir eine kleine Affäre verschafft. Er sah gut aus«, fügte er hinzu und grinste anzüglich.

»Er war in Ordnung«, sagta Laura. »Ich habe die beiden auf der Insel kennen gelernt. Sie waren sehr lustig.«

Dann zeigte sie Maurice die Vorräte, die sie für das Picknick gekauft hatte. Er warf nur einen flüchtigen Blick darauf. »Ich habe schon gegessen«, sagte er.

»Oh«, sagte Laura enttäuscht und nahm das Brot und den Ricotta aus der Tüte. »Frischer Ricotta«, sagte sie. »Nicht mal ein Häppchen? Ein Glas Wein?«

»Nichts!«, gab er zurück.

Er saß da, rauchte seine Zigarette und beobachtete, wie Stromboli hinter ihnen immer kleiner wurde.

»Hast du mich gesehen?«, fragte er plötzlich.

»Ich habe dich erkannt, sobald das Boot anlegte«, antwortete sie. »Und du hast mich auch gesehen.«

»Nein, das war erst später«, sagte er.

»Du bist doch wieder reingegangen.«

Er schwieg. »Das war ein ziemlich leidenschaftlicher Abschiedskuss.«

»Tut mir Leid«, entschuldigte sich Laura. »Ich glaubte, du wärst bereits reingegangen. Es hatte nichts weiter zu bedeuten.«

»Nein, nein«, entgegnete er. »Für dich war es gut. Vielleicht hättest du bei ihm bleiben sollen.«

»Ich wollte dich wieder sehen«, erklärte Laura.

Eine Weile saßen sie unbehaglich nebeneinander und schwiegen. Dann begann Laura, von ihrem Aufenthalt in Stromboli zu erzählen. Sie berichtete von ihrem Ausflug zum Vulkan und sagte, es sei ein wirklich weiser Entschluss gewesen, nicht mitzukommen angesichts der langen Touristenschlangen, die mit Führern unterwegs waren.

»Ich weiß«, sagte er knapp.

Sie blickten zurück auf den Vulkan, dessen Umrisse in der Ferne kaum noch zu erkennen waren, und hofften auf eine neuerliche Eruption.

»Na los!«, stachelte Maurice ihn an. »Verabschiede dich von uns.« Doch der Vulkan blieb stumm.

»Heute Nacht gibt es keine Vorstellung«, sagte Laura traurig. »Schade.«

»Ja«, sagte er und gähnte. »Ich bin müde.«

Allmählich wurde es kalt, und sie gingen nach unten in ihre Kabine. Laura bemerkte, dass Maurice ihr eine kleine Flasche Wein hingestellt hatte, und dankte ihm. Er zog sich aus und gab ihr einen Kuss. »Nein«, sagte er dann wie zu sich selbst und kletterte direkt in seine Koje. »*Buona notte, cara*«, sagte er.

»*Buona notte*«, antwortete Laura verwirrt. Da sie nicht schlafen konnte, ging sie noch einmal zurück an Deck, um die kühle Meeresbrise einzuatmen. Sie fühlte sich fast so, als hätte sie ihn betrogen und seine Gefühle verletzt. Sie konnte es nicht fassen, dass er so kalt zu ihr war, nicht einmal mit ihr schlafen wollte und ihre gemeinsame Reise so enden sollte.

Schließlich ging sie in ihre Kabine zurück und legte sich in ihre Koje. Es dauerte nicht lange, bis er heruntergeklettert kam. »Ich kann dir einfach nicht widerstehen«, sagte er. Sie schliefen miteinander, aber es war mechanisch und nichts sagend. Sie öffneten dabei weder die Augen noch küssten sie sich auf den Mund. Als es vorbei war, kletterte Maurice wortlos in seine Koje zurück.

Am frühen Morgen lief die Fähre in Neapel ein. Ein Klopfen an der Tür weckte sie auf. Sie mussten in aller Eile packen und hatten gerade noch Zeit, einen Cappuccino zu trinken, ehe sie im Hafen von Neapel anlegten. Maurice marschierte an Deck auf und ab und sah sich den Hafen an. Schließlich gingen sie von Bord und über den Kai zum Hafenausgang, wo die Taxis warteten.

»Du hast genug Zeit, um pünktlich zum Flughafen zu kommen«, sagte er.

Laura nickte und fragte ihn, was er in Neapel machen würde.

»Das Archäologische Museum ansehen natürlich!«, antwortete er, als sei die Frage überflüssig.

Er winkte einem Taxi, öffnete ihr die Tür und verstaute ihre Reisetasche auf dem Rücksitz.

Laura reichte ihm schweigend eine Flasche Malvasia, und Maurice küsste sie kurz auf die Wangen.

»*Ciao*«, sagte er abwesend.

»*Adieu.*« Dann schlug er die Autotür zu.

10
Marokko

Zum ersten Mal war Laura froh, wieder zu Hause zu sein. Sie erzählte nicht viel über ihren Urlaub mit Maurice, und sie wollte auch nicht darüber nachdenken, weil sie dann jedes Mal einen heftigen Stich im Magen verspürte. Hatte sie ihre Beziehung mit Maurice ruiniert, bloß weil sie einen Italiener, den sie nicht mal richtig kannte, geküsst hatte? Würden sie sich nach all den schönen Zeiten, die sie miteinander erlebt hatten, niemals wieder sehen?

Hin und wieder versuchte sie, ihm zu schreiben, und ein oder zwei Mal griff sie sogar zum Telefon, um ihn in Paris anzurufen, doch dann wusste sie nicht, was sie ihm sagen sollte. Er selbst hatte ihr nahe gelegt, sich einen italienischen Liebhaber zu suchen. Laura hatte geglaubt, es sei ihm egal, was sie tat. Und jetzt hatte sie ihn auf so dumme Weise verletzt.

Mehr als zwei Jahre lang hatte er, oder besser gesagt die Erinnerung an ihn, sie davor bewahrt, wieder in das schwarze Loch der Einsamkeit zu fallen. Sie hatte es geschafft, als Single in San Francisco zu überleben, weil sie im Hinterkopf immer wusste, dass es eine andere Welt gab, eine Welt voller Liebe und Leidenschaft, in der sie nach wenigen Monaten wieder Zuflucht finden würde. Egal wie fern er war und wie selten sie sich sahen, sie hatte einen Liebhaber. Jetzt aber gab es diese Welt, diesen Liebhaber nur noch auf ein paar Fotos und in ihrer Erinnerung.

Dennoch war etwas von ihm bei ihr geblieben. Das spürte sie jedes Mal, wenn sie beschloss, sich ein ganz besonders schönes Essen zu kochen, und dann spontan eine Freundin dazu einlud. Er war bei ihr gewesen, als sie merkte, dass die Arbeit ihr zu langweilig geworden war und sie sich nach etwas umsehen musste, in das sie ihre Leidenschaft stecken konnte. Er war immer da, wenn sie loszog und sich Kleider kaufte, in denen sie sich hübsch fand. Er drängte sie, auszugehen, Partys zu besuchen, sich Ausstellungen anzusehen, Tanzunterricht zu nehmen und wildfremde Menschen anzusprechen. Ein bisschen von seiner amüsierten Haltung der Welt gegenüber hatte auf sie abgefärbt, genau wie seine Lebensfreude, die beinahe exzessiv war. Sie war bei ihm in die Lehre gegangen, um die feine Kunst des *joie de vivre* zu lernen, und jetzt war sie selbständig.

Sie würde sich nicht mehr den Kopf über ihren Status als Single und Geschiedene zerbrechen, auf der Suche nach dem Richtigen, koste es, was es wolle. Sie wollte nicht mehr durchs Leben gehen, als gäbe es eine große klaffende Lücke darin. Als wäre alles in Ordnung, bis auf dieses Meer von unsäglicher Traurigkeit. Sie sprach nicht mehr über ihren Exmann, die Scheidung oder ihren bedauernswerten Status als Single. Sie machte sich nicht länger Gedanken darüber, ob sie jemals ein Kind haben würde. Wenn ein wirklich toller Mann ihren Weg kreuzte – wunderbar. Wenn sie ein Kind haben könnten, schön: ein neues Abenteuer. Wenn aber nicht – kein Mann, kein Baby –, auch gut. Und die meiste Zeit hielt sie sich sogar daran.

Nach mehr als zwei Monaten kamen plötzlich ein paar Zeilen von ihm: »Tut mir Leid, wenn ich manchmal kalt zu dir bin, obwohl wir ein Liebespaar sind. Es hat nichts zu bedeuten. Ich küsse dich überall.«

Laura war erleichtert und schrieb ihm zurück. Sie entschuldigte sich nicht für den Kuss am Kai, denn sie wusste, dass Maurice beleidigt wäre, wenn sie glaubte, er sei deswegen böse gewesen. »Du bedeutest mir sehr viel, und ich bin sehr gern mit dir zusammen. Sollte das nicht länger möglich sein, so bleiben mir immer wunderschöne Erinnerungen an unsere gemeinsame Zeit. Du hast mich Freude am Leben gelehrt, und das hat mich für immer verändert.« Sie wollte Maurice eine elegante Rückzugsmöglichkeit eröffnen, falls er eine brauchte.

Wieder hörte sie nichts von ihm. Zum Jahreswechsel jedoch bekam sie eine Postkarte. Sie zeigte einen Holzschnitt von einem ausbrechenden Vulkan. »Ich wünsche dir ein Meer von Glück und Zufriedenheit für die Zukunft«, schrieb er, »und ich hoffe, dass es irgendwo auf diesem Meer immer eine kleine Insel für uns und *la bella vita* geben wird.«

Einen Monat später schrieb er erneut und fragte, ob sie im Februar Zeit hätte. Es war also nicht zu Ende. Sie würden sich wieder sehen.

New Orleans? antwortete sie. New York? Kuba? Sie war bereit, überallhin zu fahren, nur um ihn zu treffen.

»Marokko«, schrieb er zurück. Ein Land, das sie schon immer hatte sehen wollen.

Der Flug von New York nach Marokko endete am internationalen Flughafen von Casablanca. Allein der Name beschwor einen Ort voller Intrigen und Romanzen, wo Deckenventilatoren träge über verrauchten Bars kreisen, elegante ehemalige Liebespaare herzzerreißende Bemerkungen von sich geben und hinter der Fassade unaussprechliche Begierden und Gefahren lauern. Das echte Casablanca sei nur halb so charmant, hatte Maurice gewarnt, es sei eine chaotische Stadt mit mörderischem Verkehr und aus dem Boden gestampften Betonkästen, das nüchterne Wirtschaftszentrum Marokkos, wo *Rick's Café* bloß ein Drink im Hyatt Hotel ist. Damit wolle er nichts zu tun haben, nicht mal ansatzweise. Doch da Laura Bedenken hatte, allein in Marokko anzukommen, hatte er eingewilligt, trotzdem nach Casablanca zu kommen, um sie abzuholen. Anschließend wollten sie mit dem Zug nach Fes weiterfahren.

Aufgrund einer unvorhergesehenen Komplikation bei der Buchung kam Laura zwei Tage vor Maurice in Casablanca an. Nach der Landung fuhr sie in das Hotel, in dem er ein Zimmer gebucht hatte. Der Manager schien überrascht, sie zu sehen. Sie brauchte nicht lange, um zu wissen, warum. Noch während sie in der Lobby wartete und bevor sie ihren Pass abgegeben hatte, wurde ihr klar, dass Maurice, der eine besondere Vorliebe für preiswerte, leicht heruntergekommene Hotels in der Altstadt hatte, die aber noch Charme besaßen, sie aus Versehen in einer zwielichtigen Absteige untergebracht hatte. Ständig gingen hier Geschäftsleute mit aufgetakelten Frauen ein und aus, aber Gepäck hatten sie keins. So interessant das Ambiente auch war, die Art, wie sie beäugt wurde, gefiel ihr ganz und gar nicht. Sie schlug in ihrem Reiseführer nach, trat auf die Straße und winkte einem Taxi, um sich zu einem Viersternehotel fahren zu lassen, das für amerikanische Verhältnisse immer noch preiswert war.

Trotzdem kam sich Laura ein bisschen verloren vor. Sie fühlte sich unbehaglich in einem Land, in dem unverschleierte und allein reisende Frauen nicht gerade gut angesehen waren. Andererseits wollte sie sich nicht die ganze Zeit in einem Touristenhotel verschanzen und vom Zimmerservice bedienen lassen, solange sie wartete. Daher beschloss sie, sich mit ein paar Frauen zu verabreden, und rief eine der einheimischen Stewardessen an, die sie auf dem Flug kennen gelernt hatte. Diese lud sie für den folgenden Tag zu sich nach Hause ein und bestand dann darauf, *Couscous* zu kochen und ihr ein Hammam zu zeigen. So verbrachte Laura den ganzen Nachmittag in den großen Marmorbädern, und während sie mit klebriger schwarzer Seife eingeseift, abgerubbelt und massiert wurde, erhaschte sie einen Blick in die fremdartige

Welt hinter den Schleiern, die Ungläubigen sonst verborgen blieb.

Als sie ins Hotel zurückkam, machte sie sich Sorgen, dass Maurice sie womöglich nicht finden würde. Sie hatte die marokkanische Stewardess gebeten, im Hotel anzurufen, aber vielleicht hatte man ihm die Nachricht nicht übermittelt. Vielleicht würde der Portier sie ohne entsprechendes Trinkgeld nicht weitergeben. Doch schließlich rief Maurice an, und wenig später klopfte er an ihre Tür.

Sie fielen sich in die Arme. Dann sagte er: »Sieh uns an.« Er trat einen Schritt zurück, um sie besser betrachten zu können. »Wir sind ein altes Liebespaar geworden.«

»Das gilt aber nur für dich!«, entgegnete Laura. Sie war immer schrecklich aufgeregt, wenn sie ihn wieder sah, und genauso elektrisiert wie beim ersten Mal, damals, als sie ihn nach Ischia in Mailand getroffen hatte.

Er zog sie wieder an sich und küsste sie, und welche Spannung auch zwischen ihnen gewesen sein mochte, welche Kälte sie das letzte Mal gespürt hatte, als sie zusammen gewesen waren, jetzt war alles verflogen. Sie waren glücklich, sich wieder zu sehen und fühlten sich sofort wieder vertraut miteinander. Vielleicht hatte Maurice ja Recht, und sie waren wie ein altes Liebespaar.

Sie verließen das Hotel, um ein wenig durch die Stadt zu schlendern. In Begleitung eines Mannes, der Französisch sprach, fühlte sich Laura nicht mehr so offensichtlich fehl am Platz. Sie fanden ein marokkanisches Restaurant mit Innenhof. Der

Speisesaal war mit Wandteppichen und niedrigen Sitzkissen geschmückt. Sie bestellten eine Auswahl traditioneller einheimischer Vorspeisen, die zusammen mit würzigen Oliven und selbst gemachtem Brot auf einem runden Messingtablett serviert wurden. Maurice bestand darauf, dass sie die *pastilla* mit Taubenfleisch probierten. Wie alle Stadtbewohner hatte anfänglich auch Laura Bedenken, Taubenfleisch zu essen, ließ sich aber überreden. Es war ein wunderbares Gericht aus zartem Fleisch und Mandeln in Blätterteig, mit Zimt und Puderzucker bestäubt, eine echte Delikatesse.

Dazu tranken sie süßen marokkanischen Wein. »Okay, *signorina! Raccontami tutto*!«, sagte Maurice. Erzähl mir alles.

Nach der Sache mit Fabio und ihrem letzten Abschied würde sie ihm nichts mehr von anderen Männern erzählen, selbst wenn es welche gegeben hätte. Aber das war nicht weiter schlimm.

»Oh, ich habe den Überblick verloren«, zog sie ihn auf. »Mit wem soll ich anfangen?«

Er hob die Augenbrauen.

»Ich habe Winterschlaf gehalten«, beruhigte sie ihn. »Dabei hätte es durchaus Gelegenheiten gegeben. Ich habe ein paar Männer getroffen, die mir gefallen haben, aber ich hatte keine Lust, mit ihnen ins Bett zu gehen, nur um Sex zu haben.«

»Warum denn nicht?«, wollte Maurice wissen. »Wenn man jemandem begegnet, den man attraktiv findet, schläft man mit ihm, was ist schon dabei?«

»Das ist Befriedigung, aber kein Vergnügen«, entgegnete sie. »So wie Fastfood. Danach hat man zwar keinen Hunger mehr, aber man fühlt sich schrecklich.«

»Na, ich weiß nicht«, sagte Maurice und lächelte in sich hinein.

»Du bist ja auch ein Mann. Ich jedenfalls werde nicht mehr mit irgendwem schlafen, dem ich eigentlich egal bin und der mir sein Herz nicht öffnet. Ich muss ihn ja nicht gleich heiraten, aber es soll wenigstens schön sein.«

Maurice drückte ihre Hand. »Du bist süß, meine Liebe.«

»Das sagst du doch nur, um mich ins Bett zu kriegen, oder?«

»Wer weiß«, lautete seine Antwort.

Am nächsten Morgen packten sie ihre Sachen und fuhren zum Bahnhof. Dort studierten sie den Fahrplan und stellten fest, dass der nächste Zug nach Fes, wo sie eigentlich hinwollten, erst in ein paar Stunden fuhr. Nach Marrakesch aber gab es schon einen in fünfzehn Minuten. Kurz entschlossen nahmen sie stattdessen den. Sie setzten sich in ein Abteil und beobachteten, wie die eintönige rötliche Landschaft an ihnen vorbeizog. Gelegentlich dösten sie ein, bis sie vier Stunden später in Marrakesch ankamen.

Auf den ersten Blick war es nicht die exotische Stadt, die Laura erwartet hatte, Treffpunkt für internationale Weltenbummler, Hippies, Reisende und Händler. Sie kamen im europäischen Teil der Stadt an, der *ville nouvelle*. Es war heiß und staubig. Überall erhoben sich moderne Betonkästen mit Cafés im Erdgeschoss, deren Plastiktische und

Plastikstühle draußen auf dem Bürgersteig standen. Schließlich fanden sie ein halbwegs passables Hotel, das allerdings keinerlei Charme besaß, aßen eine Kleinigkeit und fuhren anschließend mit dem Taxi in die Altstadt.

Mit einem Mal änderte sich die ganze Atmosphäre. Es gab hohe Lehmmauern, Palmenhaine und ein Labyrinth von kleinen Gassen. Der Taxifahrer setzte sie am größten Platz von Marrakesch ab, dem Djemaa el-Fna, der mit seiner Volksfestatmosphäre schon im Mittelalter Reisende aus nah und fern angezogen hatte. Inmitten der Menschenmenge führten Akrobaten aus den Bergen in abgewetzten roten Uniformen Handstände und Saltos vor. Verschleierte, barfüßige Mädchen zeigten ihnen Fotos von Hennamustern, die man sich auf die Hand pinseln lassen konnte. Alte Frauen, die aussahen wie Hexen, verkauften Heilkräuter und erteilten medizinische Ratschläge. Wasserverkäufer mit großen, Troddel geschmückten Strohhüten klimperten mit ihren Messingbechern und priesen ihr Wasser an. Doch der Platz war nicht nur für die Touristen gedacht, es gab auch Trauben von Einheimischen, die sich um die Geschichtenerzähler drängten und zuhörten, wie sie dramatisch gestikulierend ihre alten arabischen Märchen zum Besten gaben.

Die beiden kamen an einem Schlangenbeschwörer vorbei, der mit seiner Flöte eine müde Kobra aufzumuntern versuchte. Fasziniert, trotz ihrer Angst, ging Laura näher und schoss ein Foto. Doch kaum hatte sie auf den Auslöser gedrückt, da stand schon der Gehilfe des Schlangenbeschwörers neben ihr und forderte ein Trinkgeld. Laura gab es ihm, worauf der Mann, der wahrscheinlich auf mehr hoffte, direkt vor ihrer Nase einen Korb mit einer anderen Schlange aufklappte. Laura schrie auf und machte auf dem Absatz kehrt. Maurice aber lachte nur und lief hinter ihr her.

Sie stiegen auf die Terrasse eines Cafés, wo sie den ganzen Platz überblicken konnten, und tranken Minztee. Als es immer heißer wurde, verschwanden die Menschen allmählich, bis der ganze Platz fast leer war. Nur ein paar vereinzelte Musiker und Gaukler drehten noch ihre Runden.

Die beiden tranken ihren Minztee aus und machten einen Spaziergang durch die Altstadt und den Suk mit seinen unzähligen bunten Buden und Läden, wo spitz zulaufende Teekannen aus Messing, Gewürze, die zu bunten Pyramiden aufgehäuft waren, Silberschmuck, Haushaltswaren, Stoffe, Hühner, Hammelbeine und alles Mögliche verkauft wurde. Hier waren die Gassen so schmal, dass man praktisch beide Hauswände rechts und links gleichzeitig berühren konnte. Sie gingen so lange in eine Richtung, bis die Läden aufhörten und sie in einer Wohngegend endeten, dann machten sie kehrt. Einmal kamen sie an einen Platz, wo mehrere Frauen hockten und einander Hände und Füße mit feinen Hennamustern bemalten. Gelegentlich verirrten sie sich in den Gassen, doch jedes Mal fanden sie auch zurück. Kleine Jungs folgten ihnen und boten an, sie zu führen, aber Maurice scheuchte sie auf Französisch davon.

Die marokkanischen Jugendlichen ließen sie meist in Ruhe – man musste sie nur höflich abweisen –, doch mehrere Male spürte Laura, wie jemand sie am Haar zog. Es kam ihr aggressiv vor. Erst später, nachdem sie das Buch der Anthropologin Elizabeth Fernea, *A Street in Marrakesh* gelesen hatte, begriff sie, dass es überhaupt nicht böse gemeint war. Blondes Haar ist in Nordafrika so selten, dass die Marokkaner meinen, es bringe *baraka* – Glück –, wenn man das blonde Haar eines Fremden berührt, so wie bei uns, wenn man ein vierblättriges Kleeblatt findet. Es ist kein feindseliger Akt, aber Laura hatte Mühe, sich daran zu gewöhnen.

Sie kamen an einem geschlossenen Restaurant vorbei, dessen Türschild mit der Aufschrift *Haute Gastronomie Marocaine* ihre Aufmerksamkeit erweckte. Sie gingen weiter und gelangten zu einem Viertel, in dem Schmuck verkauft wurde. Laura sollte einer Freundin eine Kette aus besonders großen Korallen mitbringen. Sie gingen von einem Laden zum anderen und zeigten das Muster, das sie aus den Vereinigten Staaten mitgebracht hatte, bis sie zu einer Bude im Innern der Altstadt gelangten, wo ein kleiner Junge ihnen die herrlichsten Korallen, eine schöner als die andere, auf eine Schnur fädelte. Währenddessen lud sie der Besitzer zu einem Minztee ein und debattierte mit Maurice angeregt über die arabische Politik und über die Veränderungen, die sich in der arabischen Welt ergeben hatten, nachdem in Jordanien und Marokko junge, aufgeschlossene Monarchen die Macht übernommen hatten. Laura konnte ihrem Französisch nicht folgen und beobachtete lieber die Passanten.

Auf dem Weg zurück kamen sie an einem alten Teppichgeschäft vorbei. Sie traten durch einen langen Gang mit niedriger Decke in einen Innenhof, wo Teppiche in allen Größen und Farben hingen. Selbst die Galerien waren damit geschmückt. Auf dem Boden standen große marokkanische Tontöpfe. Maurice und Laura stach sofort derselbe Läufer ins Auge. Es war ein kleiner, alter Gebetsteppich in roten und blauen Naturfarben. Maurice begann, mit dem Besitzer zu feilschen. Wieder wurde Minztee aufgetischt, und nach etwa einer Stunde verließ er den Laden mit dem Teppich unter dem Arm. Er hatte den Besitzer auf fünfzig Dollar heruntergehandelt. Laura war neidisch.

Als sie zum Djemaa el-Fna zurückkamen, waren alle Schlangenbeschwörer und Gaukler verschwunden. Lange Reihen von Imbissbuden standen jetzt da, wo man Lammspießchen, Schnecken oder Hammelkopf unter freiem Himmel essen konnte. Schließlich winkten sie einem Taxi und fuhren zurück in die Neustadt, in eine vollkommen andere Welt.

Am nächsten Tag hatte Laura Geburtstag. Maurice weckte sie mit einem elegant verschnürten Päckchen aus einer Pariser Boutique. Es enthielt einen Schal aus Thailand, dunkelrot und türkis, ihre Lieblingsfarben. »Du machst es mir nicht gerade leicht«, bedankte sich Laura und gab ihm einen Kuss. »Jetzt habe ich die Qual der Wahl zwischen zwei wunderschönen Schals, die du mir geschenkt hast.« Sie schlüpfte in ihr schwarzes Reisekleid und probierte den neuen Schal dazu an.

»*Bella!*«, rief Maurice.

Dann schlug er vor, die Moscheen und Gärten von Marrakesch zu besichtigen. Sie begannen mit der Koutoubia-Moschee, mitten in der Stadt. Sie ist siebzig Meter hoch und stammt aus dem späten 12. Jahrhundert. Da sie für Nicht-Moslems verboten ist, konnten sie sie nur von außen bewundern. Von da aus gingen sie zu Fuß zum Palais el-Badi, einem der prächtigsten Paläste des späten 16. Jahrhunderts, das heute eine verlassene Ruine mit ein paar leeren Wasserbecken ist. Nur die Störche nisten nach wie vor in ihren Mauern. Dann fuhren sie mit einer Pferdekutsche zum Jardin Menara, außerhalb der Stadt. Maurice genoss die Fahrt, denn sie erinnerte ihn an seine Jugend, als er in Kairo mit seinen Eltern in der Kutsche fuhr und gelegentlich die Zügel übernehmen durfte.

Sie schlenderten durch den Jardin Menara mit seinem großen stillen Weiher, dem Pavillon, den Olivenbäumen und dem Blick auf den Hohen Atlas im Hintergrund. Anschließend fuhren sie ins La Mamounia, ein vornehmes Hotel im englischen Kolonialstil mit einem herrlichen Garten voller Orangenbäume. Hier ruhten sie sich eine Weile aus und genossen Hand in Hand die Sonne. Ihren Lieblingsgarten jedoch entdeckten sie am anderen Ende der Stadt: den Jardin Majorelle mit seiner üppigen Vegetation. Er war von dem französischen Maler Jacques Majorelle entworfen worden, der von 1922 bis 1962 in Marrakesch gelebt hatte. Die Villa ist kobaltblau gestrichen, und die erfrischenden, sattgrünen Gärten voller exotischer Pflanzen bilden einen bezaubernden Kontrast dazu. Maurice war hingerissen von seiner Schönheit.

Es war ein wunderschöner Tag gewesen. Jetzt fragte er, wo sie am liebsten zu Abend essen wollte. Sie erinnerte sich an das geheimnisvolle Restaurant, das sie in der Altstadt gesehen hatten. Vielleicht konnten sie es wiederfinden. So fuhren sie mit dem Taxi so weit es ging in die Altstadt hinein. Schließlich ließ der Fahrer sie an einer Ecke aussteigen. Dort wartete bereits ein junger Mann in weißer Dschellaba auf Touristen und bot sich an, sie zu ihrem Restaurant zu führen. Sie folgten ihm durch das undurchschaubare Labyrinth aus kleinen, dunklen Gassen Bei Nacht sah es hier völlig anders aus. Die Altstadt wirkte fast unheimlich mit den vielen geschlossenen Läden. Endlich gelangten sie zu dem Tor, das mit einem Mosaik aus winzigen Kacheln verziert war. Sie betraten eine kleine Halle, wo zwei Männer mit Fez vor einer Wasserpfeife saßen. Sie zeigten auf die dicken dunkelroten Vorhänge, hinter denen Laura und Maurice einen ähnlich kleinen Raum erwarteten. Stattdessen fanden sie sich in einem Palast wieder, so groß und hell, wie man es sich hier in der Altstadt niemals hätte vorstellen können. Der Anblick verschlug ihnen die Sprache. Auf dem Boden lagen flauschige Perserteppiche, die mit Rosenblüten bestreut waren, die Wände waren blau gekachelt und mit Stuck verziert. Die Decke war aus geschnitztem Zedernholz gearbeitet. Der ganze Raum war nur vom weichen Licht der Messinglampen erfüllt. »Unglaublich!«, sagte Laura, und Maurice nickte langsam.

Sie setzten sich auf niedrige, mit Kissen gepolsterte Bänke und warteten, bis die Kellner das Essen servierten. Speisekarten gab es nicht, und Preise waren auch nirgends zu entdecken. Sie konnten nur hoffen, dass die Rechnung nicht allzu hoch ausfallen würde; immerhin waren sie in Marokko. Doch eigentlich war es ihnen egal, das ungewöhnliche Ambiente hätte jeden Preis gerechtfertigt. In der Mitte des innenhofartig angelegten Raumes spielte eine Gruppe von Musikern. Den ersten Gang bildete eine köstliche *pastilla* mit Taubenfleisch, dann gab es *Lammtagine* mit eingelegter Zitrone. Laura war froh, dass sie keine Vegetarierin mehr war, seit sie Maurice kannte. Den Abschluss bildete das traditionelle *Couscous*. Als Nachspeise servierte man ihnen einen Stapel knusperiger Maisküchlein mit Sahne, die komischerweise genauso schmeckten wie eine Schüssel Cornflakes. Es war ein zauberhafter Abend. Maurice erhob sein Weinglas, sah ihr in die Augen und gratulierte ihr noch einmal zum Geburtstag.

»Das könnte einer dieser berühmten sentimentalen Augenblicke sein, weißt du«, sagte er.

»Ja«, antwortete sie. Er hatte Recht. Sie stießen an und tranken. Es gab niemanden, mit dem sie in diesem Augenblick lieber zusammen gewesen wäre, und auch keinen exotischeren Ort.

»Bei mir lässt du deinen sentimentalen Gefühlen eigentlich nie freien Lauf«, bemerkte Maurice.

Laura nippte an ihrem Glas. Sie wusste nicht, was sie darauf antworten sollte. Sie liebte Maurice, ja sie war verrückt nach ihm, aber sie wusste auch, dass die Beziehung Grenzen hatte. Das war der einzige Grund, warum sie ihm so kurz nachdem Jon sie verlassen hatte ihr Herz hatte öffnen können. Manchmal träumte sie davon, dass sie am Ende doch zusammenblieben und sich auf einer Insel wie Ischia oder irgendwo in Indien zur Ruhe setzten, Bücher lasen, Schach spielten und einen Augenblick der Vollkommenheit nach dem anderen erlebten. Doch sie wusste genau, dass es ein Traum war. Deshalb lächelte sie jetzt nur.

»Das ist gut«, fuhr er fort. »Ich glaube nicht, dass ich es aushalten könnte, wenn du sentimental veranlagt wärst. Es würde zu Problemen führen, und wir müssten die Beziehung beenden.«

»Ich möchte gar nicht so praktisch sein«, entgegnete sie. »Wenn ich mich aber gehen ließe und mir erlauben würde, mich richtig in dich zu verlieben, würde ich anfangen, mir darüber Gedanken zu machen, wie ich Französisch lernen und nach Paris ziehen könnte, und das wäre eben alles nicht möglich.«

»*Sì*«, sagte er. »*Sì*.« Einen Augenblick lauschte er den Musikern, dann drehte er sich wieder zu ihr um. »Trotzdem ist es schön, geliebt zu werden.«

Laura nahm seine Hand. »Ich liebe dich so sehr ich kann«, sagte sie.

»Ich weiß«, antwortete Maurice. »Deshalb verstehen wir uns auch so gut.«

Der Kellner brachte Minztee und goss ihn mit eleganter Gebärde von weit oben in die Gläser.

Maurice nahm einen Schluck und küsste sie dann auf die Wange. Lange Zeit saßen sie einfach still da und nahmen die zauberhafte Atmosphäre in sich auf, bis der Tee kalt geworden war.

Am Morgen danach mieteten sie ein Taxi, um ins Ourika-Tal im Hohen Atlas zu fahren. Laura war überrascht, wie viel Ähnlichkeit die karge Hügellandschaft mit New Mexico hatte. Es gab Kakteen, dichtes Gestrüpp, und die Erde hatte die Farbe von geronnenem Blut. Der einzige Unterschied waren die Lehmhütten der Dörfer an den steilen Hängen. Es war kühl in dem tief eingeschnittenen Tal. In einem Berberdorf mit Blick auf den Fluss machten sie Rast, um Tee zu trinken. Dann fuhren sie weiter zum letzten Dorf am Ende des Tals, wo die hohen Berge begannen. Von hier aus konnte man zu Fuß zu einem Wasserfall gehen. Maurice hatte keine Lust auf einen Spaziergang, doch Laura überzeugte ihn, dass sie sich wenigstens die Beine vertreten sollten.

Wenn sie zusammen auf eine Insel reisten, schwammen sie viel, und Laura hatte nie das Gefühl, sich nicht genug zu bewegen. Jetzt merkte Maurice, dass sie ein bisschen kribbelig war, und entschuldigte sich. »Das ist einer meiner Fehler. Ich bin nicht gerade sportlich.«

»Ich glaube nicht, dass es ein Fehler ist«, antwortete Laura. »Du hast eigentlich gar keine Fehler. Du bist eben so.«

»Ich habe jede Menge Fehler«, erwiderte Maurice. »Zumindest behauptet meine Frau das.«

»Wirklich?«, fragte Laura. »Welche denn?«

Er fing an, sie aufzuzählen. Er war eitel. Er machte keine gute Figur bei Dinnerpartys. Smalltalk konnte er nicht ausstehen. Er kleidete sich viel zu sehr wie ein Hippie, jedenfalls für den Geschmack seiner Frau. Er konnte nichts im Haushalt reparieren. Er besaß keinen Ehrgeiz. Wenn er reich wäre, würde er nur reisen und in Luxushotels absteigen.

»Ich finde daran nichts Schlimmes«, sagte Laura. Doch wenn sie ehrlich war und eine lange Beziehung mit ihm hätte, würde so manches an ihm sie auch stören. Er konnte ziemlich kleinlich sein, er machte ihr zu wenige Komplimente, und er rauchte wie ein Schlot. Wenn sie in einer Anzeige auf ihn gestoßen wäre, »Professor, 51, verheiratet, Kettenraucher, sucht junge, finanziell unabhängige Dame für diskrete Rendezvous«, hätte sie ihn bestimmt links liegen gelassen. Und trotzdem tat es ihr gut, sich wie sporadisch auch immer auf einen Mann einzulassen, dessen Fehler sie zwar sah, aber nicht kritisierte. Sie akzeptierte ihn so, wie er war, und deshalb gab es auch keine Spannungen zwischen ihnen. Laura fragte sich, warum sie Männer, mit denen sie eine Beziehung hatte, immer so kritisch unter die Lupe nehmen musste. Vielleicht sollte sie alles viel gelassener sehen. Erst wenn man alle Illusionen von einer Ehe und dem damit verbundenen Konzept von lebenslangem Glück aufgegeben hat, kann man sich aus vollem Herzen an jemandem freuen und ihn so akzeptieren, wie er ist. »Niemand ist vollkommen«, sagte sie. »Man kauft immer das ganze Paket.«

Am Ende ließ er sich doch überreden, einen kleinen Spaziergang zu unternehmen, und sie gingen die zwanzig Minuten zu dem kleinen Wasserfall zu Fuß hinauf. Laura wäre liebend gern noch einmal mit jemandem nach Marokko gekommen, der genauso gern wanderte wie sie, war aber trotzdem froh, mit Maurice hier zu sein.

»Und du?«, fragte er. »Was hat dein Exmann an dir bemängelt?«

»Mein Ex wäre nicht gerade der geeignetste Richter«, antwortete sie. »Wahrscheinlich würde er sagen, dass ich viel zu impulsiv bin, dass man mich sehr leicht reizen kann und ich zu schnell explodiere. Und was meinst du?«

»Zu gefährlich. Darauf werde ich nicht antworten«, versuchte er auszuweichen.

»Na los, komm schon!«, forderte ihn Laura auf.

»Tja, kann sein, dass dein Ex Recht hat, allerdings hatte ich noch nicht das Vergnügen, dich explodieren zu sehen. Mal sehen. Lässt alles im Zimmer rumliegen ...« Er zählte ihre Laster an den Fingern ab. »Zu viele Schuhe. Lacht über die eigenen Witze. Lobt ihre Kochkunst. Schimpft auf andere Autofahrer.«

»Wann habe ich je auf andere Fahrer geschimpft?«, wollte sie wissen. »Das ist doch völliger Humbug.«

»In Los Angeles«, erklärte er und zählte weiter. »Kann keine Kritik ertragen, freut sich hämisch, wenn sie beim Schachspielen gewinnt, ist unersättlich, was Sex betrifft, neigt zu Maßlosigkeit beim Essen und Trinken.« Maurice legte den Arm um sie und drückte sie an sich. »Nicht schlecht für eine Amerikanerin«, schloss er.

»Übrigens hast du bei deinen Fehlern vergessen, dass du ein Snob und ein Frauenheld bist.«

»Das sind meine besten Eigenschaften, meine Liebe!«

Als sie am Abend im Bus nach Essaouira saßen, einer kleinen Stadt an der Küste, ging gerade die Sonne über der dunkelbraunen Landschaft unter. Laura legte den Kopf an seine Schulter, doch das Rumpeln des Busses zwang sie immer wieder, sich aufzurichten.

»Weißt du was«, sagte sie und dachte dabei an das Gespräch von vorhin, »es ist komisch, aber in Wirklichkeit weiß ich gar nicht, was mein Exmann über meine Fehler sagen würde. Irgendwie habe ich ihn nie richtig gekannt.«

»Nun, die Geschichte ist abgeschlossen.«

»Aber sie lässt mich nicht los«, entgegnete Laura. »Ich glaube, ich werde sie niemals verstehen.« Sie legte ihren Kopf wieder an seine Schulter und schwieg ein paar Minuten, bevor sie sagte: »Seine Freundin erwartet ein Kind von ihm.«

»Wer?«

»Die Freundin meines Exmannes. Die Frau, für die er mich verlassen hat. Sie kriegt ein Kind von ihm. Ein Freund hat es mir erzählt.«

»Na und?«, sagte Maurice und drückte sie. »Das muss dich doch nicht mehr kümmern.«

»Das ist leicht gesagt«, widersprach Laura. Tränen schossen ihr in die Augen. Sie wandte den Blick ab und starrte auf die Dörfer, an denen sie vorbeifuhren, und die kahle Landschaft dahinter.

»Tut mir Leid ...«

»Es ist nicht, dass ich mir immer noch wünsche, ein Kind von ihm zu haben«, erklärte sie. »Es ist nicht, dass ich gehofft hatte, ein Kind von ihm zu bekommen, so viele Jahre mit ihm vergeudet habe und nun allmählich zu alt bin, um überhaupt noch eins zu haben. Es ist nur so, dass es nicht mit meiner Theorie zusammenpasst.«

»Was meinst du?«

»Ich habe mir eingeredet, mein Mann hätte mich verlassen, weil er nicht damit fertig wurde, dass ich ein Kind wollte. Vielleicht hatte er Angst, Vater zu werden, weil er selbst so eine schlimme Kindheit hatte und nicht dieselben Fehler machen wollte wie sein Vater. Und jetzt kriegt sie ein Kind von ihm. Das stimmt irgendwie nicht mit dem überein, was ich dachte. Jetzt sieht es eher danach aus, dass er mich verlassen hat, weil er mich nicht liebte.«

Maurice strich ihr übers Haar. »Vielleicht war es ja tatsächlich so, wie du am Anfang gedacht hast«, erklärte er. »Vielleicht musstest du dir aber auch nur irgendwas ausdenken, das einen Sinn ergab, weil alles andere so sinnlos war. Du weißt nicht, was zwischen ihnen passiert ist und ob er sich verändert hat. Und deine Ansicht über das, was passiert ist, hat sich schließlich auch verändert.«

Eine Weile schwiegen sie.

»Die Wahrheit ist«, sagte Laura schließlich etwas schläfrig, »dass wir einfach nicht zusammenpassten. Er hatte eben keinen Sinn für *la bella vita* so wie ich.«

»*Brava*!«, rief Maurice und gab ihr einen Kuss auf die Stirn.

Sie kamen in Essaouira an, einem kleinen Fischerdorf mit weiß getünchten Häusern, Palmen und ein paar vereinzelten Moscheen, und betraten die ummauerte Altstadt, um zu ihrem Hotel zu gelangen. Als sie durch das hohe, mit Nägeln beschlagene Tor kamen, stellten sie fest, dass sie schon wieder ein verborgenes Juwel entdeckt hatten. In dem großen Innenhof, um den eine Arkade führte, standen grüne Pflanzen in Terrakottatöpfen, und in der Mitte erhob sich ein mit Rosen gefüllter Springbrunnen. Vom Balkon im ersten Stock ergossen sich Unmengen von Geranien. Tische und Böden waren mit türkisfarbenen und blauen Mosaiken geschmückt, hier und da lag ein roter Teppich. Ihr Zimmer war klein, aber charmant, und hatte ein durchgelegenes Himmelbett.

Für die kommenden zwei Tage war Essaouira wie geschaffen zum *far niente*. Sie faulenzten, schliefen lange, sahen sich die Suks in der Altstadt an, gingen am Strand spazieren und aßen frischen Fisch in den kleinen Buden direkt am Meer. Einmal hatten sie gerade gegrillte Sardinen bestellt, als Maurice eine Muräne entdeckte, die ein paar Fischer gefangen hatten. Er bat sie, ihm ein Stück zu grillen und reichte es dann weiter an Laura. Rache ist süß.

Sie schliefen, aßen, wanderten und entspannten sich. Tagelang taten sie so gut wie nichts, und trotzdem schien es, als hätten sie nicht mal Zeit, um Postkarten zu schreiben. Die Zeit verging wie im Flug, und bevor sie schließlich – viel zu schnell – nach Casablanca zurückmussten, machten sie noch in El Jadida Halt, einer kleinen Stadt am Meer, umgeben von einer wehrhaften Stadtmauer, die noch aus der Zeit der Portugiesen stammte. In einem anonymen Hotel am Strand verbrachten sie ihre letzte gemeinsame Nacht, eng aneinander geschmiegt, unendlich vertraut miteinander, und ein Hauch von Traurigkeit hing in der Luft.

Am Morgen nahmen sie ein Taxi nach Casablanca. Zuerst brachte er Laura, deren Flug erst einen Tag später ging, ins Hotel, wo er ihr den schönen kleinen Gebetsteppich schenkte, den er für sich gekauft hatte, und duldete keine Widerrede. Sie stellten ihr Gepäck ins Zimmer und brachen dann gleich wieder auf, denn sie hatten gerade noch Zeit, um zusammen zu Mittag zu essen, bevor er zum Flughafen musste, um seine Maschine zu erwischen.

Sie gingen in dasselbe traditionelle Restaurant, das sie am ersten Abend in Casablanca entdeckt hatten und bestellten fast dieselben Gerichte. Sie saßen sogar am selben Platz. Und in dem Bewusstsein, dass es ihr letztes gemeinsames Essen war, versuchten sie, es zu genießen, und hofften doch irgendwie, es wäre bald vorbei.

Zum Abschluss tranken sie Minztee, während Maurice ihre Hand hielt. »Jedes Mal frage ich mich, ob ich dich wieder sehen werde.«

»Das sagst du immer, Professor«, antwortete Laura. »Und dann sagst du, es sei keine Frage des Ob, sondern des Wann und Wo.«

»Ich bin nicht so sicher«, sagte er und drückte ihre Hand. »Du hast dich verändert, seit ich dich kenne. Ich glaube, dass du jetzt bereit bist, dich wieder zu verlieben. Vorher konntest du es nicht, du warst blockiert, aber jetzt bist du wieder dazu imstande. Ich glaube, dass ich eines Tages einen Brief von dir erhalten werde, in dem du schreibst, du hast jetzt einen Freund, vielleicht sogar ein Kind, und das wird das Ende des Kunstprofessors aus Paris sein.«

Laura nahm einen Schluck von dem süßen Tee.

Sie konnte nichts sagen, denn sie wusste, dass das durchaus möglich war. Sie wollte so gern glauben, dass sie *la bella vita* immer leben könnte, jederzeit bereit zu einem kleinen Rendezvous mit ihm. Doch obwohl sie sich wünschte, mit jemandem zusammen zu sein, der seine Liebe zum Leben besaß, wollte sie auch jemanden, der alles mit ihr teilte, der jede Nacht mit ihr in ihrem eigenen Bett schlief. Sie war jetzt endlich wieder bereit, jemanden zu lieben, der ganz für sie da war, und das verdankte sie auch Maurice.

»Wir könnten uns trotzdem zu einem kleinen Abenteuer treffen«, sagte sie. »In Paris oder sonst wo.«

Sie sahen einander forschend an. Und beide wussten, dass es nicht stimmte.

Vom Restaurant fuhren sie mit dem Taxi zum Bahnhof, von wo er den Zug zum Flughafen nehmen wollte. Laura begleitete ihn.

»Wie geht es dir?«, fragte er, als sie im Taxi saßen.

»*Ça va*«, antwortete Laura und spickte ihr Italienisch mit französischen Brocken, genauso wie er gelegentlich mit englischen Ausdrücken um sich warf.

»Wir sind echte Experten, was Verabredungen und Abschiede angeht, nicht wahr?«, sagte er.

»Es ist trotzdem nicht so leicht«, entgegnete Laura.

»Nein.«

Als sie am Bahnhof ankamen, mussten sie feststellen, dass sie den Zug zum Flughafen verpasst hatten, trotz seiner Manie, alle Fahrpläne genau zu studieren. Sie gingen fröstelnd zurück zum Taxistand. Dichter Nebel hatte sich über Casablanca gelegt, nachdem sie heute Morgen hier angekommen waren. Schließlich fanden sie ein klappriges Taxi, das zum Flughafen fuhr.

»*Ciao*«, sagte Laura und küsste ihn auf beide Wangen. Sie wollte ihm noch sagen, er solle niemals vergessen, dass es in der Ferne jemanden gab, der ihn liebte, doch der Taxifahrer wurde ungeduldig.

Maurice umarmte sie und hielt sie einen Augenblick fest an sich gedrückt. »Leb wohl, Laura«, sagte er schließlich.

Laura nickte. Sie bekam kein einziges Wort heraus. Dann küsste sie ihn erneut auf die Wange. Maurice stieg ein, schloss die Tür, und dann verlor sich der beigefarbene Mercedes im Verkehr.

Epilog
San Francisco

Es war ein schöner Tag in San Francisco, fast wie im Sommer, warm genug, um ohne Jacke Fahrrad zu fahren. Eine leichte Brise wehte, und die Stadt roch schwach nach Meer. Auf dem Weg zum Büro im Stadtzentrum fuhr Laura durch eine von Bäumen gesäumte Straße in ihrer Nachbarschaft, an Reihen von viktorianischen Häusern vorbei.

Unterwegs dachte sie an das Gespräch, das sie am Abend zuvor mit Jon gehabt hatte. Seine Großmutter war gestorben. Laura hatte ihr sehr nahe gestanden und mit jemandem sprechen wollen, der sie auch geliebt hatte, um ihm ihr Mitgefühl auszusprechen. Zuerst hatte sie gezögert, ihn bei sich zu Hause anzurufen, sich dann aber doch einen Ruck gegeben und seine Nummer gewählt.

Jon war überrascht gewesen, ihre Stimme zu hören, und gab sich reserviert, aber freundlich. Sie erzählte, wie sehr sie seine Großmutter vermissen würde. Und dann gratulierte sie ihm. »Ich habe gehört, dass du eine kleine Tochter hast.« Sie fragte nach dem Namen des Mädchens, obwohl sie ihn gar nicht wissen wollte, doch es machte das Gespräch leichter.

Jetzt mit dem Tod seiner Großmutter, fuhr sie fort, seien alle verschwunden, die zu ihrem gemeinsamen Leben gehört hätten. Es war, als hätte es die ganze Beziehung gar nicht gegeben.

Eine Weile sagte Jon gar nichts, doch dann antwortete er, dass er ein ganz anderes Gefühl hätte. Was zwischen ihnen passiert war, verwirrte ihn immer noch. Er bedauerte vieles, und es gab eine Menge offene Fragen, auf die er keine Antwort wusste. Immerhin hatten sie vier Jahre zusammengelebt. »Wir waren so gute Freunde«, sagte er.

Irgendetwas hatte seine Zurückhaltung gesprengt, und Laura hatte tatsächlich das Gefühl, die Stimme eines alten Freundes zu hören. Mit ihm zu sprechen ist wie eine Droge, dachte sie und erinnerte sich an ihr altes Lieblingslied von Lucinda Williams. Eine ganze Stunde lang unterhielten sie sich – zum ersten Mal ohne Groll oder gegenseitige Vorwürfe. Jeder erzählte seine Version vom Ende der Geschichte und hörte dem anderen aufmerksam zu.

Sie hatten zu sehr versucht, es sich gegenseitig recht zu machen, schloss er schließlich. Er hatte sie geheiratet, weil sie unbedingt heiraten wollte, obwohl er tief im Innern große Zweifel gehabt hatte. Er hatte damals Angst gehabt, sie zu verlieren. Er hatte nicht so recht gewusst, ob seine Zweifel die Ehe im Allgemeinen betrafen oder nur sie. Aber letztendlich hatte er ihr einen Bärendienst erwiesen, als er sie heiratete.

Bärendienst, dachte sie. Das war das Höchste an Entschuldigung, was sie von ihm erwarten konnte, also beschloss sie, es als solche anzunehmen.

Auch sie hatte versucht, es ihm immer nur recht zu machen. Jetzt war sie viel glücklicher. Ohne ihn war sie mehr sie selbst. Er hatte sie einfach zu sehr dominiert. »Du solltest mich jetzt sehen«, sagte sie. »Ich habe nur noch bunte Klamotten – nie Marineblau –, und meine Schuhe wären dir ein Dorn im Auge. Im Moment zum Beispiel trage ich rosa und silberfarbene Bowlingschuhe.« Sie hatte die Beine über die Sofalehne geschwungen und wippte mit den Füßen.

Jon musste lachen. »Wie gut für dich«, sagte er aufrichtig.

Dann gingen ihnen allmählich die Themen aus. »Ich glaube, dass wir letztlich nicht zusammengepasst haben«, schloss Laura, »aber wir waren wirklich gute Freunde.«

Er wünschte ihr alles Gute, und zum ersten Mal seit ihrer Scheidung wünschte Laura ihm dasselbe.

Heute Morgen fühlte sie sich leicht und beschwingt. Sie war froh, dass sie sich ausgesprochen hatten. Eines Tages wäre sie vielleicht sogar in der Lage, auf die vier Jahre mit ihm zurückzublicken und sich an der Erinnerung zu freuen. Sie waren doch nicht gänzlich vertan. Sie war auch nicht verrückt gewesen, als sie ihn heiratete. Er war kein schlechter Kerl, bloß eben nicht der Richtige für sie. Aber er hatte es versucht, und nur das zählte.

Jetzt rollte sie einen steilen Hügel hinunter und dachte an ihre nächsten Ferien. Vielleicht könnte sie in Mexiko mit ein paar Freunden in Baja Kajak fahren. Vielleicht würde sie aber auch irgendwohin fliegen, wo sie Französisch lernen konnte, um es einfacher zu haben, wenn sie nächstes Mal nach Nordafrika reiste. In Mittelamerika war sie noch nicht gewesen, und auch nicht in Asien. Andererseits gab es noch Sardinien, und Neapel hatte sie auch nur flüchtig kennen gelernt.

An einer roten Ampel blieb sie stehen. Neben ihr hielt ein Radfahrer.

»Wunderbarer Morgen«, grüßte sie.

»Ja, herrlich«, antwortete er, und dann fuhren beide weiter.

Danksagung

Ich bin vielen Menschen zu Dank verpflichtet, die mir beim Schreiben des Buches geholfen haben. Don George und Salon.com veröffentlichten meine Reisegeschichten als Erste und ermutigten mich zum Weitermachen. Ethan Watters schlug mir vor, ein Buch aus den Geschichten zu machen. Andere Mitglieder der Writer's Grotto in San Francisco, insbesondere Mary Roach und Lisa Margonelli, standen mir mit Rat und Tat zur Seite. Jim Boylan und Ethan Canin gaben mir wertvolle Ratschläge. Ich danke meiner Agentin Sarah Lazin für ihren guten Riecher, ebenso ihren Mitarbeiterinnen Cory Halaby und Paula Balzer. Zoe Rosenfeld war eine unschätzbare Hilfe, und mein Verleger, Dawn Davis, ein hervorragender Lektor. *Mille grazie* an Tonia Prencipe für ihre italienische Perspektive, an Tom Erikson, Monica Pasqual, Cecilia Brunazzi und Christina Taccone, sowie meinen Onkel John Gould für ihre liebevolle Unterstützung. Und ein großes Dankeschön meinen Eltern, Dr. Charles und Virginia Fraser, weil ich immer zu Hause anrufen soll, egal wo ich bin.

Anmerkung der Autorin

Dies ist eine wahre Begebenheit. Trotzdem wurden Namen und Charakteristika vieler Personen verändert, um ihre Privatsphäre zu schützen.